SIBYLLE NARBERHAUS

Syltwind

AUFBRAUSEND Mit ihren akrobatischen Sprüngen und waghalsigen Manövern ziehen die Kitesufer jedes Jahr während des Kitesurf-Cups zahlreiche Besucher auf die Insel Sylt. Doch nicht nur den Sportlern werden Höchstleistungen abverlangt, auch die Polizei ist gefordert, als die Leiche eines Mannes im Hörnumer Hafenbecken gefunden wird. Kurz darauf überschattet ein schweres Unglück das sportliche Großereignis. War es ein Unfall oder handelt es sich sogar um einen Anschlag auf den neuen Stern am Kitesurf-Himmel? Das Team um Annas Mann Nick und dessen Chef Uwe Wilmsen nimmt die polizeilichen Ermittlungen auf. Allen Warnungen ihres Mannes zum Trotz steckt Anna ihre Nase in die Ermittlungsarbeit und gerät prompt in Lebensgefahr, denn hinter den Kulissen der Sportwelt weht ein scharfer Wind.

© Nicole Mai

Sibylle Narberhaus wurde in Frankfurt am Main geboren. Nach einigen Jahren in Frankfurt und Stuttgart zog sie schließlich in die Nähe von Hannover. Dort lebt sie seitdem mit ihrem Mann und ihrem Hund. Als gelernte Fremdsprachenkorrespondentin und Versicherungsfachwirtin arbeitet sie bei einem großen Versicherungskonzern und widmet sich in ihrer Freizeit dem Schreiben. Schon in ihrer frühen Jugend entwickelte sich ihre Liebe zu der Insel Sylt. So oft es die Zeit zulässt, stattet sie diesem herrlichen Fleckchen Erde einen Besuch ab. Dabei entstehen immer wieder Ideen für neue Geschichten rund um die Insel.

SIBYLLE NARBERHAUS

Syltwind

KRIMINALROMAN

GMEINER

Immer informiert

Spannung pur – mit unserem Newsletter informieren wir Sie
regelmäßig über Wissenswertes aus unserer Bücherwelt.

Gefällt mir!

Facebook: @Gmeiner.Verlag
Instagram: @gmeinerverlag
Twitter: @GmeinerVerlag

Besuchen Sie uns im Internet:
www.gmeiner-verlag.de

© 2020 – Gmeiner-Verlag GmbH
Im Ehnried 5, 88605 Meßkirch
Telefon 0 75 75 / 20 95 - 0
info@gmeiner-verlag.de
Alle Rechte vorbehalten
4. Auflage 2023

Lektorat: Claudia Senghaas, Kirchardt
Herstellung: Mirjam Hecht
Umschlaggestaltung: U.O.R.G. Lutz Eberle, Stuttgart
unter Verwendung eines Fotos von: © YesPhotographers / shutterstock.com
Druck: CPI books GmbH, Leck
Printed in Germany
ISBN 978-3-8392-2757-2

KAPITEL 1

Er torkelte durch die Kneipentür hinaus in die Fuß-
gängerzone, in der zu dieser Zeit kaum eine Menschen-
seele unterwegs war. Im Freien schlug ihm die würzig
frische Nordseeluft entgegen und flutete seine Lungen.
Für einen Moment blieb er stehen und stützte sich an
einem Mauervorsprung ab, um sein Gleichgewicht wie-
derzuerlangen und sich zu orientieren, bevor er mitten in der Nacht den Heimweg antrat. Der Wirt wollte
ihm ein Taxi bestellen, was er vehement abgelehnt hatte.
Das Geld dafür hätte er ohnehin nicht mehr aufbrin-
gen können. Er wusste, dass er nicht mehr in der Lage
war zu fahren, aber immerhin hätte er für die nächsten Stunden ein Dach über dem Kopf gehabt. Doch
wo hatte er seinen Wagen am Abend zuvor abgestellt?
Er konnte sich beim besten Willen nicht mehr daran
erinnern, was weniger einer schwachen Gedächtnisleis-
tung als der Menge Alkohol zuzuschreiben war, die er
in den letzten Stunden konsumiert hatte. Mit ein paar
Bieren und Schnäpsen intus ließen sich die Sorgen seines jämmerlichen Daseins viel leichter ertragen, selbst
wenn die Wirkung am darauffolgenden Tag verpufft
war und nichts weiter als dröhnende Kopfschmerzen
zurückblieben. Immer wieder aufs Neue nahm er sich
vor, für alle Zeiten damit aufzuhören, doch es gelang
ihm nicht. Dafür war der Schmerz einfach zu über-
mächtig. Da die Temperatur relativ angenehm und es
trocken war, beschloss er, seinen Rausch in einem der

Strandkörbe auszuschlafen, und machte sich in leichten Schlangenlinien auf den Weg zum Strand.

Als die letzten lärmenden Nachtschwärmer die Promenade und den Strand verlassen hatten, blieb nur noch das beruhigende Geräusch der stetig an den Flutsaum schwappenden Wellen. Das Meer schien sich zur Ruhe gelegt zu haben, um am nächsten Morgen die Wellen mit neu gewonnener Energie an den Strand rollen zu lassen. Selbst die Möwen, die Stunden zuvor über den rötlich gefärbten Abendhimmel geschwebt waren wie auf einer kitschig schönen Postkarte, hatten sich längst zu ihren Schlafplätzen zurückgezogen. Draußen auf dem Wasser blitzten in regelmäßigen Abständen Lichter auf, die unheimlich wirkten, jedoch zu den Seezeichen gehörten, die Schiffe davon abhalten sollten, sich zu weit dem Ufer zu nähern. Die Fahnen, die tagsüber überall an der Westerländer Promenade als fröhlich bunte Farbtupfer im Wind knatterten, hingen schlaff herunter, als schöpften sie ebenfalls Kraft für ihren nächsten Auftritt. Für einige Stunden kehrte Stille ein, bevor ein neuer Tag erwachte und das Leben auf Deutschlands beliebter Insel erneut zu pulsieren begann. Dieses Zeitfenster musste er sich zunutze machen. Allmählich gewöhnten sich seine Augen an die spärlichen Lichtverhältnisse. Obwohl er sicher war, dass sich außer ihm niemand in unmittelbarer Nähe befand, wagte er nicht, die mitgebrachte Taschenlampe einzuschalten. Der helle Lichtschein könnte ihn verraten, falls doch überraschend jemand auftauchen sollte, was zu dieser Uhrzeit eher unwahrscheinlich war. Aber Vorsicht war bekanntlich die Mutter der Porzellankiste, sagte er sich. Der Himmel war wolkenlos und ließ Millionen von Sternen funkeln, ein atemberaubender Anblick. Zudem schien der Mond in dieser Nacht hell genug, um in ausreichendem Maße Licht zu spenden, genau so viel, wie er für sein Vorhaben benötigte. Daher legte er die Taschenlampe zur Seite und ließ die Tür lediglich einen Spalt angelehnt. Das Aufbrechen des Schlosses hatte einem Kinderspiel geglichen und ihn weniger Mühe gekostet, als er zunächst angenommen hatte. Wie konnte man derart leichtsinnig sein, teures Equipment lediglich mit einem simplen Vorhängeschloss zu sichern, fragte er sich währenddessen. Doch dies sollte nicht sein Problem sein – im Gegenteil. Für ihn erwies sich diese Nachlässigkeit als willkommene Arbeitserleichterung. Während er sich seiner eigentlichen Aufgabe widmete, drang plötzlich ein Geräusch an sein Ohr. Mitten in der Bewegung hielt er inne, drehte den Kopf in Richtung der Tür und lauschte angestrengt in die Dunkelheit. Menschliche Stimmen näherten sich und schwollen zu einem lauten Geräuschpegel an. Eine Personengruppe wanderte die Promenade entlang und steuerte geradewegs auf ihn zu. Jemand lachte lauthals, gleich darauf ertönte Gesang, wenn man diese schiefen Töne so bezeichnen mochte. Sofort zog er sorgsam die Tür ran und verharrte daneben, bis sich die Gruppe entfernt hatte. Nichts weiter als ein paar Nachtschwärmer, die vermutlich ein Gläschen zu viel getrunken hatten, sagte er sich – kein Grund zur Beunruhigung. Trotzdem wartete er vorsichtshalber eine Weile ab und öffnete dann erneut die Tür ein kleines Stück. In engen Räumen bekam er schnell Platzangst, erst recht in unbeleuchteten. Mit dem Licht drängte sich zusätzlich ein Schwall frische Nordseeluft durch den Spalt. Ohne unnötig Zeit

zu verlieren, machte er sich auf die Suche nach seinem
Ziel. Kaum hatte er gefunden, wonach er gesucht hatte,
hörte er draußen abermals Schritte. Sie kamen schlur-
fend näher. Direkt vor der Tür verharrten sie, und er
konnte jemanden schwerfällig atmen hören. Unmittelbar darauf ertönte eine tiefe Männerstimme. »Hallo?
Ist hier jemand?«

Augenblicklich brach ihm der Schweiß aus, und er
wagte sich nicht vom Fleck, sondern starrte gebannt zur
Tür.

»Hallo?«, drang es neuerlich von draußen an sein Ohr.

Wer war dieser Mann, und was hatte er mitten in
der Nacht hier zu suchen? Handelte es sich wohlmög-
lich um einen Wachmann oder etwas in der Art? Er
verhielt sich weiterhin ruhig. Unter keinen Umständen wollte er riskieren, dass man ihn entdeckte. Auf
Zehenspitzen und mit klopfendem Herzen bewegte er
sich Zentimeter für Zentimeter dem Ausgang entgegen,
stets darauf bedacht, nicht das kleinste Geräusch von
sich zu geben. Durch den schmalen Türspalt konnte er
erkennen, wie sich der Unbekannte schwerfällig nach
etwas bückte und es aufhob. Dann wanderte sein Blick
zur Tür, auf die er nun leicht wankend zusteuerte. Ihm
wurde schlagartig heiß, sein Puls raste. Nur wenige
Schritte trennten sie, und der Unbekannte stünde ihm
direkt gegenüber. Seine einzige Fluchtmöglichkeit war
der Weg durch die Tür. Er saß buchstäblich in der Falle.
Mit wachsender Panik sah er sich nach einem Versteck
um, jedoch ergebnislos. Als der nächtliche Besucher
unmittelbar vor dem Eingang angekommen war, konnte
er seinem Fluchtimpuls nicht länger widerstehen und
stürmte los. Dabei wurde der vollkommen ahnungslose

Mann von der Wucht der auffliegenden Tür aus dem Gleichgewicht gebracht und fiel nach dem verzweifelten Versuch, irgendwo Halt zu finden, mit einem lauten Aufschrei zu Boden. Er selbst stolperte, kam dabei ins Straucheln und schlitterte ein Stück auf dem Asphalt entlang. Obwohl bei dem Sturz ein brennender Schmerz seinen rechten Unterarm durchzog, rappelte er sich blitzschnell auf und rannte die Westerländer Promenade in Richtung Innenstadt weiter, ohne dem Mann Beachtung zu schenken, der reglos neben der Tür auf dem Beton lag.

KAPITEL 2

»Worüber amüsierst du dich so königlich?«

Nick stand mit dem Rücken gegen den Kühlschrank gelehnt und beobachtete mich mit einem Grinsen im Gesicht, wie ich den Geschirrspüler ausräumte. In einer Hand hielt er trotz der späten Stunde einen Kaffeebecher, die andere steckte in der Hosentasche seiner Jeans.

»Du läufst seit einer halben Stunde wie ein aufgescheuchtes Huhn hin und her.« Er setzte den Becher an die Lippen und trank einen Schluck.

»Ich habe eben viel zu erledigen«, gab ich zurück. »Und außerdem …«

»Außerdem?« Er sah mich mit prüfendem Blick von der Seite an.

»Meinst du, es wird alles problemlos laufen?«

»Ach, Anna.« Nick stellte seine Tasse ab. Dann nahm er mir die Plastikschüssel, die ich fest umklammert in der Hand hielt, ab und stellte sie zur Seite.

»Mach dir nicht so viele Sorgen, Sweety!« Er zog mich an sich und gab mir einen Kuss auf die Stirn. »Christopher wird es hervorragend gehen, und ihm wird es an nichts fehlen, davon bin ich überzeugt. Deine Eltern freuen sich seit Wochen auf diesen Urlaub mit ihrem Enkel. Gönn' ihnen den Spaß! In zehn Tagen sind sie zurück.«

»Du hast ja recht, und Amrum liegt auch nur einen Katzensprung von Sylt entfernt. Trotz allem, es ist das erste Mal, dass er für so lange Zeit von uns getrennt ist. Vermisst du ihn denn gar nicht?«

»Natürlich vermisse ich ihn. Was denkst du denn?« Eine gehörige Portion Empörung schwang in seiner Stimme mit. »Ich bin sicher, unser Kleiner wird viel Spaß haben.«

»Hoffentlich wird es meiner Mutter nicht zu viel. Sie ist ein Kleinkind um sich herum nicht mehr gewohnt.«

»Zu viel?« Nick lachte. »Da kennst du deine Mom aber schlecht. Sie wird in ihrer Rolle als Oma zur Höchstform auflaufen. Daran bestehen keinerlei Zweifel, den stolzen Opa nicht zu vergessen!«

»Wahrscheinlich hast du recht«, gab ich mit einem Seufzer zurück. Es bestand tatsächlich nicht der geringste Grund, mir den Kopf zu zerbrechen.

»Bestimmt sogar. Und jetzt komm, lass uns vor dem Schlafengehen eine Runde mit Pepper drehen«, forderte er mich auf und reichte mir seine Hand.

Etwas Kaltes kitzelte mich am Fuß. Reflexartig zog ich ihn unter die Bettdecke. Dann öffnete ich die Augen und blinzelte ins helle Sonnenlicht, das unser Schlafzimmer flutete. Winzige Staubpartikel tanzten im Licht wie Mücken über dem Wasser. Gleich darauf entdeckte ich Pepper neben mir, der mir mit einem Schwanzwedeln und seinem treuen Blick einen guten Morgen wünschte. Ich kraulte ihn hinterm Ohr, was er mit einem wohligen Grunzen, schief gelegtem Kopf und halb geschlossenen Augen honorierte. Nach der Streicheleinheit trottete er zufrieden davon. Aus dem angrenzenden Badezimmer konnte ich das Rauschen des Wassers in der Dusche hören. Nick war bereits auf den Beinen, was für einen Frühaufsteher wie ihn nicht verwunderlich war. In dieser Hinsicht hätten wir nicht gegensätzlicher sein können, denn ich schlief für mein Leben gerne lang. Seit Christopher jedoch auf der Welt war, konnte ich die Tage, an denen ich ausgiebig ausschlafen konnte, an einer Hand abzählen. Schweren Herzens schälte ich mich aus meinem warmen Nest und schlurfte ins Badezimmer.

»Guten Morgen, Sweety! Gut geschlafen?«, wurde ich von Nick begrüßt, der mit einem Handtuch um die Hüften gewickelt vor dem großen Spiegel stand und sich rasierte.

»Wie ein Stein«, bestätigte ich mit einem Gähnen und

schmiegte mich an ihn. Seine Haut war warm und roch verführerisch nach seinem Duschgel. Hier und da auf seiner Haut schimmerten vereinzelt Wasserperlen in der Morgensonne.

»Frühstücken wir gleich zusammen?«, fragte er.

»Ja, sollten wir nicht?«, erwiderte ich überrascht über seine Frage und löste mich von ihm.

»Ich hatte angenommen, du seist in Eile, da um 8.30 Uhr dein Segelkurs beginnt. Das steht jedenfalls auf unserem Kalender in der Küche.«

»Mist! Das ist ja heute! Das habe ich vollkommen vergessen«, fiel es mir siedend heiß ein.

»Ich habe mich ein bisschen gewundert, dass du dir gestern nicht den Wecker gestellt hast. Dann gib mal Gas!«

In Windeseile machte ich mich fertig und griff beim Verlassen des Hauses nach dem Thermobecher mit Tee, den mir Nick freundlicherweise reichte.

»Viel Spaß und fahr vorsichtig!«, rief er mir nach. »Auf fünf Minuten früher oder später kommt es nicht an.«

»Ja, danke! Bis später!«

Ich sprang in meinen Wagen und fuhr auf schnellstem Weg nach Hörnum zum Hafen, wo sich auch vor Ort der Segelclub befand. Meine Eltern hatten mir zu meinem letzten Geburtstag auf Initiative meiner Mutter hin einen Segel-Schnupperkurs geschenkt, da sie der Ansicht waren, dass es in Anbetracht der Tatsache, dass ich auf einer Insel lebte, zwingend notwendig sei, sich im Notfall auch auf dem Wasser bewegen zu können. Dieser Kurs umfasste neben einer kurzen theoretischen Einführung einen praktischen Teil, einen kleinen Törn auf dem Meer, um einen ersten Eindruck zu bekommen. Ehrlicherweise musste ich gestehen, dass ich selbst nie auf die Idee gekommen wäre, einen entsprechenden Kurs zu belegen, und es nicht für überlebensnotwendig hielt, dennoch wollte ich meine Eltern nicht enttäuschen. Meine beste Freundin Britta, die seit vielen Jahren auf Sylt lebte, hatte zum zehnten Hochzeitstag von ihrem Mann Jan ein Segelboot geschenkt bekommen und zählte von nun an zur Gruppe der begeisterten Segler. Bei mir war diesbezüglich bis jetzt kein Funke übergesprungen, ich bevorzugte eher festen Boden unter den Füßen.

In Hörnum angekommen, parkte ich meinen Wagen auf dem großen Parkplatz direkt am Hafen. Von dort aus trennten mich nur wenige Gehminuten vom Segelclub. Obwohl sich das Wetter von seiner besten Seite zeigte, waren bislang wenige Urlauber rund um den Hafen auf den Beinen. Um diese Zeit saßen die meisten von ihnen noch beim Frühstück, mutmaßte ich. Mein Ziel befand sich am hinteren Ende des Hafens in unmittelbarer Nachbarschaft zum Golfplatz »Budersand« und dem gleichnamigen Luxushotel. Nach einem kurzen Fußmarsch erreichte ich das graue Gebäude des Sylter Yachtclubs, das als Treffpunkt genannt wurde. Bereits von Weitem erkannte ich eine wartende Gruppe Personen, die offensichtlich dasselbe Ziel hatte wie ich.

»Moin«, grüßte ich in die Runde und erntete ein mehr oder weniger freundlich gemurmeltes »Guten Morgen«.

Genau in diesem Augenblick öffnete sich die Tür und ein sportlicher, junger Mann mit kurz geschnittenem blonden Haar, in dem eine Sonnenbrille steckte, kam auf uns zu. In seinem sonnengebräunten Gesicht blitzte neben zwei blauen Augen eine Reihe strahlend weißer Zähne. Mir blieb das leise Raunen der vornehmlich weiblichen Anwesenden nicht verborgen.

»Moin und herzlich willkommen! Mein Name ist Bastian.« Er strahlte in die Runde. »Ich bin Segellehrer und führe euch heute durch den Segel-Schnupperkurs.« Dann begann er, die Teilnehmerliste durchzugehen und rief jeden namentlich auf. Im Anschluss schilderte Bastian den geplanten Ablauf des ersten Tages im Detail.

»Okay, das wär's fürs Erste. Wenn für den Moment von eurer Seite keine weiteren Fragen bestehen, würde ich euch gern als Erstes den Bootsanleger zeigen und euch mit den geltenden Sicherheitsbestimmungen auf dem Gelände vertraut machen. Wenn ich bitten darf!«

Er machte eine ausholende Handbewegung, und wir folgten ihm die Stufen hinunter zu den Stegen, an denen die Boote angelegt hatten.

»Machst du Urlaub auf der Insel?«, fragte er mich auf dem Weg dorthin.

»Nein, ich habe das Glück, hier zu wohnen und zu arbeiten, bin jedoch keine echte Sylterin«, stellte ich klar.

»Das sind mittlerweile die wenigsten. Das ist erst mein zweiter Sommer auf Sylt, aber mir gefällt es ausgesprochen gut hier. Unsere Segelschule hat übrigens auch Einzelstunden im Angebot, falls du Interesse haben solltest«, ließ er mich mit einem schelmischen Grinsen wissen.

»Was du nicht sagst«, erwiderte ich amüsiert über diesen offensichtlichen Flirtversuch.

»Gerade für Berufstätige wie dich kann das durchaus von Vorteil sein. Ich kann im Anschluss gern nach einem Termin sehen, wenn du magst«, legte er nach.

»Sehr entgegenkommend.« Ich konnte mir ein Schmunzeln nicht verkneifen, denn mit seinem Verhalten war exakt das eingetreten, was Britta prophezeit und ich als überholtes Klischee abgetan hatte. Der Punkt ging eindeutig an meine Freundin. Gedanklich sah ich sie bereits vor mir mit zufriedener Miene und Siegerfaust.

»Bastian, fahren wir heute noch mit dem Boot raus?«, erkundigte sich eine Teilnehmerin und sah ihn verzückt an.

»Nein, das steht erst morgen auf dem Stundenplan. Heute machen wir nur Trockenübungen an Land.« Er zwinkerte ihr zu, was augenblicklich eine Gesichtsrötung bei ihr auslöste.

Wir folgten im Gänsemarsch unserem charmanten Segellehrer den schmalen Weg direkt am Wasser entlang. Dabei war zu erkennen, dass jede der Anlegestellen über einen kleinen Steg, der ein Stück ins Wasser reichte, verfügte und mit einer Nummer versehen war. Schließlich blieb Bastian an einem Boot stehen und wandte sich an die Gruppe.

»So, ich erkläre euch kurz, was ihr im Vorfeld wissen müsst, wenn ihr euch an Bord eines Bootes begebt. Bei Fragen meldet euch bitte.«

Während ich Bastians Ausführungen lauschte, wanderte mein Blick immer wieder zwischen den vertäuten Booten hin und her. Das Wasser schwappte in mehr oder weniger gleichmäßigen Bewegungen gegen den Rumpf eines der Segelboote unmittelbar neben mir. Allein bei dem Anblick des schaukelnden Gefährts bekam ich ein flaues Gefühl im Magen. Sofort erwachte die Erinnerung an einen Mallorca-Urlaub mit meinen Eltern, bei dem ich auf der Luftmatratze seekrank geworden war, und fragte mich, ob die Teilnahme an einem Segelkurs tatsächlich eine gute Idee war.

»Gibt es hierzu Fragen?« Bastians Stimme holte mich schlagartig zurück in die Gegenwart.

»Wo sind denn hier die Toiletten, junger Mann?«, erkundigte sich eine Mittfünfzigerin mit ausgeprägt hessischem Dialekt.

»Im Clubhaus. Durch den Haupteingang, dann ist es ausgeschildert«, erklärte Bastian und deutete zu dem grauen Holzbau. »Wenn keine weiteren Fragen bestehen, schlage ich vor, wenden wir uns dem theoretischen Teil zu. Dazu folgt mir bitte alle nach drinnen ins Clubhaus.«

Auf dem Weg dorthin sah ich aus dem Augenwinkel etwas im Wasser liegen. Ich blieb stehen und lehnte mich neugierig ein Stück nach vorne, um besser sehen zu können, als beinahe mein Herzschlag aussetzte.

»Pass auf, Anna! Sonst fällst du womöglich ins Wasser, und ich muss dich gleich retten, was ich natürlich gern tue«, witzelte Bastian neben mir.

»Wir müssen sofort die Polizei rufen«, sprach ich so leise, dass die anderen mich nicht hören konnten.

»Hey, war nur Spaß, deswegen …« Er sprach nicht weiter, sondern starrte auf die Stelle im Wasser, auf die ich deutete.

»Scheiße!«, presste er leise hervor.

Neben dem Segelboot trieb eine leblose Person im Wasser.

»Was ist denn los?«, erkundigte sich ein Mann aus der Gruppe und reckte neugierig den Kopf.

»Nichts weiter, geht schon mal alle vor, wir kommen gleich nach«, versuchte Bastian, weitere Gruppenmitglieder davon abzuhalten, von unserer Entdeckung Kenntnis zu erlangen. Doch es war zu spät. Der spitze Aufschrei einer Teilnehmerin ließ den Rest der Gruppe aufhorchen. In Windeseile scharten sie sich um die Fundstelle am Steg.

Bastian hatte alle Hände voll zu tun, seine Segelschüler zum Gehen zu bewegen.

»Bitte geht zum Clubhaus! Wir werden umgehend die Polizei verständigen, sie wird sich um alles kümmern«, versuchte er dem drohenden Chaos Herr zu werden und schenkte mir einen verzweifelten Blick.

»Bastian hat recht. Wir sollten dort warten und keine eventuell wichtigen Spuren vernichten«, versuchte ich mich in Überzeugungsarbeit.

Während sich die Gruppe tatsächlich zurückzog, holte ich mein Handy aus der Tasche und wählte Nicks Nummer. Es dauerte nicht lange, bis er abnahm.

»Sweety, bist du in Seenot geraten und brauchst Hilfe?«, scherzte er, bevor ich etwas sagen konnte.

»Nein. Ich fürchte, in diesem Fall kommt ohnehin jede Hilfe zu spät.«

Kurze Zeit später hatte sich ein Großaufgebot der Polizei am Hörnumer Hafen eingefunden, und der Fundort der Leiche war großräumig abgesperrt worden. In der Zwischenzeit hatte sich zudem eine größere Ansammlung Schaulustiger gebildet, die das Geschehen mit neugierigen Blicken und gereckten Hälsen interessiert verfolgte. Der Tote war aus dem Wasser geborgen worden und lag nunmehr auf einem der Stege. Ein Notarzt beugte sich gerade über ihn. Ich stand in unmittelbarer Nähe und wartete auf Nick, während Uwe und er mit dem Arzt sprachen.

»Der Mann ist tot, da kann ich nichts mehr machen«, hörte ich den Notarzt in sachlichem Ton sagen und konnte erkennen, dass er im Begriff war, seine Sachen zusammenzupacken.

»Das ist unschwer zu erkennen«, brummte Uwe miss-mutig vor sich hin, den Blick auf den Toten gerichtet.

»Vermutlich«, fuhr der Notarzt ungefragt fort, »ist er ins Wasser gefallen und ertrunken. Ich habe keine auf-fälligen Wunden feststellen können. Die Schramme im Gesicht stammt vermutlich von dem Sturz ins Wasser. Bestimmt hat er heute Nacht ordentlich gefeiert und ist anschließend betrunken dort drüben ins Hafenbe-cken gefallen.« Er deutete in südliche Richtung. »Die Strömung hat den Leichnam dann bis hierher getrieben. Das wäre nicht das erste Mal, dass solche Missgeschi-cke vorkommen. Die Leute sind einfach zu leichtsinnig im Umgang mit Alkohol. Das erleben wir während der Saison öfter, als uns lieb ist.« Die Verbitterung in seiner Stimme war unverkennbar.

»Die Obduktion wird eine eindeutige Klärung erge-ben«, überging Nick den Einwand des Arztes.

»Er könnte ebenso vollkommen nüchtern gewesen sein und ist versehentlich gefallen. Vielleicht ist er aber auch absichtlich gestoßen worden?«, stellte ich zur Diskussion.

Der Arzt fixierte mich einen kurzen Augenblick lang mit seinem bohrenden Blick, doch dann winkte er resi-gniert ab. »Sie lesen zu viele Krimis, junge Frau«, konterte er. »Was meinen Sie, was ich in meiner Laufbahn alles schon erlebt habe. Ich könnte ein Buch darüber schrei-ben.« Dann zog er mit einem Ruck den Reißverschluss seiner Tasche zu und richtete sich schwerfällig auf. Sein linkes Knie machte ihm beim Aufstehen erkennbar zu schaffen. »So, ich glaube, meine Anwesenheit ist nicht länger erforderlich. Ich widme meine Zeit lieber leben-digen Patienten. Viel Erfolg bei der Ursachenforschung!« Mit diesen Worten trottete er zu seinem Wagen, wobei er

das linke Bein leicht schonte, was ein humpelndes Gang-
bild vermittelte.

»Komischer Kauz«, bemerkte Uwe und blickte ihm
mit gerunzelter Stirn nach. »Wie beurteilst du die Situation, Nick? Haben wir es mit einem Verbrechen zu tun?«
Er sah seinen Freund und Kollegen erwartungsvoll an.

»Auf Anhieb schwer zu sagen. Siehst du die Verletzung an der Schläfe?«

Ich hatte mich auf einer Treppenstufe niedergelassen, da meine Knie sich anfühlten, als seien sie aus Pud-
ding. Der Mann war zwar nicht der erste Tote, den ich
in natura gesehen hatte, trotz allem konnte und wollte
ich mich nicht an derartige Anblicke gewöhnen müssen.
Ich war Landschaftsarchitektin und keine Kripobeamtin.
Wie auch bei meinem letzten Kontakt mit einem Toten –
damals hatte Pepper eine Leiche buchstäblich ausgegra-
ben – verspürte ich zunehmend ein unangenehmes Gefühl
in der Magengegend aufsteigen.

»Du hast recht, die Verletzung ließe sich auf einen
Schlag mit einem stumpfen Gegenstand zurückführen«,
mutmaßte Uwe und kratzte sich nachdenklich den Vollbart.

»Die Tatwaffe zu finden, könnte sich als schwierig
erweisen«, stellte Nick fest.

»Da stimme ich dir vollkommen zu. Sieh dir das Hafengelände an!« Er machte eine ausholende Armbewegung.
»Hier wimmelt es förmlich von potenziellen Tatwaffen,
wenn ich mich so umsehe. Das gleicht einer Suche nach
der berühmten Nadel im Heuhaufen.«

»Die Verletzung könnte ebenso beim Sturz ins Wasser entstanden sein. Vielleicht ist er gegen einen harten
Gegenstand gestoßen, den Steg vielleicht, daraufhin ist er

ohnmächtig geworden, ins Wasser gefallen und schließlich ertrunken. Oder er war bereits tot, als er ins Wasser geworfen wurde«, meldete ich mich zu Wort.

»Willst du für uns die Ermittlungen übernehmen?«, fragte Uwe und legte den Kopf leicht schief.

Ich merkte, wie mir augenblicklich die Röte ins Gesicht schoss. »Entschuldigt bitte, ich wollte mich nicht einmischen.« Hilfe suchend sah ich zu Nick, dessen Mundwinkel amüsiert zuckten.

»Das war nicht böse gemeint, Anna. Dieselben Fragen stellen wir uns natürlich auch«, zeigte sich Uwe versöhnlich.

»Über den genauen Tathergang wird uns letztendlich der Rechtsmediziner aufklären«, fügte Nick hinzu. »Wichtiger wäre momentan zu wissen, um wen es sich bei dem Toten handelt.«

»Ansgar!«, rief Uwe einen der uniformierten Polizisten zu uns herüber.

»Moin, zusammen. Uwe, was gibt's?«

»Habt ihr mittlerweile etwas über die Identität des Toten herausfinden können? Kennt ihn zufällig jemand auf dem Hafengelände?«

»Fehlanzeige. Von den Befragten vor Ort kennt ihn niemand. Papiere hatte er nicht bei sich, jedenfalls haben wir nichts dergleichen gefunden. Die können natürlich irgendwo auf dem Meeresgrund liegen«, überlegte er.

»Schade, das hätte uns einiges an Arbeit erspart.« Uwe strich sich resigniert über den Bart.

»Tut mir leid, dass ich dir nicht mehr bieten kann. Vielleicht ist er draußen vor der Küste von einem der Schiffe über Bord gegangen. Wäre immerhin ein Szenario. Ich kann mich bei den Reedereien umhören, ob ein Passagier oder ein Besatzungsmitglied seit Kurzem vermisst wird«, schlug Ansgar vor.

»Wie ein Fischer oder Hafenarbeiter sieht er seinem Kleidungsstil nach zu urteilen nicht unbedingt aus. Tja, wer weiß. Ich wäre dir jedenfalls dankbar, wenn du das übernehmen könntest. Danke, Ansgar.« Dann wandte sich Uwe seinem Kollegen Nick zu, der den Toten nachdenklich betrachtete und sich den Nacken rieb. »Was geht dir durch den Kopf?«

»Seinem Zustand nach zu urteilen, liegt er noch nicht allzu lange im Wasser«, vermutete Nick.

»Ich bin gespannt, was Dr. Luhrmaier und sein Team herausfinden werden«, warf Uwe ein.

»Das ist der Rechtsmediziner, den ich im Fall des ermordeten Bauunternehmers kennengelernt habe, oder?«, fragte ich nach.

»Ja, er ist ein Genie auf seinem Gebiet, menschlich gesehen kann er allerdings verdammt anstrengend sein«, erwiderte Uwe und zog eine vielsagende Grimasse.

»Dann will ich euch nicht länger aufhalten«, beschloss ich, verabschiedete mich von den beiden Männern und brach auf zu meinem Auto.

Aufgrund des Leichenfundes und der damit einhergehenden Maßnahmen wie Spurensicherungen und Zeugenbefragungen war der heutige Segelkurs abgesagt und auf einen späteren Zeitpunkt verschoben worden. Als ich mich dem Parkplatz näherte, blieb mein Blick an einem dunkelblauen Golf hängen, vor dessen Fahrertür etwas Längliches auf dem Boden lag. Neugierig ging ich darauf zu und erkannte im Näherkommen, dass es sich um eine Parkscheibe handelte. Vermutlich befand sie sich im Ablagefach der Tür und war dem Fahrer beim Aussteigen herausgefallen. Ich hob sie auf und bemerkte dabei, dass die Tür nicht fest verschlossen war. Daraufhin warf ich einen Blick ins Innere des Wagens und erkannte im Fußraum und auf dem Beifahrersitz unzählige leere Getränkeflaschen aus Kunststoff, die alle fein säuberlich in Einkaufsbeuteln aus Baumwolle verpackt waren. Ansonsten befand sich der Wagen innen wie außen in einem sehr gepflegten Zustand. Kurzerhand umfasste ich den Türgriff der Fahrertür, die sich ohne Weiteres öffnen ließ. Als ich gerade die Parkscheibe auf den Fahrersitz legen wollte, bemerkte ich, dass der Schlüssel im Zündschloss steckte, und fragte mich, warum jemand sein Fahrzeug unverschlossen auf einem großen Parkplatz inmitten des belebten Hafenviertels abstellte. Der Besitzer musste doch befürchten, sein Wagen könnte gestohlen oder zumindest beschädigt werden. Ich sah mich nach dem Fahrer um, konnte jedoch niemanden weit und breit entdecken, der sich dem Fahrzeug zugehörig fühlte. Die Situation erschien mir zusehends suspekter, und plötzlich schoss mir ein Gedanke durch den Kopf.

KAPITEL 3

»Moin«, brummte Steen, als er die Küche betrat und sich auf einen der Stühle am Küchentisch fallen ließ. Er wirkte unausgeschlafen, sein Haar war vom Duschen noch feucht.

»Moin, mein Junge! Du bist früh dran heute.« Onno Larsen schraubte den Deckel der Thermoskanne auf und ließ Kaffee in die bereitgestellte Tasse laufen. »Trink erst mal einen ordentlichen Schluck, der weckt die müden Lebensgeister. Und dann iss!«

»Mir bleibt nicht viel Zeit zum Frühstücken, ich muss zum Training«, gab der junge Mann zurück und setzte den dampfenden Becher vorsichtig an die Lippen, während er mit der anderen Hand in den Brotkorb griff.

»Hier wird ordentlich gegessen. Schließlich brauchst du Kraft und Energie, wenn du den feinen Pinkeln vom Festland Paroli bieten willst!«

»Lass gut sein, Opa! Ich verhungere schon nicht. Außerdem nehme ich an einem Wettbewerb teil und ziehe nicht in den Krieg«, erwiderte Steen und legte eine Scheibe Käse zwischen die beiden Hälften des Brötchens, bevor er es zuklappte und hineinbiss.

»Wie du meinst. Ich will nur dein Bestes.«

Eine Weile saßen sich die beiden Männer über ihre Teller gebeugt gegenüber, ohne ein Wort miteinander zu wechseln.

»Was ist denn mit dir passiert?« Steen hatte den Kopf gehoben und seinen Großvater zum ersten Mal an diesem

Morgen richtig ins Antlitz gesehen. Nun ruhte sein Blick auf dessen Gesicht, in dem eine erhebliche Schramme zu erkennen war. Schorf hatte sich an der Stelle gebildet, umgeben von einer blauvioletten Verfärbung.

Doch Onno Larsen winkte ab. »Keine große Sache, ich habe mich unglücklich gestoßen.«

»Wobei?«, hakte Steen nach.

»Wie gesagt, kein Drama«, wich sein Großvater der Frage aus.

»Verdammt!« Steen schlug mit der flachen Hand auf die Tischplatte, sodass das Geschirr klapperte und sein Großvater erschrak. »Hör endlich auf damit! Du machst alles nur schlimmer. Oma wird nicht wieder lebendig, sieh das doch endlich ein!« Mit diesen Worten sprang er abrupt auf, schnappte sich den letzten Bissen Brötchen und verließ hastig die Küche.

»Steen! Junge! Warte!«, versuchte Onno Larsen, seinen Enkel aufzuhalten, aber der junge Mann hatte das Haus bereits verlassen, was durch die lautstark ins Schloss krachende Haustür bestätigt wurde. Onno Larsen stieß einen lang gezogenen Seufzer aus und begann, den Frühstückstisch abzuräumen. Wenn sich nicht bald etwas änderte, würde er auch noch seinen Enkel verlieren, das war ihm bewusst. Das zu verhindern, lag allein in seiner Hand.

Auf der Westerländer Promenade knatterten bunte Fahnen im Wind und zerrten an ihrer Befestigung, als wollten sie sich mit aller Macht von ihren Fesseln befreien. Musik dröhnte vielerorts aus den aufgestellten Lautsprechern. Überall entlang der Eventmeile waren Zelte und Buden aufgestellt, in denen neben Speisen und Getränken auch Bekleidung und Surfzubehör angeboten wurden – eine abwechslungsreiche Mischung mit Festivalcharakter und Urlaubsfeeling. Neugierig drängten sich Besucherströme durch die enge Gasse. Der diesjährige Kitesurf-Cup stand unmittelbar vor der Eröffnung. Hier und dort wurde noch bis zur letzten Minute Hand angelegt, damit alles passte. Außerdem wurde für ausreichend Lebensmittel und Getränke für den starken Besucheransturm der nächsten Zeit gesorgt. Das Wetter zeigte sich von seiner besten Seite, vom strahlend blauen Himmel schien die Sonne, und der Wind wehte kräftig aus Westen. Wenn man den Meteorologen Glauben schenken durfte, sollte diese Wetterlage auch in den nächsten Tagen Bestand haben. Somit konnten sich sowohl Teilnehmer als auch Zuschauer auf optimale Voraussetzungen für einen spannenden und erstklassigen Wettkampf freuen.

»Moin, Steen!«

»Moin, Leonie! Hey, Emma! Was ist passiert? Warum ist die Polizei hier?«

»Hast du es nicht gehört? In den Container von Kilian wurde eingebrochen. Jemand hat das Schloss geknackt«, erklärte die junge Frau aufgeregt.

»Wurde etwas geklaut?«, wollte Steen wissen und reckte seinen Kopf in die Richtung der Menschenansammlung. Neben der Polizei hatten sich Schaulustige um den Tatort herum versammelt.

»Das weiß ich nicht. Ich habe Kilian bislang nicht gesprochen. Da hinten ist er!«

Steen war gerade im Begriff, sein Fahrrad abzuschließen, als ein junger Mann wütend auf ihn zustürmte.

»Hey, Larsen! Was hast du dir dabei gedacht?«, schleuderte er ihm aufgebracht entgegen.

»Beruhig dich! Wovon genau sprichst du?«, gab Steen unbeeindruckt zurück.

»Tu nicht so scheinheilig! Wenn du glaubst, mich mit der Nummer ausbremsen zu können, um dir einen Vorteil zu verschaffen, hast du dich gewaltig geschnitten. Da musst du schon andere Geschütze auffahren, Larsen!« Am liebsten hätte er seinen Kontrahenten am Kragen gepackt, doch in Anbetracht der Polizeipräsenz in der Nähe gab er seinem Impuls nicht nach.

»Ich habe mit der Sache nichts zu tun. Und jetzt lass mich in Ruhe.« Mit diesen Worten drehte Steen ihm den Rücken und verschwand im Inneren des Surfclubs.

Kilian wollte zu einer Antwort ansetzen, entschied sich jedoch im letzten Moment dagegen und begab sich zurück zum Strand.

»Glaubt Kilian ernsthaft, du hättest mit dem Einbruch zu tun?«, fragte Leonie, die Steen wie ein Schatten gefolgt war. »Warum solltest du so etwas machen? Ihr seid zwar Konkurrenten beim Kiten, aber keine Feinde.«

Steen zuckte lediglich die Schultern. »Frag ihn!«

»Außerdem bekommt er sowieso eine neue Ausrüstung von seinem Sponsor zur Verfügung gestellt für den Fall, dass tatsächlich etwas gestohlen sein sollte. Wozu dann eben dieses Theater?«, überlegte sie weiter, wobei sich auf ihrer Stirn mehrere Falten bildeten. »Emma und ich finden es ohnehin eine Frechheit, dass die Firma ›Kitetex‹ ihn unterstützt und nicht dich. Schließlich stammst du von der Insel, und Sylter Unternehmen sollten in erster Linie ihre eigenen Talente fördern und nicht irgendwelche fremden Sportler. Findest du nicht auch? Das ist total ungerecht! Ich an deiner Stelle würde mir das von diesem aufgeblasenen Schröder nicht bieten lassen. Emma sieht das genauso und einige andere auch«, ereiferte sie sich. Ihre Freundin nickte zustimmend.

»Ach ja? Und was sollte ich eurer Meinung nach bitteschön tun?«

Leonie wartete kurz, bevor sie antwortete. »Na ja. So genau weiß ich das auch nicht, aber wenigstens würde ich …«

»Lass gut sein, Leonie! Das ist nett gemeint, dass du mir helfen willst, aber du brauchst dir wirklich nicht meinen Kopf zerbrechen. Ich komme gut allein klar«, gab Steen der jungen Frau deutlich zu verstehen, dass er nicht gewillt war, das Thema weiter zu vertiefen. Stattdessen schnappte er sich seinen Neoprenanzug und ging sich umziehen.

Die Tür öffnete sich derart schwungvoll, dass sich Uwe vor Schreck gehörig an seinem Salamibaguette verschluckte und augenblicklich einen Hustenanfall bekam.

»Guten Morgen, Herr Wilmsen! Habe ich Sie etwa erschreckt? Dann tut es mir leid. Das war ganz und gar nicht meine Absicht«, entschuldigte sich Staatsanwalt Matthias Achtermann.

Ein kurzes Anklopfen wäre nett gewesen, dachte Uwe, behielt den Gedanken jedoch für sich. »Geht schon wieder«, presste er stattdessen hervor. Mit dem Handrücken wischte er sich die letzten Tränen aus den Augen und erhob sich anschließend, um seinem Besucher zur Begrüßung die Hand zu reichen.

»Ich könnte es mir nie verzeihen, wenn Ihnen meinetwegen etwas zustoßen würde. Sie sind einer meiner wichtigsten Mitarbeiter«, säuselte er.

Uwe rang sich ein gequältes Lächeln ab. »Darf ich Ihnen einen Kaffee anbieten, Herr Achtermann?« Seine Stimme klang noch eine Spur rau.

Der Blick des Staatsanwaltes richtete sich zu der Kaffeemaschine auf der Fensterbank, der man deutlich ansah, dass sie schon einige Dienstjahre auf dem Buckel hatte.

»Nein, haben Sie vielen Dank. Ich habe vorhin ausgiebig gefrühstückt. Von zu viel Kaffee bekomme ich Sodbrennen. Meines Erachtens ist es allerdings höchste Zeit, sich über die Anschaffung einer neuen Maschine Gedanken zu machen. Diese dürfte mittlerweile ein nicht zu unterschätzendes Sicherheitsrisiko darstellen.« Er deutete mit skeptischer Miene zu dem Haushaltsgerät.

»Ich kann Ihre Bedenken gern weitergeben«, bot Uwe an.

»Ich werde mich persönlich für eine Neuanschaffung einsetzen. Melden Sie sich, falls es diesbezüglich Schwierigkeiten geben sollte, ich werde das regeln«, versprach Achtermann und sah äußerst zufrieden aus.

»Hm«, brummte Uwe vor sich hin. Achtermann hätte den Raum kaum verlassen, da würde er sein großzügiges Versprechen längst vergessen haben, davon war er überzeugt.

»Wie mir mitgeteilt wurde, ist heute Morgen ein Toter gefunden worden? Wo war das noch mal genau?«

»In Hörnum im Hafenbecken.«

»Richtig, in der Nähe des Golfplatzes. Sie gehen mittlerweile von einem Gewaltverbrechen aus?«

»Wir können es jedenfalls nicht völlig ausschließen. Das lässt sich zum jetzigen Zeitpunkt nicht eindeutig sagen. Die Leiche weist Verletzungen auf, die sowohl von dem Sturz ins Wasser als auch durch äußere Gewalteinwirkung durch Dritte herrühren können. Sobald Dr. Luhrmaier die Obduktion abgeschlossen hat, können wir sicher sagen, ob es sich um einen Unfall oder tatsächlich um Fremdverschulden handelt«, erklärte Uwe.

»Bitte halten Sie mich in jedem Fall auf dem Laufenden.«

»Selbstverständlich, Herr Achtermann. Wie immer.«

»Schön, ich hatte nichts anderes erwartet. Ursprünglich bin ich aus einem völlig anderen Grund hergekommen«, wechselte der Staatsanwalt das Thema.

»Das dachte ich mir, dass Sie nicht wegen des Toten gekommen sind. Wo ist sie denn nun?«, hakte Uwe neugierig nach. »Ich hatte angenommen, Sie brächten die junge Dame, von der Sie neulich am Telefon gesprochen haben, gleich mit.« Insgeheim keimte Hoffnung in Uwe auf, dass der Kelch vielleicht an ihm vorbeiging, obwohl er bereits ein Gästezimmer für die junge Frau organisiert hatte. Wenn er ehrlich war, hatte er weder Zeit noch Lust, den Babysitter für die Tochter eines Bekannten von Achtermann zu spielen. Tagsüber würde sie ihrem Praktikumsjob nachgehen, aber nach Feierabend oder abends würde er ein Auge auf sie haben müssen. Ausgerechnet jetzt war Tina nicht da. Seine Frau war derzeit zur Kur in Bad Salzuflen, sodass er für die nächsten vier Wochen auf sich allein gestellt war. In dieser Zeit hatte er sich viel vorgenommen und eigens eine Liste zusammengestellt mit Dingen, die er erledigen wollte, bevor Tina nach Hause kam. Und nun kam ihm dieser Todesfall dazwischen, dessen Ausmaß aus ermittlungstechnischer Sicht in keiner Weise abzusehen war. Er stöhnte innerlich.

»Doch, doch«, bekräftigte Achtermann und riss sein Gegenüber aus seinen Gedanken. »Ich habe sie im Hotel abgesetzt. Anschließend wollte Juna sich zunächst die Westerländer Innenstadt ansehen, um sich einen ersten Überblick zu verschaffen«, fuhr er mit seinen Ausführungen fort. »Sie war noch nie auf Sylt. Ich habe mir überlegt, sie beide heute bei einem gemeinsamen Abendessen miteinander bekannt zu machen. Was halten Sie von dem Vorschlag? Grandiose Idee, nicht wahr?«

»Hervorragend«, bestätigte Uwe. »Aber wieso wohnt sie im Hotel? Ich habe mich um ein Zimmer für sie gekümmert. Darum hatten Sie mich ausdrücklich gebeten«, erinnerte ihn Uwe, und leichter Ärger stieg in ihm auf.

»Ein Zimmer?« Nun war es Matthias Achtermann, der überrascht wirkte. »Ich glaube, da habe ich mich im Vorfeld missverständlich ausgedrückt. Bei der jungen Dame handelt es sich um die Tochter von Anders Skjellberg.« Uwe sah ihn mit hochgezogenen Augenbrauen fragend an. »Der Generalstaatsanwalt Skjellberg. Daher kann sie unmöglich in einem einfachen Zimmer untergebracht werden. Hatte ich das in unserem Gespräch unerwähnt gelassen?«

»Sieht ganz danach aus«, erwiderte Uwe mit zerknirschter Miene. In diesem Fall gab er sich keine Mühe, mit seiner Verärgerung hinter dem Berg zu halten. Offensichtlich war das von ihm ausgewählte Quartier nicht gut genug für die Dame. Uwe konnte sich glücklich schätzen, überhaupt eine Unterkunft über einen längeren Zeitraum ergattert zu haben, schließlich befanden sie sich mitten in der Hauptsaison und sämtliche Unterkünfte waren restlos ausgebucht.

»Oh, dann habe ich das wohl vergessen. Auf jeden Fall bewohnt Juna einige Tage ein Hotelzimmer, bis die

Ferienwohnung frei ist, die ihr Vater für sie organisiert hat«, ließ Staatsanwalt Achtermann ihn wissen. »Für heute Abend habe ich einen Tisch für uns bestellt, dann können Sie sie kennenlernen. Ich dachte, das wäre mal wieder eine perfekte Gelegenheit, die hervorragende Sylter Küche zu genießen. Oder Herr Wilmsen?« Er bekam einen hochzufriedenen Gesichtsausdruck.

»Super«, knurrte Uwe, als sein Telefon klingelte und ihn somit vorerst vor weiteren phänomenalen Ideen des Staatsanwaltes bewahrte. »Da muss ich rangehen, das ist der Kollege Scarren«, setzte er eine entschuldigende Miene auf und griff dankbar nach dem Hörer, ohne eine Antwort abzuwarten.

»Nur zu! Die Arbeit geht selbstverständlich vor«, wurde er von Achtermann in seinem Handeln bestärkt.

Nach dem Abendessen hatten wir auf der Terrasse Platz genommen und beobachteten die glutrote Sonne, die langsam am Horizont verschwand, und wie sich allmählich die Nacht über die Insel legte wie ein schützender Schild.

»Ob Christopher schon eingeschlafen ist?«, überlegte ich und sah zu Nick.

»Ganz bestimmt. Der Tag war aufregend für ihn, er wird schlafen wie ein Murmeltier«, beruhigte er mich und legte seinen Arm um mich. »Mach dir keine unnötigen Sorgen.« Er küsste mich auf die Schläfe.

»Vermutlich hast du recht. Es ist seltsam leer ohne ihn. Andererseits habe ich plötzlich Zeit für Dinge, zu denen ich sonst nicht komme, wenn er da ist. Bitte verstehe mich nicht falsch, aber …«, startete ich einen Erklärungsversuch.

»Du brauchst dich nicht zu rechtfertigen, Anna. Das ist doch normal, mir geht es nicht anders.« Er betrachtete mich eingehend. »Stimmt etwas nicht?«

»Alles in Ordnung, warum fragst du?«

»Du wirkst den ganzen Abend über sehr ernst und nachdenklich.« Er strich mir eine Haarsträhne aus der Stirn.

»Der tote Mann vom Hafen geht mir nicht aus dem Kopf«, räumte ich ein. »Ich frage mich ständig, was ihm zugestoßen sein könnte.«

»Das wüssten wir auch gern. Dein Hinweis mit dem Auto war übrigens ein Volltreffer«, ließ Nick mich wissen.

»Dann gehörte der Wagen tatsächlich dem Toten? Das hast du bislang mit keiner Silbe erwähnt.«

»Ich wollte dich damit nicht belasten. Ja, im Wagen haben wir Ausweispapiere gefunden. Und nachdem wir eine Halterabfrage durchgeführt haben, besteht an seiner Identität keinerlei Zweifel mehr.«

»Und? Wer ist der Mann? Stammt er von der Insel?«

»Bei dem Toten handelt es sich um Richard Münkel, wohnhaft in Westerland.«

Der Name sagte mir nichts. »Nie gehört. Glaubst du, er wurde ermordet?«

»Was ich glaube, Sweety, ist irrelevant. Die Fakten sind einzig ausschlaggebend. Ich persönlich gehe allerdings von einem Tötungsdelikt aus. Die Spurensicherung hat die Untersuchungen an dem Fahrzeug noch nicht vollständig abgeschlossen, solange bleibt es beschlagnahmt. Morgen wissen wir mehr. Allein die Obduktionsergebnisse von Dr. Luhrmaier werden Aufschluss bringen. Wie ich ihn einschätze, hat er sich umgehend in die Untersuchungen gestürzt und macht gern Überstunden, um uns sein Ergebnis zu präsentieren.«

»Ein Unfall mit Todesfolge wäre schon schlimm genug, aber ein Mord auf Sylt hätte weitreichende Folgen«, überlegte ich. »Das würde für eine Menge Unruhe sorgen, wenn die Presse darüber berichtet. Ausgerechnet jetzt, wo der Kitesurf-Cup in Kürze beginnt. Ich könnte mir vorstellen, dass einige Besucher die Insel meiden werden, solange ein Mörder sein Unwesen treibt.«

»Ich glaube kaum, dass die Leute sich davon abschrecken lassen. In jeder Stadt kann ein Mord passieren, trotzdem verlassen nicht alle Menschen den Ort oder setzen keinen Fuß mehr dorthin. Mit Sylt ist es ähnlich, außerdem findet immer irgendein Event auf der Insel statt, das die Besucher anlockt. Zudem leben wir in einer sich schnell verändernden Zeit. In ein paar Tagen spricht kaum noch jemand darüber. Das ist doch beinahe mit allen Dingen so«, entgegnete Nick. Mit einem Blick auf mein leeres Glas fragte er: »Magst du noch einen Schluck Wein?«

»Für heute habe ich genug, danke. Morgen früh muss ich fit sein. Ich habe einen wichtigen Termin.« Nick hob fragend die Augenbrauen. »Bei der Werbeagentur ›A.K. Sea‹ in der Friedrichstraße«, half ich ihm auf die Sprünge.

»Wegen deines neuen Internetauftrittes, stimmt. Das hatte ich vollkommen verdrängt. Sagtest du nicht, dass die Agentur momentan keine Neuaufträge annimmt? Geht nicht außerdem morgen dein Segelkurs weiter?«

»Der ist auf nächste Woche verschoben worden. Was die Werbeagentur angeht, hast du recht. Ich habe ein bisschen meinen Charme spielen lassen, und nach

anfänglichem Zögern hat der Inhaber, Arno Kelsterbach, sich doch bereit erklärt, mir einen Termin zu
geben.«

»Interessant.« Nick verzog den Mund und trank einen
Schluck Wein. »Übertreib es bloß nicht.«

»Womit?«

»Mit deiner Charmeoffensive. Kelsterbach gilt als
äußerst aufgeschlossen, was das weibliche Geschlecht
angeht, wenn du verstehst, was ich meine. Sei also besser auf der Hut!«

»Ach, Nick!« Ich stieß ihn spielerisch in die Seite und
kuschelte mich dann an ihn. »Du kannst vollkommen
entspannt bleiben. Kelsterbach interessiert mich nicht
im Geringsten, mir geht es ausschließlich um meine
neue Website. Das ist höchste Zeit, dass sie moder-
ner wird. Solange ich dich habe, bin ich gegen jegli-
che Annäherungsversuche anderer Männer ohnehin
immun.«

»Das will ich hoffen.« Ein jungenhaftes Grinsen
erschien auf Nicks Gesicht.

KAPITEL 4

»Liegt schon eine Rückmeldung von Dr. Luhrmaier im Fall Münkel vor?«, erkundigte sich Uwe, als er am nächsten Morgen das Büro betrat und sich auf seinem Bürostuhl niederließ. »Was ist denn mit meinem Stuhl passiert? Der ist total verstellt! Das war bestimmt wieder diese neue Reinigungskraft«, grummelte er vor sich hin und nahm die Einstellungen an seinem Stuhl vor.

»Hast du schlechte Laune?«, fragte Nick nach.

»Nein, ich habe nur noch nix gefrühstückt«, erwiderte er. »So, passt wieder alles.« Uwe wippte mit der Rückenlehne mehrmals hin und her. Dann raschelte er mit einer Papiertüte vom Bäcker, aus der er ein braun glänzendes Rosinenbrötchen hervorzauberte. »Also, weiter im Text. Gibt es Neuigkeiten?«

»Du kommst just in time. Der vorläufige Obduktionsbericht ist eben per Mail eingegangen«, erwiderte Nick, der konzentriert auf seiner Tastatur herumtippte.

»Das ging aber fix. Und was steht drin?«

»Ich hatte noch keine Zeit, ihn ausführlich zu lesen. Dr. Luhrmaier hat um sofortigen Rückruf gebeten, da er uns wie üblich zu seinem Bericht das ein oder andere erläutern möchte«, fügte Nick hinzu, während er zeitgleich die Nummer des Rechtsmediziners wählte und die Lautsprechertaste betätigte. Die Verbindung war kaum hergestellt, da ertönte bereits die resolute Stimme Dr. Josef Luhrmaiers.

»Guten Morgen, meine Herren!«, begrüßte er die beiden Polizisten wie immer. »Haben Sie sich zwischenzeitlich meinen Bericht ansehen können?«

»Ich habe ihn kurz überflogen«, bestätigte Nick. »Wie ich Ihren Ausführungen entnehmen kann, gehen Sie weder von einer natürlichen Todesursache noch von einem Unfall aus.«

»Korrekt, beides können wir definitiv ausschließen, ebenso einen Suizid.«

»Da sind Sie absolut sicher?«, hakte Uwe vorsichtig nach, was er im selben Moment bereits bereute.

Am anderen Ende der Leitung konnte man hören, wie der Rechtsmediziner die Luft scharf einsog, bevor er zu einer Antwort ansetzte.

»Aufgrund meiner langjährigen Erfahrung, Herr Wilmsen, kann ich Ihnen mit an 100 Prozent grenzender Sicherheit sagen, dass im vorliegenden Fall von einem Fremdverschulden auszugehen ist.«

»Bitte, Herr Dr. Luhrmaier, ich wollte Ihre Expertise in keiner Weise infrage stellen«, versuchte Uwe, die Wogen zu glätten.

»Das Opfer ist nicht ertrunken, was man auf den ersten Blick hätte vermuten können, sondern war bereits tot, als er ins Wasser gelangte«, präzisierte Dr. Luhrmaier, ohne auf Uwes Einwand näher einzugehen. »An seinem Körper befinden sich zudem eindeutige Schleifspuren, was den Schluss zulässt, dass er eine erhebliche Strecke über harten Untergrund gezogen wurde, bevor er im Wasser gelandet ist. Druckstellen an den Handgelenken unterstreichen diese Annahme.«

»Hm. Als er gefunden wurde, trieb er bäuchlings im Hafenbecken«, resümierte Uwe vor sich hin, während er vergeblich an der Verpackung eines Schokoriegels zerrte.

Das Rosinenbrötchen gehörte längst der Vergangenheit an.

»Natürlich tat er das. Eine Wasserleiche schwimmt niemals auf dem Rücken. Mir war nicht bewusst, dass Ihnen diese Tatsache neu ist, Herr Wilmsen.« Die Genugtuung in Dr. Luhrmaiers Stimme war unüberhörbar. »Sehen Sie«, fuhr er fort, »wäre der Mann beim Kontakt mit dem Wasser am Leben gewesen, hätte ich eine starke Überdehnung der Lungenbläschen feststellen müssen, die auf extreme Atembewegungen zurückzuführen sind. Dies ist aber definitiv nicht der Fall, da er – wie ich bereits erwähnte – schon tot war. Darüber hinaus waren keinerlei Überbleibsel des sogenannten Schaumpilzes in den Atemwegen festzustellen, der bei einer Wasserleiche üblich sind. Normalerweise …«

»Klingt nicht besonders appetitlich, daher verzichten wir gern auf nähere Details, wenn es nicht unbedingt notwendig ist«, unterbrach ihn Uwe, dem es endlich gelungen war, den Schokoriegel aus seiner widerspenstigen Ummantelung zu befreien.

»Ist es nicht.« Es entstand eine kurze Pause, wobei neuerlich unverkennbar war, dass nach Uwes Bemerkung eine leichte Verstimmung in Dr. Luhrmaiers Tonfall mitschwang. Nick schenkte seinem Kollegen umgehend einen strafenden Blick, den dieser jedoch lediglich mit einem müden Schulterzucken erwiderte.

»Wussten Sie übrigens, dass man in Salzwasser langsamer ertrinkt als in Süßwasser? Im Grunde unerheblich, das Ergebnis ist dasselbe«, meldete sich ihr Gesprächspartner zurück. Doch seine Worte klangen, als spräche er eher zu sich selbst als mit den Beamten.

»Nein, das wussten wir nicht. Klingt auf jeden Fall

interessant. Doch was hat in unserem Fall zum Tode geführt?«, erkundigte sich Nick, um einen versöhnlichen Ton bemüht.

»Genickbruch«, erhielt er die prompte Antwort.

»Genickbruch? Daran bestehen keine Zweifel?«, wiederholte Nick überrascht.

»Nicht die geringsten. Es stehen zwar noch einige Laboruntersuchungen aus, aber die ändern nichts an der Todesursache. Tut mir leid, wenn ich Sie mit dieser schnöden Tatsache enttäuscht haben sollte. Womit haben Sie denn gerechnet?«

»Ehrlich gesagt, weiß ich es nicht«, gab Nick zu und rieb sich den Nacken.

»Der Tote war übrigens Raucher, doch das ist in diesem Fall unerheblich. Genickbruch ist eindeutig die Todesursache. Jemand muss mit brachialer Gewalt gehandelt haben. Das Opfer muss sich gewehrt haben, denn ich habe erhebliche Abwehrmerkmale an dessen Oberkörper und außerdem Würgemale entdeckt sowie winzige Mengen von Fremd-DNA unter den Fingernägeln. Sie stammen vermutlich vom Täter. Der Tote hat nicht allzu lange im Wasser gelegen, denn die Nägel haben noch nicht begonnen, sich abzulösen.«

Uwe hielt mitten im Kauen inne, verzog angewidert das Gesicht und legte den angebissenen Schokoriegel beiseite. Angesichts dieser Vorstellung war ihm der Appetit gründlich vergangen.

»Dann könnte es im Vorfeld zu einem Streit gekommen sein, der anschließend in einer handgreiflichen Auseinandersetzung endete, in dessen Verlauf wiederum der tödliche Genickbruch erfolgte«, versuchte Nick, den Tathergang zu rekonstruieren.

»So könnte es gewesen sein, jedenfalls klingt es plausibel, wenn man die Verletzungen betrachtet«, stimmte Dr. Luhrmaier Nicks Theorie zu.

»Können Sie uns nähere Angaben zum Todeszeitpunkt geben?«, wollte Uwe wissen.

Dr. Luhrmaier antwortete nicht sofort, stattdessen konnte man im Hintergrund deutlich das Rascheln von Papier hören. »Meinen Untersuchungen zufolge ist der Tod in der Frühe eingetreten, ungefähr gegen fünf Uhr morgens. 100-prozentige Sicherheit gibt es nicht. Ansonsten finden Sie alles ausführlich beschrieben in meinem Bericht, der Ihnen vorliegt. Wenn Sie für den Moment keine dringenden Fragen haben, würde ich unser Gespräch an dieser Stelle gern beenden. Ich muss gleich in die Klinik.«

»Oh, ich hoffe, Sie sind nicht erkrankt?«, bemerkte Uwe.

»Ich?« Dr. Luhrmaier gab einen kurzen Lacher von sich. »Nein. Ich muss ein Gutachten zu einem angeblichen Arbeitsunfall anfertigen.«

»Angeblich?«

»Richtig gehört, Herr Wilmsen. Die Verletzungen des Opfers stimmen nicht mit seiner Aussage überein.«

»Vermutlich will er die vereinbarte Versicherungssumme kassieren«, warf Nick ein.

»Möglich, in diesem Punkt sind die Leute erschreckend erfinderisch, daher ist an dieser Stelle meine Expertise gefragt. Im Übrigen habe ich nicht ausschließlich mit Toten zu tun, wenn Sie das bislang angenommen haben sollten. Zu meiner Klientel gehören sowohl die Lebenden als auch die Toten. Das bringt Abwechslung in den Alltag!« Ein erneuter Lacher entsprang seiner Kehle. »Nun

dann. Viel Erfolg bei der Verbrecherjagd, die Herren!«
Ehe die beiden Beamten etwas erwidern konnten, hatte
Dr. Luhrmaier das Gespräch für beendet erklärt und auf-
gelegt.

»Was war denn mit unserem Doktor heute los?«, fragte
Uwe verdutzt.

»Du kennst ihn doch, manchmal ist er eben etwas seltsam.«

»Etwas? Mir geht seine Besserwisserei auf die Nerven.«
Uwe zog eine Grimasse und stopfte sich anschließend vor
lauter Frust den Rest seines Schokoriegels in den Mund,
den er mit einem Schluck Kaffee hinunterspülte.

»Wenden wir uns lieber unserem Fall zu.«

»Gute Idee. Was wissen wir bislang über das Opfer?«

»Der Mann heißt Richard Münkel, ist 47 Jahre alt, lebte
in einer kleinen Wohnung zur Miete am Rande von Westerland. Vor ungefähr vier Monaten hat er sich arbeitslos
gemeldet«, zählte Nick mit Blick auf seine Notizen die
Fakten der Reihe nach auf.

»Familienstand?«, unterbrach ihn Uwe. »Vielleicht
stammt der Täter aus dem familiären Umfeld?«

»Ich war noch nicht fertig. Münkel ist ledig und hat
keine Kinder, die Eltern sind beide vor Jahren verstorben. Eine Lebensgefährtin oder -gefährten konnte ich
ebenfalls nicht ausfindig machen. Keine Vorstrafen. Das
ist alles, was sich in der Kürze der Zeit zusammentra-
gen ließ.«

»Gut, gut«, grummelte Uwe vor sich hin und spielte
gedankenverloren mit einem Kugelschreiber in seiner
Hand. »Wovon hat er zuletzt gelebt? Gibt es Informationen zu seinem Job oder letzten Beschäftigungsver-
hältnis?«

»Und ob! Da kommst du nie drauf!«

»Nun lass die Ratespielchen, Nick, und komm auf den Punkt!«

»Er hat eine Ausbildung zum Butler absolviert.«

»Wie bitte?«

»Du hast richtig gehört, Richard Münkel ist von Beruf Butler, beziehungsweise er war es.«

»Das hätte ich in der Tat nicht erwartet. Ist dieser Beruf nicht längst aus der Mode gekommen?«, fragte Uwe, dem die Überraschung ins Gesicht geschrieben stand.

»Im Gegenteil. Butler sind momentan im Kommen, besonders in Nobelhotels und gut situierten Privathaushalten.«

»Echt? Ich weiß ja nicht«, erwiderte Uwe mit skeptischer Miene. »Ich mache mir meinen Kaffee lieber selbst.«

»Ich bezweifle, dass du dir von deinen Bezügen überhaupt einen Hausangestellten leisten könntest«, bemerkte Nick amüsiert. Dann wurde er ernster. »Zuletzt war Münkel bei einem Ehepaar in Kampen beschäftigt, sie heißen Insa und Gunnar Schröder.«

»Gunnar Schröder? Irgendwo habe ich den Namen schon einmal gehört. Ist gar nicht lange her. Das fällt mir sicherlich noch ein«, grübelte Uwe angestrengt.

»Im Zuge der Wohnungsdurchsuchung gestern Nachmittag haben wir einige der Nachbarn gesprochen. Allerdings ist dabei nichts Verwertbares herausgekommen. Niemand konnte nähere Angaben zu Münkel machen. Offenbar war er an einem nachbarlichen Austausch nicht sonderlich interessiert und hat sehr zurückgezogen gelebt. Besuch gab es nach Aussage einer aufmerksamen Nachbarin ebenfalls nicht, weder männlichen noch weiblichen«, setzte Nick nach und erntete ein Stirnrunzeln seines Kollegen.

»Klingt nach dem traurigen Leben eines Einsiedlerkrebses.«

»Die Fingerspuren, die die Kollegen gefunden haben, unterstreichen diese Annahme, denn außer seinen eigenen wurde keine Fremd-DNA gefunden. Allerdings waren die Kollegen überrascht, wie penibel aufgeräumt und sauber die Wohnung war. Der Mann hatte einen ausgeprägten Sinn für Sauberkeit und Ordnung.«

»Das ist vermutlich eine Grundvoraussetzung für seinen Job. Oder nimmst du an, jemand hat nach seinem Tod versucht, Spuren zu beseitigen, indem er Großreinemacht?«

Nick schüttelte den Kopf. »Nein. Irgendwelche Spuren hinterlässt jeder, da kann er noch so gründlich vorgehen, sei es bloß ein einzelnes Haar oder winzige Faserspuren der Kleidung. In solch einem Fall hätte die Spurensicherung etwas finden müssen. Zudem wurde nicht eingebrochen, da nichts entwendet oder durchwühlt wurde. Jedenfalls der Laptop und ein paar kleinere Wertgegenstände waren an ihrem Platz. Den Laptop haben die Kollegen übrigens mitgenommen. Mal sehen, ob sich darauf ein Hinweis auf den Täter finden lässt.« Nicks Telefon klingelte. Er sah kurz auf das Display und nahm das Gespräch an.

»Wer war das?«, drängelte Uwe, nachdem Nick aufgelegt hatte.

»Ich hatte die Kollegen gebeten, Münkels Vermögensverhältnisse zu durchleuchten. Dabei haben sie ein weiteres Mal seine Wohnung aufgesucht.«

»Und? Ist etwas Bahnbrechendes dabei herausgekommen?«, wollte Uwe wissen. »Hat unser reinliches Opfer eventuell doch ein Staubkorn übersehen?«

»Du wirkst irgendwie so gereizt heute. Was ist los mit dir? Hast du Hunger? Dann solltest du lieber was essen, bevor es mit deiner Laune weiter bergab geht«, schlug Nick vor.

Uwe winkte ab. »Erzähle ich dir später. Also, was haben unsere Leute herausgefunden?«

»Tatsächlich haben die Kollegen eine interessante Entdeckung gemacht. Auf seinen Konten sieht es nicht besonders rosig aus, aber in seiner Wohnung wurde eine stattliche Summe Bargeld gefunden.«

»Sag schon, Nick! Wie viel? Spann mich nicht länger auf die Folter!«

»10.000 Euro!«

Uwe stieß einen lang gezogenen Pfiff aus. »Das klingt allerdings interessant! Wir sollten seinen ehemaligen Arbeitgebern, den Schröders, einen Besuch abstatten. Hast du die Adresse?«

»Habe ich. Let's go!«

»Moin, mein Name ist Anna Scarren. Ich habe einen Termin bei Herrn Kelsterbach«, begrüßte ich die Frau hinter dem Schreibtisch. Sie trug eine dünne Strickjacke über ihrem bunt gemusterten Sommerkleid. Um ihren Hals hing eine Kette mit einem schlichten Kreuz.

Sie sah mich kurz durch ihre runden Brillengläser an, dann wanderte ihr Blick auf ihren Terminkalender, bevor sie antwortete. »Stimmt. Guten Morgen, bitte nehmen Sie einen Moment Platz. Herr Kelsterbach befindet sich augenblicklich in einem Gespräch.« Sie deutete auf eine moderne Sitzgruppe bestehend aus einem Sofa und zwei

Sesseln auf der gegenüberliegenden Seite des Raumes. »Darf ich Ihnen derweil einen Kaffee oder ein Glas Wasser anbieten?«

»Nein, haben Sie vielen Dank«, erwiderte ich freundlich und nahm in einem der Designersessel Platz.

Man konnte ihnen auf den ersten Blick ansehen, dass sie vermutlich sehr teuer gewesen sein mochten, die Sitzqualität allerdings war alles andere als exquisit. Das erinnerte mich an ein Paar Schuhe, das ich neulich erstanden hatte. Sie sahen super aus, der Nachteil war, man konnte nicht sehr lange damit laufen. Während ich wartete, fielen mir einige große Werbeplakate von Sportveranstaltungen an den Wänden auf, dazwischen waren vereinzelt gerahmte Fotografien von Prominenten platziert, mit denen der Agenturinhaber vor der Kamera mit strahlendem Lächeln posierte. Plötzlich öffnete sich eine der Bürotüren und eine schlanke, attraktive Frau kam heraus, gefolgt von einem dunkelhaarigen, sportlichen Mann.

»Wir hören wieder voneinander!«, verabschiedete er die Frau, brachte sie zum Ausgang und richtete sogleich sein Augenmerk auf mich.

»Sie müssen Frau Scarren sein. Tut mir leid, dass Sie warten mussten. Kommen Sie doch bitte mit in mein Büro«, forderte er mich auf und ließ mir den Vortritt. »Hähnchen, bitte stellen Sie keine Anrufe durch«, wies er die Sekretärin an, die daraufhin pflichtbewusst nickte.

»Hähnchen? Das ist ein ziemlich ungewöhnlicher Name«, konnte ich mir einen Kommentar nicht verkneifen, als er die Tür hinter uns geschlossen hatte.

»Das ist lediglich ein Kosename. Richtig heißt sie Dorit Hähnel«, erklärte er und setzte ein Lächeln auf. »Aber nun zu Ihnen und Ihrem Anliegen.«

»Zunächst danke ich Ihnen, dass Sie sich trotz Ihres vollen Terminkalenders Zeit für mich nehmen«, begann ich.

»Einer schönen Frau kann ich nichts abschlagen!«

Arno Kelsterbach stützte die Ellenbogen auf der Schreibtischplatte auf und unterzog mich einem musternden Blick, nachdem ich ihm gegenüber Platz genommen hatte. »Was kann ich für Sie tun? Am Telefon sprachen Sie davon, dass Ihrer Website neuer Schwung verliehen werden soll? Helfen Sie mir bitte auf die Sprünge, in meinem Kopf herrscht gerade ein wenig Chaos. Sie machen beruflich was genau?« Seine wachen Augen ruhten auf mir. Mit diesem intensiven Blick und den markanten Gesichtszügen war es ihm in der Vergangenheit sicherlich des Öfteren gelungen, einige Frauenherzen höher schlagen zu lassen. Ich musste innerlich schmunzeln, als mir Nicks Warnung diesbezüglich einfiel.

»Ich bin Landschaftsarchitektin und betreibe auf der Insel ein eigenes Büro«, konzentrierte ich mich auf unser Gespräch. »Die Auftragslage ist ausgesprochen gut, und ich möchte expandieren beziehungsweise mein Angebot erweitern. Bei dieser Gelegenheit muss unbedingt mein Internetauftritt professioneller gestaltet werden, doch ich selbst stoße diesbezüglich an meine Grenzen, fachlich wie zeitlich.«

»Da sind Sie bei uns genau an der richtigen Adresse. Wir gestalten Webseiten, Broschüren, Flyer und Werbematerialien jeglicher Art. Wenn Sie mögen, bekommen Sie bei uns auch einen Imagefilm«, zählte er auf.

»Nein, ich denke, das wird nicht nötig sein. Mir genügt ein neuer Internetauftritt.«

»Wie ich bereits am Telefon erwähnte, geht es bei uns momentan ziemlich turbulent zu. Der Kitesurf-Cup startet in Kürze, und wir haben alle Hände voll zu tun. Wann soll denn Ihr neuer Auftritt online gehen? Haben Sie in dieser Hinsicht eine Zeitangabe für mich, an der ich mich orientieren kann?« Er veränderte seine Sitzposition, und augenblicklich wehte ein feiner Hauch seines männlich dezenten Eau de Toilette zu mir herüber.

»Ehrlich gesagt, so schnell wie möglich«, gestand ich nach anfänglichem Zögern und steckte mir eine Strähne hinters Ohr. »Ich habe ein paar Ideen und Vorschläge zusammengetragen. Vielleicht können Sie sich daran orientieren.«

Ich reichte Arno Kelsterbach meine Unterlagen, die er neben sich legte, ohne sie eines Blickes zu würdigen. Stattdessen verzog er grüblerisch den Mund und ließ mich dabei nicht aus den Augen.

»Lassen Sie mich kurz nachdenken. Ich glaube, ich habe eine Lösung gefunden.« Ein zufriedenes Lächeln breitete sich auf seinem Gesicht aus. »Heute fängt eine Praktikantin bei uns an. Vielleicht kann ich sie mit dieser Aufgabe betrauen. Ich werde sehen, was sich machen lässt«, ließ Arno Kelsterbach mich mit einem charmanten Lächeln wissen. Augenscheinlich konnte er mir meine Enttäuschung vom Gesicht ablesen, denn er ergänzte unmittelbar: »Seien Sie unbesorgt, Frau Scarren. Selbstverständlich geht nichts ohne meine vorherige Freigabe ins Netz. Darauf gebe ich Ihnen mein Wort.« Er war aufgestanden, da er es offenbar eilig hatte. Mir war der mehrmalig verstohlene Blick auf seine Armbanduhr nicht entgangen. »Da fällt mir ein, ein guter Freund von mir beabsichtigt, seinen Garten umgestalten zu lassen. Hätten Sie Interesse, sich das Ganze unverbindlich anzusehen und ihm gegebenenfalls ein Angebot zu unterbreiten?«, bemerkte er auf dem Weg zur Tür.

»Herzlich gern, davon lebe ich«, erwiderte ich und setzte ein freundliches Lächeln auf. Ich zog meine Geldbörse hervor und reichte ihm eine meiner Visitenkarten. »Ihr Freund kann mich gerne anrufen, damit wir einen Besichtigungstermin vereinbaren können. Ich würde mich freuen.«

Arno Kelsterbach überflog die Karte und reichte mir dann die Hand. »Prima, ich lass es ihn wissen. Wegen Ihres Internetauftrittes melde ich mich so schnell wie möglich bei Ihnen«, sicherte er mir zu und verschwand in seinem Büro.

Ich verabschiedete mich von seiner Sekretärin und verließ mit einem zuversichtlichen Gefühl die Agentur. Draußen vor der Tür wurde ich von lautem Möwengeschrei und herrlichstem Postkartenwetter empfangen. Daher beschloss ich aus einer spontanen Laune heraus, einen Abstecher zur Strandpromenade zu machen. Vielleicht hatte ich Glück und würde irgendwo ein freies Plätzchen ergattern können, um in Ruhe ein Eis zu essen und die wärmenden Sonnenstrahlen zu genießen.

KAPITEL 5

Nick lenkte den Wagen durch die schmalen Seitenstraßen Kampens, bis er vor einem durch dicht gewachsene Nadelgehölze schwer einsehbaren Anwesen hielt.

»Hier muss es sein«, sagte er und parkte das Auto auf dem grasbewachsenen Seitenstreifen.

»Sehr bescheidene Hütte«, stellte Uwe mit einem Blick aus der Seitenscheibe fest. Der Weg zur Haustür wurde beidseitig von einer niedrigen Hecke gesäumt, die gerade von einem Gärtner in Form gebracht wurde. »Mir ist übrigens eingefallen, woher ich den Namen kenne. Gunnar Schröder und seine Frau Insa sind die Inhaber der Sportfirma ›Kitetex‹. Die Zeitung hat vor Kurzem über sie berichtet.«

»Ich weiß, die Firma ist in diesem Jahr der Hauptsponsor von Kilian Börgholt. Die Firma hat sich ein neues Produkt patentieren lassen und ist diesbezüglich momentan einziger Anbieter auf dem Markt. Da kann gute Publicity nicht schaden.«

Uwe sah seinen Kollegen anerkennend an. »Wow, du überraschst mich immer wieder aufs Neue. Was muss ich sonst noch wissen?«

»Kilian Börgholt, auf den alle dieses Jahr beim Kitesurf-Cup große Hoffnungen setzen, kommt ursprünglich aus Hamburg. In meinen Augen ist er nicht der beste Kitesurfer, aber ganz sicher einer der besten, die in den kommenden Tagen an den Start gehen werden«, ließ er seinen Vorgesetzten und Freund wissen.

»Mich darfst du dazu nicht fragen. Du weißt doch, Sport ist nicht unbedingt mein Spezialgebiet. Mir reicht mein Rückenkurs einmal pro Woche«, erklärte Uwe verschnupft und stapfte los in Richtung der Eingangstür.

Im Inneren des Hauses ertönte ein Gong, nachdem Uwe den vergoldeten Klingelknopf betätigt hatte, doch nichts rührte sich. Er versuchte sein Glück ein weiteres Mal. Wieder tat sich nichts.

»Scheint niemand zu Hause zu sein«, stellte Nick mit einem Schulterzucken fest.

»Sieht ganz so aus. Lass es uns später erneut versuchen«, schlug Uwe vor.

Als die beiden Beamten gerade den Rückzug antreten wollten, hörte man von drinnen Schritte, und die Tür wurde geöffnet.

»Moin«, begrüßte Uwe einen Mann mit schütterem Haar und kreisrundem Gesicht, der sie durch die überdimensionalen Gläser einer Designerbrille prüfend ansah.

»Was kann ich für Sie tun?«, fragte er.

»Wir würden gern mit Gunnar Schröder sprechen«, entgegnete Uwe.

»Der bin ich.«

»Wir sind von der Kripo Westerland und hätten ein paar Fragen an Sie.«

Der Mann nickte kaum merklich, als er einen raschen Blick auf die Ausweise der Polizisten geworfen hatte. »In welcher Angelegenheit möchten Sie mit mir sprechen?«

»Das würden wir ungern draußen besprechen. Dürfen wir einen Moment reinkommen?«, bat Uwe.

»Selbstverständlich, bitte kommen Sie herein. Wenn Sie mir ins Wohnzimmer folgen wollen«, erwiderte Gunnar

Schröder, trat einen Schritt zur Seite und ging schließlich voran.

Das Innere des Hauses war großzügig gestaltet. Die Einrichtung entsprach sicherlich nicht jedermanns Geschmack, aber das hohe Preisniveau war unverkennbar. Von der weißen Ledergarnitur aus hatte man einen wunderbaren Ausblick auf das weitläufige Grundstück und das unweit gelegene Wattenmeer. Es war offensichtlich, dass die Schröders nicht zu den ärmsten Menschen auf Sylt zählten.

»Darf ich Ihnen etwas anbieten? Einen Kaffee vielleicht oder ein Glas Wasser?«, erkundigte sich Gunnar Schröder und bedeutete den Beamten, Platz zu nehmen.

»Nein, danke, wir möchten Sie ohnehin nicht lange aufhalten«, lehnte Uwe höflich ab.

»Es ist doch nichts mit Insa, meiner Frau?«, vergewisserte sich der Hausherr und wirkte plötzlich angespannt.

»Seien Sie unbesorgt, Ihre Frau ist nicht der Grund für unser Kommen«, beruhigte Nick ihn. »Ist sie denn nicht zu Hause? Wir hätten auch gern mit ihr gesprochen.«

»Im Augenblick leider nicht, sie ist unterwegs, um einige Besorgungen zu machen. Ich rechne jeden Moment mit ihrer Rückkehr.« Sein Blick wanderte zu der großen Standuhr neben der Terrassentür, die den Blick in einen parkähnlichen Garten freigab. »Soll ich sie anrufen?«

Wie auf ein Kommando erklang von draußen ein Motorengeräusch, kurz darauf öffnete sich die Haustür und ein Schlüsselbund wurde mit einem Klappern in eine Schale gelegt.

»Ich bin zurück, Schatz!«, rief eine sympathische Frauenstimme.

»Ich bin im Wohnzimmer, Liebling! Kannst du bitte

herkommen, wir haben Besuch«, gab der Ehemann zurück.

Eine schlanke, sportliche Frau kam in den Wohnbereich stolziert und beäugte neugierig die Gäste mit einem wachen Blick. Sie war dezent geschminkt und trug eine sandfarbene Chinohose mit einer weißen Bluse und passenden Ledersneakers. Die silberne Gürtelschnalle hatte die Form einer Auster.

»Guten Tag, ich habe mich eben gefragt, wem wohl der Wagen vor dem Grundstück gehört. Womit können wir Ihnen dienen?«, fragte sie und ließ sich neben ihrem Mann in einem Sessel nieder, wobei sie ihre langen Beine elegant überschlug. Ihr Parfüm verbreitete einen sommerlichen Duft mit einer leichten Zitrusnote.

»Sie kennen Richard Münkel?«, begann Uwe, worauf das Ehepaar einstimmig nickte.

»Ja, Herr Münkel war eine Zeit lang bei uns beschäftigt«, ergriff Gunnar Schröder als Erster das Wort.

»Wie lange bestand das Arbeitsverhältnis zwischen Ihnen und Herrn Münkel?«

»Insgesamt waren es ungefähr drei Jahre«, fügte seine Frau nach kurzem Überlegen hinzu und sah währenddessen ihren Mann an, als erwarte sie seine Bestätigung.

»Das stimmt. Herr Münkel stand etwas mehr als drei Jahre in unseren Diensten«, betonte der Ehemann.

»Warum interessiert sich die Polizei für unseren ehemaligen Angestellten?«, fragte sie nach und ließ ihren Blick abwechselnd zwischen Uwe und Nick hin und her wandern.

»Es tut uns leid, Ihnen mitteilen zu müssen, dass Richard Münkel tot ist.« Uwe machte eine Pause, um die Reaktion des Paares auf diese Nachricht abzuwarten.

Insa Schröder schlug entsetzt die Hand vor den Mund und blickte fassungslos zu ihrem Mann, der ebenso überrascht wirkte.

»Mein Gott«, wisperte sie fassungslos und hielt sich nunmehr beide Hände an den Mund.

»Ist er der Tote aus dem Hafenbecken? Ich habe davon im Radio gehört«, wollte Gunnar Schröder wissen, während seine Frau noch immer sprachlos vor sich hin starrte.

»Ja, das ist richtig«, bestätigte Uwe.

»Was genau ist ihm zugestoßen?«, erkundigte sich Gunnar Schröder mit belegter Stimme.

»Um das herauszufinden, sind wir hier«, gab Uwe zurück. »Wir hoffen, Sie können uns unter Umständen wichtige Anhaltspunkte zu seinem Tod liefern.«

»Anhaltspunkte? Wollen Sie damit andeuten, wir hätten etwas mit seinem Tod zu tun?«, polterte Gunnar Schröder geradewegs los, worauf ihm seine Frau besänftigend ihre Hand auf den Unterarm legte.

»Bitte reg dich nicht auf, Schatz! Die Herren machen nur ihre Arbeit«, sprach sie in ruhigem Ton auf ihren Mann ein. »Handelt es sich um ...?« Sie ließ den Satz in der Luft hängen. Man konnte deutlich spüren, dass es ihr schwerfiel, das Wort Mord über die Lippen zu bringen.

»Zum jetzigen Zeitpunkt gehen wir von einem Tötungsdelikt aus«, bestätigte Nick. »Sie erwähnten, Richard Münkel hätte über einen längeren Zeitraum für Sie gearbeitet«, fuhr er fort, ohne nähere Einzelheiten preiszugeben. »Waren Sie mit seinen Diensten nicht mehr zufrieden, oder weshalb wurde sein Arbeitsverhältnis beendet?«

»Das Gegenteil ist der Fall. Wir waren mit Richards ..., ich meine mit Herrn Münkels Arbeit immer hochzufrieden«, ergriff Insa Schröder schnell das Wort. »Er war ausgesprochen loyal, zuvorkommend und außerordentlich zuverlässig. Mehr kann man sich von einem Angestellten wohl kaum wünschen.« Sie lächelte zaghaft in die Runde, schließlich landete ihr Blick auf ihren Händen. Mit dem Daumen strich sie beinahe zärtlich über den hellgrünen Stein, der einen der beiden Ringe an der linken Hand zierte.

»Mit welchen Aufgaben war Herr Münkel bei Ihnen betraut?«, wollte Nick wissen.

»Da gab es unterschiedliche Dinge«, entgegnete Insa Schröder.

»Könnten Sie das bitte näher erläutern?«, bat Nick daraufhin.

»Also, er hat für uns sämtliche Lebensmitteleinkäufe getätigt, gekocht, Feste und Empfänge organisiert und sich der kleinen Dinge des Alltags angenommen. Um es kurz zu machen, ihm oblag die gesamte Haushaltsführung«, fasste sie zusammen.

»Hat er Sie auch in beruflicher Hinsicht unterstützt?«, fragte Uwe.

»Sie meinen, ob er für unsere Firma gearbeitet hat? Nein, seine Aufgaben beschränkten sich ausschließlich auf den privaten Bereich.«

»Ab und zu hat Herr Münkel auch Chauffeurdienste getätigt, beispielsweise hat er uns zum Hamburger Flughafen gefahren, da auf Sylt zu dieser Zeit keine Maschine startete. Darüber hinaus kam es gelegentlich vor, dass er Gäste oder Geschäftspartner von uns gefahren hat«, ergänzte Insa Schröder.

»Das klingt nach einem wahren Multitalent. Aus diesem Grund stellt sich die Frage, warum er dann nicht mehr bei Ihnen arbeitet«, kam Nick zum Schluss und machte sich nebenbei Notizen.

»Das hatte andere Gründe«, gab ihm Gunnar Schröder knapp zu verstehen, bevor seine Frau zu einer Antwort ansetzen konnte. »Finanzieller Art«, fügte er hinzu, als er Nicks fragenden Gesichtsausdruck bemerkte.

»Wer erledigt seine Aufgaben stattdessen?« Nick sah ihn auffordernd an.

»Dreimal die Woche kommt eine Haushaltshilfe, in den Sommermonaten beschäftigen wir wöchentlich einen Gärtner, und verhungern müssen wir auch nicht, da meine Frau ausgesprochen gut kocht. Gelegentlich leisten wir uns dennoch einen Restaurantbesuch. Ich hoffe, damit ist Ihre Frage in ausreichendem Maße beantwortet, Herr Kommissar«, konterte Gunnar Schröder leicht gereizt.

»Danke, ich denke, das genügt.«

»Hatte Richard Münkel während seiner Anstellung bei Ihnen im Haus gewohnt und ein eigenes Zimmer?«, erkundigte sich Uwe.

»Nein, hat er nicht. Er hatte eine Wohnung in der Stadt. Hin und wieder hat er im Gästezimmer übernachtet, wenn dies erforderlich war«, konkretisierte Insa Schröder.

»Was genau verstehen Sie unter ›erforderlich‹?«, hakte Nick nach.

»Wenn wir einen Empfang oder eine Feier gegeben haben. Das konnte durchaus einmal später werden. Dann hat Herr Münkel hier übernachtet, aber das kam selten vor«, ließ Gunnar Schröder die Ermittler wissen.

»Können Sie sich vorstellen, dass Herr Münkel Feinde hatte? Oder besser gesagt, gab es in seinem Umfeld Ärger oder Probleme mit irgendjemandem? Eventuell mit Gästen von Ihnen oder privat? Ist Ihnen in dieser Hinsicht etwas aufgefallen?«, fragte Uwe und hoffte, auf diese Weise an wichtige Informationen zu gelangen.

»Nein. Richard Münkel erfreute sich großer Beliebtheit. Er wurde von allen unseren Freunden und Gästen äußerst geschätzt und für seine Arbeit gelobt«, bekräftigte Insa Schröder und spielte mit dem Anhänger ihrer goldenen Halskette. »Probleme sind uns zu keiner Zeit zu Ohren gekommen. Nicht wahr, Gunnar?« Sie drehte den Kopf in Richtung ihres Mannes, als würde sie auf seine Bestätigung warten. Er nickte lediglich. »Über private Dinge hat er nie mit uns gesprochen, wir haben allerdings auch nicht explizit nachgefragt.«

»Haben Sie vielen Dank, dass Sie sich die Zeit genommen haben. Mehr Fragen haben wir momentan nicht.« Uwe erhob sich und reichte Gunnar Schröder eine Visitenkarte. »Sollte Ihnen noch etwas einfallen, zögern Sie bitte nicht, uns zu kontaktieren. Manchmal kann selbst der kleinste Hinweis von Bedeutung sein. Es ist gut möglich, dass wir Sie ein weiteres Mal aufsuchen werden.«

»Wir stehen Ihnen jederzeit gern zur Verfügung. Tut uns leid, dass wir Ihnen nicht mehr Informationen geben konnten«, entschuldigte sich Insa Schröder und erhob sich. »Ich bringe Sie zur Tür.«

Sie war zweifellos eine hübsche Frau, überlegte Uwe, als sie ihm zum Abschied die Hand reichte. Er spürte ein leichtes Wärmegefühl, das sich über seine Wangen ausbreitete.

»Danke, machen Sie sich keine Umstände, wir finden allein hinaus. Angenehmen Tag!«, erwiderte Nick und folgte Uwe nach draußen.

»Was denkst du?«, fragte Uwe, während sie im Auto saßen und die Hauptstraße von Kampen nach Wenningstedt fuhren.

»Münkels Tod hat die beiden nicht sonderlich erschüttert, jedenfalls den Hausherrn. Seine Frau kann ich schwer einschätzen. Nach dem anfänglichen Schock hatte sie sich schnell unter Kontrolle. Sie wirkte auf mich zeitweise sehr nervös. Keine Ahnung, ob sie immer so ist oder etwas vor uns verbergen wollte. Vielleicht beschränkte sich die Beziehung zu ihrem Butler nicht nur aufs Geschäftliche, wenn du verstehst, was ich meine.«

»Willst du damit andeuten, die Dame des Hauses hätte ein Verhältnis mit ihrem Angestellten gehabt?« Uwe überlegte. »Hm. Sie sieht gut aus und ist mindestens 15 Jahre jünger als ihr Mann.« Nick zog grinsend einen Mundwinkel hoch. »Der Gedanke ist nicht völlig von der Hand zu weisen, das war doch deine Idee. Warum guckst du so? Ist was?«

»Nein, nein, alles okay«, feixte Nick. Dann wurde er ernster. »Völlig ausschließen sollten wir die Möglichkeit nicht, zumal sie häufig seinen Vornamen verwendet hat, wenn sie von ihm gesprochen hat.«

»Stimmt, jetzt, wo du es sagst, erinnere ich mich auch. Dann war da vielleicht doch mehr zwischen den beiden, als sie uns gegenüber zugeben wollte.«

»Wenn dem so sein sollte, hätte sie es bestimmt nicht in Anwesenheit ihres Mannes frei heraus erzählt. Für meinen Geschmack klingt das dennoch zu klischeehaft. Dass Münkel aufgrund finanzieller Schwierigkeiten entlassen werden musste, passt meines Erachtens nicht ins Gesamtbild. Er fährt einen Bentley, sie einen neuen 911er, dazu das riesige Anwesen, die luxuriöse Einrichtung und der Gärtner. Das alles deutet nicht gerade darauf hin, als müsse sich das Ehepaar finanziell in irgendeiner Weise besonders einschränken.«

»Woher willst du wissen, dass der Porsche der Ehefrau gehört?«

»Erstens stand er noch nicht da, als wir kamen, und zweitens enthält das Nummernschild die Initialen ihres Namens: SI.«

»Logisch, hätte ich auch drauf kommen können.« Uwe lächelte schief. »Auf mich macht das Paar im Übrigen nicht den Eindruck, als würde es am Hungertuch nagen. Aber wer weiß, wie es hinter der Fassade aussieht? Vielleicht sind sie tatsächlich in eine finanzielle Schieflage geraten, und nach außen soll der Schein gewahrt bleiben, damit man nicht das Gesicht verliert«, spekulierte Uwe.

»Möglich, das sollten wir auf jeden Fall überprüfen. Wo wollen wir als Nächstes ansetzen?«

»Zuallererst brauche ich was Ordentliches zwischen die Kiemen, dann sehen wir weiter«, machte Uwe deutlich und klopfte sich auf den Bauch.

»Typisch!«, erwiderte Nick mit einem Schmunzeln. »Du bist mir übrigens eine Erklärung schuldig.« Uwe schenkte ihm einen erstaunten Blick. »Deine schlechte Laune von heute früh«, half Nick ihm auf die Sprünge.

»Ach so, das meinst du. Was soll ich sagen, Achtermann hat mich mit seiner Anwesenheit beehrt.« Dann berichtete er von der Stippvisite des Staatsanwaltes und dem damit verbundenen Anliegen.

»Na toll, du darfst für die nächsten Wochen den Babysitter spielen«, feixte Nick. »Pass bloß auf, dass der jungen Dame während der Zeit kein Haar gekrümmt wird, sonst dreht Achtermann durch und sägt an deiner Karriereleiter.« Er lachte und klopfte seinem Kollegen freundschaftlich auf die Schulter.

»Sehr witzig! In diesem Fall hat er vermutlich mehr Sorge um seine eigene Beförderung.« Uwe stöhnte genervt. »Das passt mir im Augenblick alles überhaupt nicht. Tina ist zur Kur, ich muss mich zu Hause um alles allein kümmern, und obendrein haben wir einen Mord und den Einbruch am Brandenburger Strand aufzuklären. Für die Rolle des Aufpassers habe ich momentan weder Zeit noch Nerven. Ich hatte mir fest vorgenommen, während Tinas Abwesenheit ein Gartenhaus zu bauen. Das wünscht sie sich seit Langem, es soll eine Überraschung werden.«

»Ich könnte dir behilflich sein«, schlug Nick vor. »Wir bauen deine Hütte, und nebenbei schmeißen wir ein Steak auf den Grill und trinken ein paar Bierchen. Ein richtiger Männerabend. Was hältst du von der Idee?«

»Das klingt gut, aber du solltest deine Zeit lieber mit Anna verbringen, jetzt wo Christopher mit deinen Schwiegereltern Urlaub macht. Diese Woche wird das ohnehin noch nichts, dafür haben wir zu viel zu tun. Ich weiß echt nicht mehr, wie ich das alles mit der dünnen Personaldecke wuppen soll. Dauernd versprechen sie uns zusätzliche Stellen, aber passieren tut nichts. Das Gartenhaus wird wohl noch eine Weile warten müssen«, bemerkte Uwe zerknirscht.

»Dann sag Achtermann das«, schlug Nick vor.

»Dass ich ein Gartenhaus bauen will? Bist du übergeschnappt? Damit wäre ich erst recht erledigt.«

»Natürlich nicht. Sag ihm, dass du aufgrund der laufenden Ermittlungen keine Zeit für das Mädchen hast. Das kann er sicherlich nachvollziehen. Ihm sollte doch auch daran gelegen sein, dass der Mord schnellstmöglich aufgeklärt wird.«

»Da kennst du Achtermann aber schlecht! Ausreden lässt er prinzipiell nicht gelten.«

Nach dem Besuch in der Werbeagentur war ich die Westerländer Promenade ein Stück entlang flaniert, hatte währenddessen ein Eis gegessen und dem Treiben am Strand zugesehen. Die Strandkörbe waren nahezu vollständig belegt. Unten am Flutsaum spielten Kinder, buddelten tiefe Löcher im Sand oder bauten wahre Kunstwerke aus Sand, die sie mit gesammelten Muscheln verzierten. Die fertigen Objekte wurden anschließend fotografisch festgehalten, da sie spätestens mit der nächsten Flut der Vergangenheit angehörten. Nun machte ich mich auf den Rückweg nach Morsum. Aus einer spontanen Eingebung heraus rief ich von unterwegs meine Freundin Britta an, die gemeinsam mit ihrem Mann Jan und den Zwillingen Ben und Tim in Rantum wohnte.

»Hallo, Anna!«, meldete sie sich, wobei mir sofort auffiel, dass ihre Stimme ungewöhnlich sorgenvoll klang.

»Britta! Ich komme gerade aus Westerland und dachte, du hättest vielleicht Lust und Zeit, mit mir einen Kaffee zu trinken? Du weißt ja, ich bin gerade kinderlos und kann mir die Zeit frei einteilen. Wie sieht es bei dir aus?«

»Ach, Anna! An der Lust mangelt es grundsätzlich nie, das weißt du, aber die Zeit macht mir augenblicklich einen Strich durch die Rechnung. Momentan läuft alles ein bisschen aus dem Ruder«, seufzte Britta aus tiefstem Herzen.

»Was ist los? Das klingt nicht gut.«

»Ist es auch nicht. Jan ist heute Nacht ins Krankenhaus gekommen, und ich weiß gar nicht, wo mir der Kopf steht.«

»Du meine Güte! Wie geht es ihm? Was hat er?« Mir wurde schlagartig flau im Magen.

»Eine Blinddarmentzündung. Heutzutage nichts Spektakuläres mehr, ich weiß, aber Sorgen mache ich mir trotz allem«, gab Britta zu, die für gewöhnlich nicht leicht zu erschüttern war. »Obwohl er Schmerzen hatte, hat er den Gang zum Arzt so lange hinausgezögert, bis er es nicht mehr aushalten konnte. Jetzt mussten sie ihn sogar notoperieren. Ich bin gerade auf dem Sprung in die Klinik.«

»Kann ich irgendetwas für dich tun? Soll ich mich um die Jungs kümmern?«

»Danke, aber nicht notwendig. Tim und Ben gehen nach der Schule zu meinen Schwiegereltern, und im Hotel läuft es für ein paar Stunden hoffentlich ohne mich.« Ihre Stimme klang matt.

»Okay. Bitte melde dich sofort, wenn du meine Hilfe brauchst. Und wünsche Jan gute Besserung!«

»Danke, Anna, das ist lieb von dir. Ich werde es ausrichten. Ausgerechnet jetzt ist Frank im Urlaub! Ich hätte es lieber gesehen, wenn er Jan operiert hätte.«

»Mach dir keine Sorgen. Frank wäre nicht in den Urlaub geflogen, wenn er nicht wüsste, dass seine Patienten in guten Händen sind. Er ist nicht der einzige gute Arzt in der Klinik«, versuchte ich sie aufzumuntern.

»Ich weiß, aber er ist halt der Beste!«

Diesbezüglich musste ich Britta zustimmen, denn Dr. Frank Gustafson war ein ausgezeichneter Arzt, der uns mehrere Male in brenzligen Situationen medizinisch sehr geholfen hatte. Seit einiger Zeit war er mit Nicks

Schwester Jill liiert. Augenblicklich tourte das Paar durch Kanada, wo Jill geboren und aufgewachsen war und auch Nick einen Großteil seines Lebens verbracht hatte.

Als ich das Friesendorf Morsum im Osten Sylts erreicht hatte, folgte ich der Hauptstraße, um beim »Hansen Hof« frische Eier zu kaufen. Auf dem umzäunten Gelände am Hof liefen unzählige braun gefiederte Hühner unter freiem Himmel umher, pickten frisches Gras oder genossen ein ausgiebiges Sandbad. Ich ergatterte den letzten Parkplatz vor dem Hofladen. Neben den Eiern landeten zudem ein Sack Kartoffeln sowie ein Glas Galloway-Bolognese, die Nick und ich gleichermaßen gerne aßen, eine Salami und eine Flasche selbst gemachter Eierlikör im Einkaufskorb. Meine Mutter liebte diesen Likör, daher wollte ich ihr eine Freude damit machen, wenn sie aus dem Urlaub zurückkam.

Ich hatte gerade die Haustür aufgeschlossen, da drängelte sich Pepper ins Freie.

»Hallo, Pepper!«, begrüßte ich unseren vierbeinigen Mitbewohner, der mich schwanzwedelnd umkreiste und seine Nase neugierig in den Einkaufskorb steckte. »Da ist nichts für dich dabei. Aber wir beide drehen gleich eine Runde.«

Ich hielt mein Versprechen und schwang mich wenig später auf mein Fahrrad, um mit dem Hund eine Tour durch die Morsumer Feld- und Wiesenlandschaft zu unternehmen. Während ich kräftig in die Pedale trat, jagte Pepper im gestreckten Galopp und fliegenden Ohren neben mir her. Es war ihm deutlich anzumerken, dass er dringend Bewegung benötigte. Nach unserem Ausflug zog ich mich mit einer Tasse Tee in mein Arbeitszimmer zurück, um an einem neuen Entwurf zu arbeiten. In zwei Wochen musste ich meinem Auftraggeber den Vorschlag für eine Gartenneuanlage vorlegen. Auf dem Weg zu meinem Schreibtisch kam ich an Christophers Kinderzimmer vorbei, und mein Herz zog sich für einen Moment sehnsuchtsvoll zusammen. Das fröhliche Lachen fehlte, und seine bloße Abwesenheit riss ein riesiges Loch in meinen Alltag. Schnell tröstete ich mich mit dem Gedanken, dass er bei meinen Eltern gut aufgehoben und wieder hier war, eh ich mich versah.

»Reiß dich zusammen und werde bloß nicht sentimental und albern, Anna!«, befahl ich mir selbst und blinzelte eine aufsteigende Träne weg. Um auf andere Gedanken zu kommen, schaltete ich »Antenne Sylt« ein und stürzte mich in meine Arbeit. Dieser Radiosender hatte sich im Laufe der Zeit zu meinem Lieblingsradiosender aufgrund der abwechslungsreichen Musik und der aktuellen Lokalinformationen entwickelt.

KAPITEL 6

Am nächsten Vormittag erhielt ich überraschend einen Anruf von Arno Kelsterbach, dem Inhaber der Werbeagentur »A.K. Sea«, der mich um ein kurzfristiges Treffen bezüglich meiner Website bat, und machte mich umgehend auf den Weg nach Westerland. Als ich die Räumlichkeiten der Agentur betrat, wurde ich von seiner Sekretärin Dorit Hähnel bereits erwartet. Sie führte mich in eines der Büros, wo sie mich einer jungen, blonden Frau, die ich auf Anfang 20 schätzte, kurz vorstellte.

»Frau Scarren, das ist unsere Praktikantin Juna. Sie wird sich um Ihr Anliegen kümmern. Herr Kelsterbach hatte diesbezüglich im Vorfeld mit Ihnen gesprochen, wie er mir sagte. Sollten Sie Rückfragen haben, wissen Sie, wo Sie mich finden können.« Mit diesen Worten und einem freundlichen Lächeln drehte sie sich um und stöckelte zurück an ihren Arbeitsplatz.

»Nehmen Sie bitte Platz!«, forderte mich die junge Frau höflich auf. Sie wirkte ein wenig nervös. »Mein Chef hat mir gesagt, Sie benötigen einen neuen Internetauftritt, und mich mit dieser Aufgabe betraut. Ich studiere Sportmarketing und mache zurzeit ein Praktikum«, ergänzte sie und sah mich mit ihren großen, blauen Augen neugierig an.

»Das klingt interessant und abwechslungsreich.«

»Das ist es, allerdings bin ich noch nicht sehr lange dabei. Bislang macht es jedenfalls viel Spaß.«

»Allerdings hat meine Firma nichts mit Sport zu tun«, gab ich zu bedenken.

»Das macht nichts. Ich habe mir die Unterlagen angesehen, die Sie Herrn Kelsterbach gegeben haben.« Sie deutete auf eine Mappe auf dem Tisch. »Ich denke, ich kann Ihnen behilflich sein, beim Thema Webdesign kenne ich mich ganz gut aus und konnte bereits erste Erfahrungen sammeln. Da gibt es sehr schöne Tools, die einem die Arbeit erleichtern.«

»Auf dem Gebiet bin ich absoluter Laie. Konnten Sie mit meinen Vorschlägen etwas anfangen?« Ich war krampfhaft bemüht, mir meine Skepsis, ob mein Projekt bei der jungen Frau in den richtigen Händen war, nicht anmerken zu lassen. Jeder hat mal klein angefangen und eine Chance verdient, sagte ich mir. Mir war es anfangs nicht anders ergangen.

»Ihre Vorschläge gefallen mir grundsätzlich. Sicherlich kann man das eine oder andere noch optimieren. Ich habe auch schon eine Idee.« Sie griff nach dem Laptop, der aufgeklappt auf dem Tisch stand, und zog ihn dichter heran. Über einen Bildschirm an der gegenüberliegenden Wand konnte ich gespannt verfolgen, wie sie sich durch die Seiten klickte.

»Was halten Sie davon? Das ist zunächst nur ein grober Vorschlag, wie die Seiten dargestellt und gegliedert werden könnten.« Erwartungsvoll sah sie mich an.

»Ja, das sieht auf den ersten Blick nicht schlecht aus«, bestätigte ich angenehm überrascht und schämte mich ein bisschen für meine anfängliche Skepsis. »Die Farben sind mir allerdings ein wenig zu schrill. Für ein Sportprodukt mag das eher passen als für einen Garten.«

Die Gesichtsfarbe der jungen Frau nahm augenblicklich eine leichte Rotfärbung an. »Stimmt, das hatte ich nicht bedacht. Das kann ich ändern«, war sie bemüht, mir entgegenzukommen.

»Das wäre schön, sonst gefällt es mir ganz gut. Die Menüleiste an der Seite ist schön übersichtlich.« Ich deutete auf den linken Bildrand.

»Das erleichtert das Navigieren durch die Seiten. In diesem Bereich könnten wir noch ein paar Verbesserungen vornehmen, das ist noch nicht optimal gelöst. Verstehen Sie, was ich meine?« Ich nickte. »Dazu benötige ich ein paar mehr Details von Ihnen. Und an dieser Stelle kann man ein zusätzliches Feature einbauen, mit dem sich der Kunde vorab ein Bild von seinem zukünftigen Garten machen kann. Wir geben ihm ein paar Wahlmöglichkeiten vor, quasi eine Art Stilrichtung, nach der Sie dann den fertigen Entwurf ausarbeiten können. Sehen Sie?« Ihre flinken Finger flogen über die Tastatur, und nach einigen Klicks öffnete sich ein neues Fenster, in dem eine Demoversion auf dem Bildschirm erschien.

»Wow!«, stieß ich anerkennend hervor. »Etwas in der Art wäre tatsächlich ansprechend und hilfreich. Tolle Idee! Da waren Sie schon richtig kreativ! Kann ich meine eigenen Fotos von fertigen Gärten einbauen, sofern ich die Zustimmung der Eigentümer habe?«

»Natürlich, das wäre wünschenswert. Ich werde das berücksichtigen.« Sie machte sich in einer Kladde Notizen.

»Wie viel Zeit wird das ungefähr in Anspruch nehmen, bis die Seite fertiggestellt ist?«, erkundigte ich mich.

»Ich denke, dass ich ein paar Tage brauchen werde. Ende der Woche wäre realistisch, vorausgesetzt, Herr Kelsterbach hat nicht haufenweise andere Aufgaben für mich. Momentan steht der Kitesurf-Cup an oberster Stelle der Prioritätenliste. Da gibt es in der Agentur viel zu tun. Es müssen Flyer gestaltet, Pressemitteilungen verfasst und die Homepages der Sponsoren mit Bildern und Infos gefüttert werden.«

»Kann ich mir gut vorstellen. Ein Sportereignis dieses Ausmaßes erfordert eine Menge Vorbereitungszeit, und damit ist es vermutlich nicht allein getan. Bei mir kommt es auf ein paar Tage früher oder später nicht an, letztendlich zählt das Ergebnis. Bei Rückfragen können wir gern telefonieren oder mailen.«

»In Ordnung.«

Ich kramte eine Visitenkarte aus meiner Tasche, reichte sie Juna und verabschiedete mich von ihr.

Als ich am Büro von Arno Kelsterbach vorbeikam, vernahm ich lautstarke Stimmen. Es war nicht zu überhören, dass hinter der Tür eine heftige Debatte im Gang war.

»Da geht es ja hoch her«, bemerkte ich, an Kelsterbachs Sekretärin gewandt, die ebenfalls den Blick interessiert auf die Tür gerichtet hatte.

Doch Dorit Hähnel verzichtete auf einen Kommentar ihrerseits und schenkte mir lediglich ein hilfloses Lächeln, dann richtete sie ihren Blick wieder auf ihren Computerbildschirm.

KAPITEL 7

»Der Bericht der Kriminaltechnik zum Einbruch am Brandenburger Strand liegt vor.« Nick ging um seinen Schreibtisch herum zu Uwe und reichte ihm einige bedruckte Seiten.

»Und? Irgendwelche neuen Aspekte oder Hinweise auf den oder die Täter?«

»Bedauerlicherweise nichts Konkretes. Verwertbare Fußabdrücke gab es nicht, sie wurden zum größten Teil durch den Wind oder andere Fußspuren zerstört. Das war leider zu erwarten. Unmittelbar daneben befindet sich der Ausstellerbereich, und bei den Besucherströmen, die sich dort täglich aufhalten, wird alles Brauchbare sofort zertrampelt. Die DNA-Spuren, die an der Tür sichergestellt wurden, sind allesamt nicht in der Datenbank registriert.«

»Wäre auch zu schön gewesen«, stieß Uwe einen lang gezogenen Seufzer aus und überflog die Seiten.

»Laut Kilian Börgholts Aussage wurde nichts entwendet oder beschädigt. Möglich, dass der Täter gestört wurde und ohne Beute abgezogen ist, um nicht erkannt zu werden«, vermutete Nick.

»Sehe ich genauso, alles andere ergibt wenig Sinn.« Uwe kratzte sich nachdenklich am Kinn. »Mehr Bauchschmerzen habe ich wegen des Mordfalls am Hafen. Ich frage mich die ganze Zeit, wer ein Interesse daran hatte, Richard Münkel zu töten. Ist er zufällig in etwas hineingeraten? Handelt es sich womöglich um eine Verwechslung? Wo liegt das Motiv?«

»An Zufälle glaube ich bei einem Mord nicht. Wir müssen sein Umfeld näher unter die Lupe nehmen. Irgendetwas lässt sich sicher finden, auf das wir aufbauen können. Vielleicht hat er jemanden erpresst.«

Uwe runzelte die Stirn. »Erpresst? Womit? Wie kommst du darauf? Nach Aussage der Schröders war Richard Münkel im wahrsten Sinne des Wortes der Saubermann in Person.«

»Mag sein, dennoch glaube ich, dass mehr dahintersteckt. Beispielsweise lässt die beachtliche Summe Bargeld, die bei der Wohnungsdurchsuchung gefunden wurde, die Vermutung zu, dass das Geld aus einer Erpressung stammen könnte. Findest du nicht?«

»Hm. Das klingt einleuchtend und wäre immerhin ein starkes Motiv für einen Mord. Ich werde unsere Theorien mal an unserer Wandtafel festhalten«, schlug Nick vor und griff nach dem Whiteboardmarker. »Münkel könnte zu gierig geworden sein, daraufhin hat sein Opfer kurzen Prozess gemacht, um ihn ein für alle Mal loszuwerden. Da hat er sich offenbar mit den falschen Leuten angelegt. Doch wen sollte er überhaupt erpresst haben? Womöglich seine ehemaligen Arbeitgeber? Immerhin hatte er Einblick in ihre Privatsphäre wie niemand anderes.«

»Du meinst, er hat das Ehepaar Schröder erpresst?« Nick war seine Skepsis deutlich anzusehen.

»Vollkommen abwegig ist der Gedanke nicht, oder? Münkel hat lange für sie gearbeitet und hatte vermutlich Zugang zu diversen Unterlagen, ob nun legal oder illegal, such dir was aus.«

»Klingt einleuchtend, trotzdem widerstrebt mir die Vorstellung, ich weiß nicht, weshalb. Das sollten wir auf jeden Fall bei unserem nächsten Besuch bei den Schröders nicht außer Acht lassen. Ich hoffe sehr, dass die Kollegen uns bald etwas zu Münkels Laptop sagen können, der sich ebenfalls in der Wohnung befand. Unter Umständen lässt sich darauf etwas finden, das uns wichtige Anhaltspunkte liefert.«

»Ich rufe nachher an und frage, wie weit die Kollegen sind. Jetzt brauche ich aber dringend was in den Magen. Wie sieht's aus mit Mittagessen, Nick?«

Nick sah auf die Uhr. »Sorry, Uwe, auf meine Gesellschaft musst du leider verzichten. Ich bin gleich mit Anna zum Essen verabredet.«

»Ich verzeihe dir, einer Frau wie Anna könnte ich auch nichts abschlagen«, zwinkerte er Nick zu. »Hau schon ab! Und schöne Grüße!«

Auf das weiße Geländer gestützt, ließ ich mir den Wind um die Nase wehen, während ich gleichzeitig das bunte Treiben um mich herum beobachtete. Pepper saß neben mir und hielt seine Schnauze ebenfalls in den Wind, seine Nasenlöcher blähten sich auf, als wittere er eine besondere Spur. Der Geruch des Meeres vermischte sich mit kulinarischen Düften aus den Imbissständen entlang der Promenade, worauf prompt mein Magen zu knurren begann. Überall waren Bierzeltgarnituren und Stehtische aufgestellt worden, an denen die Menschen saßen, sich die unterschiedlichsten Gerichte schmecken ließen, tranken und sich dabei angeregt unterhielten. Ich war mit Nick auf der Westerländer Promenade, auf der in Kürze der Kitesurf-Cup begann, zum Mittagessen verabredet und wartete auf ihn. Ein Blick auf meine Armbanduhr verriet mir, dass er jeden Augenblick eintreffen müsste. Während ich meine Augen über den Horizont schweifen ließ, auf dem die bunten Segel der Kitesurfer in der Luft hingen, wurde mir bewusst, wie gut ich es hatte. Ich hatte meine kleine Familie, einen Job, den ich liebte, und durfte als Krönung jeden Tag meines Lebens auf dieser herrlichen Insel verbringen. Ein besseres Leben konnte ich mir momentan nicht wünschen. Plötzlich hörte ich eine weibliche Stimme neben mir und drehte mich überrascht um.

»Hallo, Frau Scarren!« Juna Skjellberg tauchte unerwartet vor mir auf. »Ich hoffe, ich habe Sie nicht erschreckt? Ich bin gerade vorbeigekommen und habe Sie zufällig stehen sehen.«

»Nein, nein. Ich habe mich nicht erschrocken, ich hatte nur nicht mit Ihnen gerechnet«, gab ich zurück.

»Einen hübschen Begleiter haben Sie dabei. Darf ich ihn streicheln?« Ich nickte, und sie kniete sich zu Pepper, der die Streicheleinheit deutlich genoss. »Interessieren Sie sich fürs Kitesurfen?«

»Nur am Rande. Ich bin verabredet und warte«, sagte ich. »Das ist übrigens Pepper.« Pepper legte den Kopf schief, als er seinen Name hörte.

»Soso, Pepper heißt du also. Ein wirklich schöner Hund.« Sie fuhr ihm mit der Hand über das glänzende Fell und richtete sich auf. »Ich bin mit meinem Chef gekommen. Er trifft sich dort drüben mit einigen seiner Kunden«, erklärte Juna und zeigte zu einem der weißen Zelte, auf dem in graffitiähnlichen Lettern das Logo der Firma »Kitetex« prangte. Davor erkannte ich Arno Kelsterbach im Gespräch mit einem fülligen Mann und einer blonden Frau, die ich allerdings nur von hinten sehen konnte. Scheinbar hatte der Agenturinhaber kurz nach mir das Büro verlassen und sich ebenfalls auf die

Promenade begeben. Ob er sich das heftige Wortgefecht zuvor hinter verschlossener Bürotür mit seinem jetzigen Gesprächspartner geliefert hatte, vermochte ich nicht zu sagen. Momentan machten alle drei einen entspannten Eindruck, sofern ich das aus der Entfernung beurteilen konnte.

»Das ist ausgesprochen großzügig von Herrn Kelsterbach, dass er Sie mitnimmt und nicht im Büro mit irgendwelchen Arbeiten allein lässt.«

»Das stimmt, somit komme ich ein bisschen unter Leute, sehe etwas von der Insel und habe obendrein die Chance, den Kitesurf-Cup miterleben zu können. Das ist eine fantastische Atmosphäre, vor allem bei dem herrlichen Wetter. Meine Freunde zu Hause würden vor Neid erblassen, wenn sie mich sehen könnten«, kicherte sie. »Kitesurfen ist ein unglaublich faszinierender Sport. Ich würde es gerne selbst einmal ausprobieren. Bislang ergab sich leider nie die Gelegenheit. Meine Mutter findet außerdem, dass es für eine Frau zu gefährlich ist.« Sie verdrehte die Augen.

»Und Ihr Vater? Wie steht er dazu?«

»Mein Dad ist in der Beziehung wesentlich cooler. Er meint, eine Frau kann alles schaffen, was ein Mann auch kann. Er hat mir als Kind lieber Modellautos geschenkt statt Barbies. Einmal habe ich sogar einen Werkzeugkoffer zu Weihnachten bekommen, was meine Mutter unmöglich fand.« Sie schmunzelte bei dieser Erinnerung.

»Die Einstellung gefällt mir«, stimmte ich ihr zu.

»Ich freue mich schon auf morgen, da soll ich Interviews mit einigen der Teilnehmer machen, die werden auf der offiziellen Seite des Veranstalters ins Internet gestellt. Wahrscheinlich werde ich vor lauter Aufregung die ganze

Nacht nicht schlafen können. Hoffentlich vermassel ich nicht alles, das wäre mir total peinlich.«

»Sie werden das hervorragend meistern, davon bin ich überzeugt«, versicherte ich mit einem zuversichtlichen Lächeln.

»Danke, dass Sie das sagen.« Sie wirkte eine Spur verlegen. »Mit Ihrer Homepage habe ich vorhin gleich weitergemacht. Sie brauchen sich keine Sorgen zu machen, dass ich diese Aufgabe wegen des Surf-Cups vernachlässige.«

»Das tue ich ganz bestimmt nicht«, versicherte ich.

»Okay. Ich glaube, da kommt Ihre Verabredung«, sagte sie und deutete mit einer Kopfbewegung an mir vorbei.

»Nick!«

»Sweety!« Er gab mir einen Kuss und tätschelte Pepper den Kopf. »Tut mir leid, dass ich mich verspätet habe, aber es ging nicht eher.«

»Kein Problem, ich hatte derweil nette Gesellschaft. Nick, darf ich dir Juna Skjellberg vorstellen? Sie macht derzeit ein Praktikum bei der Werbeagentur ›A.K. Sea‹ und kümmert sich um meine neue Website.«

»Freut mich, Juna!«, begrüßte er sie und stutzte für einen Augenblick. »Juna Skjellberg? Dann bist du die Tochter von Generalstaatsanwalt Anders Skjellberg, oder?« Juna nickte, während ich meinen Mann verblüfft ansah. »Ich bin Uwe Wilmsens Kollege. Willkommen auf Sylt! Anna, ich habe dir doch von der jungen Frau erzählt, um die Uwe sich kümmert«, erklärte Nick mir zugewandt.

»Das nenne ich einen Zufall. Na, klar! Da habe ich ziemlich auf der Leitung gestanden, was? Bitte nenn mich Anna. Das Siezen sparen wir uns, damit fühle ich mich so alt«, gestand ich mit einem Augenzwinkern.

»Gern, Anna.« Juna schien es plötzlich eilig zu haben und schielte an uns vorbei. »Ich glaube, ich sollte schleunigst zurück zu meinem Chef, bevor er am Ende eine Vermisstenanzeige aufgibt. Wegen der Website melde mich bei dir, Anna! Tschüss ihr drei!« Im Laufschritt eilte sie in Richtung des weißen Zeltes.

»Sympathische junge Frau, findest du nicht?« Ich sah Nick abwartend an, doch er schien meine Frage nicht gehört zu haben. »Hallo, Nick? Alles in Ordnung?«

»Sorry, ich war in Gedanken.«

»Das war nicht zu übersehen. Du bist gedanklich bei dem Fall, habe ich recht? Seid ihr weitergekommen?«

»Nein, leider nicht, uns fehlt das Motiv, vom Täter ganz zu schweigen. Aber nun lass uns etwas essen gehen. Worauf hast du Lust? Fisch, Fleisch oder vegetarisch?«, erkundigte er sich, während wir zwischen den Buden und Zelten entlang marschierten. Kulinarisch blieben wirklich keine Wünsche offen, was die Entscheidung umso schwerer machte.

»Ich glaube, mir steht heute der Sinn nach Fisch«, entschied ich.

»Gute Wahl, da schließe ich mich gerne an. Mal sehen, was es Leckeres gibt«, erwiderte Nick.

Nachdem wir mit dem Essen fertig waren, kontrollierte Nick sein Handy auf eventuell eingegangene Benachrichtigungen.

»Gute oder schlechte Nachrichten?«, versuchte ich seinen Gesichtsausdruck zu deuten.

»Weder noch«, murmelte er und ließ das Telefon in seiner Hosentasche verschwinden. »Wir kommen nicht richtig voran.«

»Habt ihr denn einen ersten Verdacht, warum der Mann umgebracht worden sein könnte?«

»Nein, wie ich bereits sagte, fehlt bislang ein klares Motiv, ebenso der Hinweis auf den möglichen Täter. Wie es scheint, hat der Tote sehr zurückgezogen ohne nennenswerte Sozialkontakte gelebt. Wir sind dabei, sein Umfeld zu durchleuchten. Strafrechtlich ist er nicht in Erscheinung getreten, noch nicht einmal ein Verkehrsdelikt hat er sich zuschulden kommen lassen. Wir konnten keine Freunde oder Verwandte ausfindig machen, die uns näher Auskunft über ihn geben könnten. Seine Eltern sind bereits verstorben. Es scheint, als wäre er tatsächlich ein absoluter Einzelgänger gewesen.«

»Gibt es denn überhaupt keinen einzigen Anhaltspunkt, an dem man ansetzen könnte?«

»In seiner Wohnung wurde eine größere Summe Bargeld gefunden, obwohl seine Konten ansonsten ziemlich leer sind. Das erscheint merkwürdig. Sein letzter Arbeitgeber hatte ihm vor einiger Zeit gekündigt, eine neue Stelle hatte er danach nicht, daher stellt sich uns die Frage, woher das Geld stammt«, fasste Nick zusammen.

»Er könnte sich das Geld von jemandem geliehen haben. Oder er hat etwas verkauft, das wertvoll war. Vielleicht hat er es aber auch gestohlen. Bei einem Bankraub beispielsweise?« Nick schüttelte den Kopf. »Eine weitere Möglichkeit wäre, er hat das Geld bloß für jemanden aufbewahrt, und es gehörte ihm gar nicht«, rätselte ich. Als ich Nicks skeptische Miene sah, fügte ich schnell hinzu: »Dann hat er das Geld eben gewonnen. Mehr Ideen habe ich auch nicht«, setzte ich an dieser Stelle meinen Spekulationen ein Ende.

»Gewonnen«, wiederholte Nick, und ich konnte beinahe sehen, wie es hinter seiner Stirn angestrengt arbeitete.

»Ja, das wäre immerhin eine Möglichkeit. Im Falle eines größeren Lottogewinns hätte er den Gewinn bestimmt nicht in bar erhalten. Ich glaube, ab einer bestimmten Summe bekommt man das Geld überwiesen, allerdings kenne ich mich diesbezüglich nicht aus, ich spiele kein Lotto.«

»Du hast mich gerade auf eine Idee gebracht, Anna! Ich muss los, Uwe wartet bestimmt schon sehnsüchtig auf meine Rückkehr.« Er drückte mir einen Kuss auf die Wange, strich Pepper kurz über den Kopf und machte sich auf den Weg. »Wir sehen uns heute Abend!«

»Komm nicht so spät, ja?«, rief ich ihm nach.

»Ich versuche es.«

Ich sah ihm nach, wie er mit großen Schritten davoneilte und alsbald von der dichten Menschenmenge verschluckt wurde.

»Gut, dass du kommst! Es gibt interessante Neuigkeiten«, wurde Nick aufgeregt von Uwe begrüßt, kaum hatte er die Bürotür geöffnet.

»Anna hat mich eben auf eine Idee gebracht, aber du zuerst. Was gibt es denn so Wichtiges? Du bist ja richtig aufgeregt.« Er lachte.

»Stell dir vor, die DNA-Spuren, die unter Richard Münkels Fingernägeln gefunden wurden, wurden ebenfalls am Container sichergestellt. Sie stammen von ein und derselben Person. Da bist du platt, was?« Gespannt wartete Uwe auf die Reaktion seines Gegenübers.

»Das nenne ich in der Tat eine Überraschung, zumal die beiden Tatorte Hörnum und Westerland räumlich enorm weit auseinanderliegen«, stimmte Nick verblüfft zu.

»Das beweist eindeutig, dass Richard Münkel am Container gewesen sein muss«, betonte Uwe.

»Da muss ich dir widersprechen, Uwe. Münkel kann sich dort aufgehalten oder den Einbrecher vom Container woanders getroffen haben, muss er aber nicht zwingend. Das Einzige, was sich daraus ableiten lässt, ist die Tatsache, dass er mit demjenigen in Kontakt gekommen ist, der am Container seine Spuren hinterlassen hat. Derjenige muss wiederum nicht zwangsläufig identisch mit seinem Mörder sein. Sie könnten ebenso auf anderem Wege in Kontakt gekommen sein.«

»Warum hatte Münkel dann aber seine DNA unter den Fingernägeln, frage ich dich. Dr. Luhrmaier hat außerdem Abwehrspuren bei Münkel gefunden. Nein, Nick, in diesem Fall glaube ich nicht an einen Zufall. Ich denke viel mehr, Münkel hat den Einbrecher auf frischer Tat ertappt, daraufhin eskalierte die Situation, es kam zu einer handgreiflichen Auseinandersetzung, infolgedessen Münkel zu Tode kam. Ob das nun vorsätzlich oder im Affekt geschah, muss abschließend geklärt werden«, beharrte Uwe auf seiner Theorie und begann als Erstes das Schokocroissant zu essen, das einem Rosinenbrötchen und einem Hefeteilchen mit Zuckerglasur aus der Tüte gefolgt war. Alle drei Gebäckstücke hatte er auf einen Teller gelegt. »Ich sagte doch, ich habe noch nicht gefrühstückt«, kommentierte er Nicks Blick.

»Ich sage doch gar nichts«, hob dieser abwehrend die Hände.

»Dein Blick genügt. Zurück zum Fall.« Uwe biss mit Appetit in das Croissant, wobei sich einige Krümel in seinem Bart verfingen.

»Deiner Ansicht nach hat der Täter das Opfer, nachdem er es getötet hat, meterweit mit sich geschleppt, in einen Wagen verfrachtet und anschließend nach Hörnum gefahren, um es ins Hafenbecken zu werfen? Sorry, Uwe, aber das ist viel zu umständlich, riskant und ergibt für mich überhaupt keinen Sinn. Zumal sich mir dann eine zweite Frage stellt: Weshalb haben wir Münkels Wagen mit steckendem Zündschlüssel auf dem Parkplatz in Hörnum gefunden? Wie soll das Auto dorthin gekommen sein, wenn er selbst zu diesem Zeitpunkt bereits tot war? Im Wageninneren befand sich keinerlei Fremd-DNA. Wäre Münkel tot in seinem eigenen Wagen transportiert worden, hätte die Kriminaltechnik etwas finden müssen. Jeder hinterlässt irgendwelche Spuren, das ist nicht neu.«

Uwe stieß einen tiefen Seufzer aus, widmete sich dem Rosinenbrötchen und steckte das Hefeteilchen für später zurück in die Papiertüte. »Okay, okay. Vielleicht hast du recht, zu viele Ungereimtheiten. Irgendeine Verbindung muss es trotzdem geben, oder glaubst du an puren Zufall? Das kann ich mir nun wieder nicht vorstellen.«

Nick schüttelte den Kopf. »Ich gehe ebenfalls nicht von einem Zufall aus. Möglicherweise war Münkel Zeuge, als in den Container eingebrochen wurde. Er ist dem Täter anschließend gefolgt, um ihn zur Rede zu stellen. Vielleicht hat er ihm mit der Polizei gedroht oder ihn tatsächlich mit seinem Wissen erpresst. Das ist jedoch alles reine Spekulation.«

»So könnte es gewesen sein. Folglich denkst du, dass daher das Geld aus seiner Wohnung stammen könnte? So viel? Vergiss jedoch bitte nicht, dass nichts gestohlen wurde. Glaubst du ernsthaft, jemand zahlt derart viel Geld?«

»Ehrlich gesagt nicht, da der Faktor Zeit an dieser Stelle nicht passt. Der Einbruch und Münkels Tod liegen zu eng beieinander«, gab Nick zu und widerlegte gleichzeitig seine eigene Theorie. »Dass sich der Täter sofort auf die Erpressung eingelassen und Münkel umgehend das Geld ausgehändigt haben soll, ist äußerst unwahrscheinlich. Normalerweise läuft niemand mit 10.000 Euro in der Tasche herum.«

»Puh!« Uwe stieß lautstark die Luft aus. »Das wird immer komplizierter. Du hast vorhin erwähnt, dass Anna dich auf eine Idee gebracht hat. Was hat sie gesagt?«

»Anna erwähnte die Möglichkeit, Münkel könne das Geld genauso gut gewonnen haben.«

Uwe sah Nick überrascht an. »Ein interessanter Ansatz. Denkst du dabei an illegales Glücksspiel?«

»Nicht unbedingt. Unser Opfer kann eine Spielbank aufgesucht haben und das Geld auf vollkommen legalem Weg gewonnen haben. Ein Besuch in einer Spielbank ist nicht verboten. Der Zutritt steht jedem Erwachsenen frei«, hielt Nick dagegen.

»Spielbank ist ein gutes Stichwort. Das haben wir gleich.«

Uwe griff beherzt zum Hörer und stellte auf Lautsprecher, damit Nick mithören konnte.

»Deine Anna hat oft gute Ideen, wir sollten darüber nachdenken, sie mit ins Team zu holen.« Er lachte. »Und nun lass uns fahren, hoffentlich haben wir Erfolg.«

Ein kleiner, untersetzter Mann, der sich als Oskar Hönnberg vorstellte, führte Nick und Uwe in einen fensterlosen Raum.

»Was kann ich für Sie tun? Am Telefon sagten Sie, es wäre dringend, Herr Wilmsen«, erkundigte sich der Chef der Sylter Spielbank und bot seinen Gästen gleichzeitig einen Platz an.

»Wir benötigen lediglich eine Auskunft. Kennen Sie diesen Mann? Seine Name ist Richard Münkel.« Uwe reichte ihm ein Foto von Richard Münkel.

Der Blick des Mannes verharrte einige Sekunden auf dem Bild, bevor er den Kopf hob und die Beamten nacheinander ansah.

»Ich bedaure sehr, aber ich habe diesen Mann nie gesehen. Auch der Name sagt mir nichts«, erklärte er mit entschuldigender Miene.

»Sind Sie absolut sicher?«, vergewisserte sich Nick, der sich mehr von diesem Besuch erhofft hatte.

»Ja, das kann ich mit hundertprozentiger Sicherheit sagen. Sie müssen wissen, ich habe ein ausgesprochen ausgeprägtes Gedächtnis, was Gesichter angeht. Eine Gabe, die mir bei meinem Beruf sehr zugute kommt. Wenn dieser Mann jemals bei uns im Hause gewesen wäre, würde ich mich an ihn erinnern.« Er legte eine Pause ein, während Uwe das Foto zurück in seine Tasche steckte. »Darf ich fragen, in welcher Angelegenheit Sie nach dem Mann fahnden? Handelt es sich um einen Betrüger?«

»Wir fahnden nicht nach ihm, wir ermitteln in einem Tötungsdelikt«, ließ Uwe ihn wissen.

»Oh, das ist schrecklich.« Seine Überraschung wirkte ehrlich. »Darf ich fragen, warum Sie in diesem Fall ausgerechnet zu mir kommen?«

»Ich bitte um Ihr Verständnis, aber dazu darf ich Ihnen aus ermittlungstechnischen Gründen leider keine Einzelheiten nennen.«

»Natürlich, das verstehe ich«, zeigte sich der Spielbankchef einsichtig und sah von weiteren Fragen ab.

»Gibt es eventuell Mitarbeiter, die den Mann gesehen haben könnten? Es besteht doch immerhin die Möglich-

keit, dass Sie in irgendeiner Form – durch Urlaub, arbeits-
freie Tage oder Krankheit – abwesend waren und Ihnen
Herr Münkel daher nicht im Gedächtnis geblieben ist«,
war Uwe um eine vorsichtige Formulierung bemüht, um
den Mann bei Laune zu halten, in der Hoffnung, doch
noch etwas herausfinden zu können.

»Selbstverständlich steht es Ihnen frei, alle Mitarbeiter und Mitarbeiterinnen zu befragen. Wenn ich Sie um
einen Augenblick Geduld bitten dürfte, ich bin sofort
zurück.« Oskar Hönnberg setzte ein höfliches Lächeln
auf und ließ die beiden Beamten allein.

Keine fünf Minuten später kehrte er mit einem halben
Dutzend Angestellter zurück. Nachdem Nick und Uwe
alle Personen befragt hatten, kehrten sie gleichermaßen
resigniert wie erschöpft ins Polizeirevier zurück.

»Niemand will Richard Münkel dort gesehen haben, es
ist zum Haareraufen«, beklagte sich Uwe und fuhr sich
automatisch mit der Hand über den Kopf.

»Was daran liegen könnte, dass Münkel tatsächlich nie
einen Fuß in diese Spielbank gesetzt hat«, baute Nick
seine Ausführungen aus. »Er könnte dennoch überall
woanders gespielt haben.«

»Er hat in Westerland gewohnt. Die Möglichkeit zu
spielen, liegt direkt vor seiner Haustür«, widersprach
Uwe.

»Eben.«

»Eben?«

»Überleg doch mal, Uwe! Münkel ist von Beruf Butler und in der guten Gesellschaft der Insel bekannt. Die
Wahrscheinlichkeit, jemandem am Spieltisch zu begegnen,
ist äußerst hoch. Wie würde es aussehen, wenn jemand

von seiner Spielleidenschaft erfährt? Wirkt das nicht unseriös? Höchstwahrscheinlich war Münkel um seinen Ruf besorgt«, gab Nick zu bedenken.

»Oder wollte seine Arbeitgeber schützen«, ergänzte Uwe.

»Glaubst du, seine Loyalität gegenüber seinem Arbeitgeber ging so weit?« Nick runzelte die Stirn.

Uwe zuckte mit den Achseln. »Und was jetzt? Sollen wir etwa alle Spielbanken in ganz Deutschland abklappern? Damit werden wir nie fertig!«

»Uns wird wohl nichts anderes übrig bleiben. Du fängst in Bayern an«, erwiderte Nick mit todernster Miene.

»Oh, Nick, das ist nicht dein Ernst!«, stöhnte Uwe gequält. »Wir können unmöglich alle Casinos im ganzen Land überprüfen.«

Nick musste grinsen. »Ich glaube nicht, dass das notwendig sein wird. Wir konzentrieren uns vorerst auf die in Schleswig-Holstein.«

»Und wenn er in irgendeiner kleinen Klitsche gespielt hat oder in einem Hinterhof, womöglich illegal, dann bekommen wir das nie heraus«, klagte Uwe.

»Schritt für Schritt. Irgendwo müssen wir ja ansetzen.« Nick setzte sich an seinen Rechner und begann auf der Tastatur zu tippen. »Hier: Spielbanken gibt es außer auf Sylt in Schenefeld, Lübeck, Kiel und Flensburg. Ich schlage vor, wir schicken Münkels Foto an die Kollegen vor Ort mit der Bitte, sich zunächst in den Casinos umzuhören. Meiner Meinung nach sollten wir Hamburg nicht außer Acht lassen. Wenn Münkel gespielt hat, wäre es denkbar, dass er dort gewesen sein könnte. In einer Großstadt konnte er sich unauffälliger bewegen als in der Provinz. Insa Schröder hat erwähnt, dass er sie zum

Flughafen gefahren hat. Dies wäre eine Gelegenheit für ihn gewesen, seinen Aufenthalt dort mit einem Abstecher in die Spielbank zu verbinden.«

»Das klingt nachvollziehbar. Wie wir aufgrund der Laptopauswertung mit Gewissheit sagen können, hat Münkel im Netz gepokert. Was ist, wenn er ausschließlich auf diesem Weg seiner Spielleidenschaft nachgegangen ist? In Zeiten des Internets hätte er sich somit den umständlichen Weg in eine Spielbank auf dem Festland problemlos sparen können.«

»Dann wäre der Gewinn auf seinem Konto gelandet und nicht in großen Scheinen in seiner Wohnung«, erinnerte ihn Nick.

»Da ist was dran. Warten wir ab, was die Anfragen ergeben.«

»Ich rufe zunächst den Kollegen Martin Wiessmann in Hamburg an. Ich habe ihn letztes Jahr auf einer Schulung kennengelernt und bin überzeugt, er wird uns helfen«, sagte Nick und wischte über das Display seines Handys auf der Suche nach dem entsprechenden Kontakteintrag. Uwe stieß einen tiefen Seufzer aus. »Soll ich ihn nicht anrufen?« Er sah seinen Freund und Kollegen verwirrt an.

»Was? Doch, natürlich. Mir ist nur eben eingefallen, dass ich mich mal um diese Juna kümmern müsste. Ich habe Achtermann gegenüber ein schlechtes Gewissen«, gab er zu.

»Das brauchst du nicht zu haben. Ich habe sie kurz kennengelernt. Sie macht auf mich den Eindruck, als könne sie sehr gut auf sich aufpassen. Die jungen Leute heute sind ganz anders drauf als wir damals«, versuchte Nick, Uwes Bedenken zu zerstreuen.

»Wenn du meinst.« Seine Stimme klang skeptisch.

»Absolut. Außerdem versteht sie sich prima mit Anna. Lass die Mädels mal machen!« Nick klopfte Uwe auf die Schulter und wählte die Nummer des Hamburger Kollegen.

KAPITEL 8

»Hallo, mein Kind! Gut, dass ich dich erreiche.«

»Mama! Ist alles in Ordnung?«

»Natürlich, Anna. Was sollte denn nicht in Ordnung sein?«, erwiderte meine Mutter entrüstet.

»Keine Ahnung, aber deine Stimme klang ein bisschen sorgenvoll. Was macht Christopher? Ich hoffe, es ist nicht zu anstrengend mit ihm. Wie geht es euch?«

»Eurem Jungen geht es hervorragend. Er ist ein lieber kleiner Kerl und so was von pflegeleicht«, schwärmte meine Mutter in den höchsten Tönen. »Du warst in dem Alter wesentlich anstrengender, das weiß ich noch wie heute.«

»Schön, dass alles gut klappt«, sagte ich, ohne auf ihren Nachsatz einzugehen.

»Wir wollen gleich an den Strand. Dein Vater hat gestern ein paar Sandförmchen und einen kleinen Eimer für Christopher gekauft. Volker ist ganz vernarrt in den Kleinen und lässt es sich nicht nehmen, mit ihm im Sand zu buddeln«, flüsterte sie den letzten Satz ins Telefon. Vermutlich war mein Vater in der Nähe, und sie wollte vermeiden, dass er ihre Bemerkung mitbekam.

»Schläft er denn durch?«, wollte ich wissen.

»Dein Vater?«

»Nein, ich meine natürlich Christopher.«

»Wie ein Murmeltier! In dieser Hinsicht kommt er ganz nach dir.« Sie lachte. »Oh, ich muss Schluss machen, sonst gehen die beiden Männer ohne mich zum Strand. Mach's gut, mein Kind und grüße deinen Mann von uns! Ach, Anna?«

»Ja, Mama.« Ich war gespannt, was als Nächstes kam. Erfahrungsgemäß sparte sie sich den eigentlichen Grund ihres Anrufes immer für den Schluss auf.

»Wie geht es eigentlich mit deinem Segelkurs voran? Macht er dir Spaß?«

Auf diese Frage hatte ich längst gewartet. Offensichtlich war meine Mutter in den letzten Tagen nicht zum Zeitunglesen gekommen, sonst hätte ihre Frage anders geklungen.

»Der wurde verschoben«, erklärte ich kurzerhand und vermied meinerseits, von dem Leichenfund im Hafen zu berichten. »Bislang kann ich noch nicht endgültig sagen, ob Segeln tatsächlich etwas für mich ist«, wich ich aus.

»Wenn du es nicht ausprobierst, wirst du es auch nie erfahren. Na ja, jetzt muss ich mich aber sputen, sonst hängen mich dein Sohn und dein Vater noch ab. Tschüss, mein Kind!«, trällerte sie mir fröhlich ins Ohr und legte dann auf.

Ich holte tief Luft und sah auf meine Uhr. In einer halben Stunde war ich mit Juna am Brandenburger Strand verabredet. Nick war heute Morgen früher als gewöhnlich aufgebrochen, somit war ich ebenfalls zeitig auf den Beinen. Ich packte meine Habseligkeiten zusammen und machte mich mit Pepper auf den Weg nach Westerland, wo ich mit viel Glück einen Parkplatz in der Nähe des Stadtzentrums ergatterte. Die Innenstadt schien aus allen Nähten zu platzen. Grund dafür war der Beginn des Kitesurf-Cups, der zahlreiche Besucher anlockte. In den kommenden Tagen traf sich auf Sylt alles, was im Kite-Sport Rang und Namen hatte, um dem Wettbewerb beizuwohnen. Sportler und Interessierte aus aller Welt tummelten sich auf der Event-Meile parallel zum Meer und im eigens geschaffenen Bereich der zahlreichen Aussteller, die ihr neuestes Equipment zum Testen anboten. Für die Strecke zum verabredeten Punkt wählte ich den Strandübergang an der »Sylter Welle«, dem Schwimmbad von Westerland. Mühsam bahnte ich mir den Weg durch die Besuchermenge, immer darauf bedacht, dass niemand Pepper auf die Pfoten trat. Aus den Lautsprechern dröhnten abwechselnd Musik und die Stimmen der Moderatoren. Der erste Wettbewerb war offenbar mitten im Gange, denn überall standen dicht gedrängte Zuschauertrauben und verfolgten gespannt das Geschehen auf dem Wasser. Ich hatte zunächst Schwierigkeiten, Juna im allgemeinen Getümmel ausfindig zu machen. Dann stachen mir ihr langer, blonder Pferdeschwanz und ihr leuchtend oranges T-Shirt ins Auge. Als auch sie mich erkannte, kam sie mir gut gelaunt entgegen.

»Hallo, Anna! Klasse, du hast meinen vierbeinigen Freund dabei«, freute sie sich und bedachte Pepper sofort mit einer ausgiebigen Streicheleinheit.

»Ganz schön viel los hier«, stellte ich fest, während ich mich am Strand umsah. »Letztes Jahr war die Veranstaltung meines Erachtens weniger gut besucht, aber das lag vermutlich am Wetter – Regen und kaum Wind.«

»Ja, es ist toll! Komm mit, ich will dir etwas zeigen.« Sie marschierte los, und ich folgte ihr zu einem der nahe gelegenen weißen Zelte, die sich auf der Promenade aneinanderreihten wie an einer Perlenschnur. »Setz dich, bitte!«, forderte sie mich freundlich auf. »Magst du etwas trinken?«

»Nein, danke.«

»Für Pepper steht da vorne eine Schale frisches Wasser, falls er Durst hat«, erklärte sie und zeigte zu einer großen Schüssel aus Metall.

Juna hatte die dunkle Sonnenbrille ins Haar geschoben und auf einem bunten Würfel, der als Sitzgelegenheit fungierte, Platz genommen. Ich ließ mich ebenfalls auf einem dieser Würfel nieder und beobachtete Juna, wie sie auf ihrem Laptop herumtippte. Anschließend drehte sie den Bildschirm soweit in meine Richtung, dass ich bequem alles erkennen konnte, und begann, durch unterschiedliche Masken zu scrollen.

»Und? Was sagst du? Gefällt es dir?«, erkundigte sie sich, nachdem sie zur letzten Seite vorgedrungen war.

»Das ist super geworden, Juna! Ehrlich«, versicherte ich. »Ausgezeichnete Arbeit. Das hätte ich allein niemals auf die Beine gestellt, erst recht nicht in der Kürze der Zeit. Hast du eine Nachtschicht eingelegt?«

Sie schüttelte derart heftig den Kopf, dass ihr Pferdeschwanz hin und her wippte. »Nein, das brauchte ich nicht. Freut mich, dass es dir gefällt. Ich schicke dir eine Demoversion per Mail, dann kannst du dir in Ruhe alles noch einmal ansehen.«

In diesem Moment betraten zwei Männer das Zelt. Bei einem von ihnen handelte es sich um den Agenturinhaber Kelsterbach, den anderen hatte ich nie zuvor gesehen. Arno Kelsterbach erblickte mich und steuerte schnurstracks auf mich zu.

»Anna Scarren, ich freue mich, Sie zu sehen!«, begrüßte er mich mit einem festen Händedruck und einem strahlenden Lächeln. Ganz der Werbeprofi, dachte ich und lächelte zurück. »Ich hoffe, es geht Ihnen gut und alles läuft zu Ihrer Zufriedenheit?« Sein Blick wanderte zunächst zu Juna und anschließend zu dem aufgeklappten Laptop, als verschaffe er sich ein Bild über den aktuellen Stand der Dinge.

»Danke, ich kann nicht klagen. Juna hat mir gerade die Homepage gezeigt, die sie für mich gebaut hat. Sie hat wirklich sehr gute Arbeit geleistet, ich bin begeistert«, betonte ich.

»Das höre ich gern«, erwiderte er und bedachte Juna mit einem anerkennenden Blick. Sichtlich zufrieden wandte er sich seinem Begleiter zu, einem äußerst attraktiven und sportlich wirkenden Mann, Anfang 40, in Jeans und Poloshirt. Sein Rasierwasser roch für meinen Geschmack eine Spur zu intensiv. »Das ist übrigens Anna Scarren, die Landschaftsarchitektin, von der ich dir vor Kurzem erzählt habe.«

»Hallo, Gerrit Holstermann, ich freue mich, Sie persönlich kennenzulernen«, stellte er sich mir vor. »Arno lobt Ihre Arbeit in den höchsten Tönen. Sie sollen ja ein besonderes Händchen haben, was exquisite Gartengestaltung angeht.«

»Tatsächlich?«, fragte ich überrascht, da ich bis dato nicht für den Agenturchef gearbeitet hatte.

»Ich habe schon einige Objekte gesehen, denen durch Ihre Firma zu neuem Glanz verholfen wurden«, setzte Arno Kelsterbach nach.

»Ich würde sagen, ich mache meinen Job so gut ich kann«, wiegelte ich ab und fühlte mich in Anbetracht der Lobeshymne auf meine Arbeit etwas unwohl. »Ausschlaggebend für den Erfolg sind vor allem meine Partnerfirmen, die Gartenbaubetriebe mit ihren Gärtnern, die letztendlich meine Ideen umsetzen.«

»Stellen Sie Ihr Licht nicht unter den Scheffel, Frau Scarren«, bemerkte Holstermann mit einem schiefen Lächeln. »In der Tat habe ich darüber nachgedacht, mein Grundstück modernisieren zu lassen. Im Laufe der Jahre hat der Garten an Frische und besonders an Form verloren.«

»Wie wir wohl alle!«, lachte sein Freund Arno Kelsterbach lauthals los.

»Vielleicht hätten Sie Zeit und Lust, sich das Ganze einmal anzusehen, falls Sie in der Nähe sind? Rufen Sie mich gerne an«, schlug er vor und reichte mir eine Visitenkarte.

»Das lässt sich sicherlich einrichten«, erwiderte ich, warf einen kurzen Blick auf die Karte und verstaute sie in meiner Handtasche.

»Ich wohne übrigens in Kampen«, setzte er nach.

Natürlich, wo auch sonst, ergänzte ich gedanklich und versuchte, ein charmantes Lächeln aufzusetzen. Plötzlich tauchte ein weiterer Mann auf, der überschwänglich von dem Agenturchef begrüßt wurde. »Björn! Mensch, lange nicht gesehen! Bist du unter die Surfer gegangen? Darf ich dir meinen Freund Gerrit Holstermann vorstellen?«

Von einer auf die andere Minute war das Interesse der beiden Männer an Juna und mir erloschen, worüber ich insgeheim erleichtert war. Gerrit Holstermann war mir nicht unsympathisch, machte jedoch einen oberflächlichen Eindruck auf mich, ebenso wie Kelsterbach.

»Klingt nach einem weiteren Auftrag«, bemerkte Juna mit Blick zu Holstermann.

»Kennst du ihn?«

»Kennen würde ich nicht sagen, er war ein paar Mal in der Agentur. Er ist mit meinem Chef befreundet. Ich glaube, die sind ganz dicke«, befand Juna und überkreuzte zur Verdeutlichung Mittelfinger und Zeigefinger. »Hast du Lust mitzukommen? Ich gehe jetzt rüber zu den Kitesurfern wegen der Interviews.« Sie klappte den Laptop zu und schnappte sich ihr Notizbuch.

»Warum eigentlich nicht?«, entschied ich spontan und folgte ihr. Pepper, der die gesamte Zeit über entspannt neben mir gelegen hatte, sprang auf und lief neben mir her.

Der dicht bevölkerte Strand glich einem leuchtenden Meer aus den unterschiedlichsten Farbtönen. Von grellem Gelb bis hin zu dunklem Blau war nahezu das gesamte Farbspektrum anzutreffen. Unzählige Werbebanner und Fahnen wehten im Wind und versprühten Wettkampffeeling. Zwischen Surfboards, Neoprenanzügen und weiterer Ausrüstung hielten sich die Surfer – sowohl weibliche als auch männliche gleichermaßen – auf, beschäftigten sich mit ihrem Material oder fachsimpelten mit ihren Mitstreitern.

»Das gleicht einem riesigen Spektakel!«, stellte ich beeindruckt fest, während wir durch den Sand stapften.

»Glücklicherweise spielt das Wetter mit, sonst wäre es eine recht traurige Veranstaltung, wobei Regen nicht angenehm, aber bei Weitem nicht das Schlimmste wäre. Alles steht und fällt mit dem Wind. Komm! Da drüben sind die Sylter Teilnehmer.« Sie zeigte zu einer Gruppe junger Leute, die sich inmitten ihrer Ausrüstung zusammengerottet hatte, und steuerte zielstrebig darauf zu.

»Hallo, ich bin auf der Suche nach Steen Larsen, könnt ihr mir sagen, wo ich ihn finden kann?«, erkundigte sich Juna bei zwei Frauen ihres Alters mit großen Sonnenbrillen im Haar, die auf zwei Liegestühlen in der Nähe der Gruppe Position bezogen hatten.

Die beiden musterten Juna geringschätzig von oben bis unten. »Was willst du denn von ihm?«, fragte die Dunkelhaarige mit skeptischer Miene, während die andere teilnahmslos aufs Meer blickte und dabei geräuschvoll an dem Trinkhalm ihres Getränkes saugte.

»Ich glaube, da drüben ist er«, schaltete ich mich ein, fasste Juna am Arm und zog sie ein Stück beiseite. »Siehst du? Das ist er doch, oder?«

»Ja, du hast recht. Ich muss zugeben, dass ich ziemlich nervös bin«, gestand Juna und verzog das Gesicht.

»Ach was! Das Interview meisterst du spielend, du wirst sehen. Außerdem wird er dir nicht den Kopf abreißen, er sieht doch ganz freundlich aus«, versuchte ich, sie zu ermutigen.

»Wie du meinst«, gab sie halbherzig zurück, holte tief Luft und folgte mir.

»Moin! Sind Sie Steen Larsen?«, sprach ich den jungen Mann an, der nunmehr mit dem Rücken zu uns gekehrt mit seiner Ausrüstung beschäftigt war. Er drehte sich daraufhin überrascht um.

»Ja?« Er musterte mich mit zusammengezogenen Augenbrauen, bevor sein Blick auf Juna verweilte. Seine blauen Augen stachen kontrastreich aus seinem gebräunten Gesicht hervor.

»Mein Name ist Anna Scarren, und das ist Juna Skjellberg. Sie arbeitet momentan als Praktikantin bei der Werbeagentur ›A. K. Sea‹. Sie würde gern ein Interview mit Ihnen machen. Ach, was rede ich, das kann sie Ihnen alles selbst sagen«, beendete ich an dieser Stelle meinen Redeschwall und schob Juna ein Stück vor, die ihr Notizbuch mit beiden Händen fest vor die Brust gepresst hielt.

»Meinetwegen«, stimmte er zu, stemmte lässig die Hände in die Hüften und musterte Juna eingehend. »Ich habe allerdings nicht viel Zeit, das sage ich dir gleich. Du musst dich also kurz fassen. Was willst du wissen?«

»Ich bin dann mal weg. Viel Erfolg!«, flüsterte ich ihr im Gehen zu und machte mich aus dem Staub, in der Gewissheit, dass Juna den Rest problemlos ohne mich bewältigen würde.

»Okay.« Sie nickte.

Auf der Heimfahrt rief ich Britta an, um mich nach Jans Gesundheitszustand zu erkundigen. Wie ich zu meiner Beruhigung erfuhr, hatte er die Operation gut überstanden und war auf dem Weg der Besserung, auch Britta klang wesentlich entspannter als bei unserem letzten Telefonat.

KAPITEL 9

»Moin, Uwe! Du bist spät dran heute. Viel zu tun, was?«

»Moin, Hinnerk! Wenn es danach geht, könnte ich gleich im Büro übernachten«, winkte Uwe erschöpft ab und schloss die Gartenpforte hinter sich. Ihr Quietschen erinnerte ihn daran, dass sie dringend einige Tropfen Öl vertragen konnte, doch heute hatte er keine Muße mehr, sich darum zu kümmern. Er war vollkommen erledigt, außerdem klaffte mal wieder ein riesiges Loch in seinem Magen.

»Lust auf ein Feierabendbier?«, lockte ihn sein Nachbar und hielt eine Flasche hoch.

Uwe zögerte einen Moment, dann nickte er zustimmend. Warum eigentlich nicht, überlegte er. Er hatte nichts mehr vor, was sich nicht auch zu einem späteren Zeitpunkt erledigen ließ, und zum Kochen hatte er keine Lust mehr, ein paar Scheiben Brot würden es auch tun, vielleicht zwei bis drei Spiegeleier dazu. Das würde ausreichen, um seinen Hunger zu mildern. Wenig später saß er mit Hinnerk auf der Bank vor dessen Haus und genoss die Abendstimmung. Die letzten Sonnenstrahlen des Tages wurden von der weißen Hauswand reflektiert und tauchten den Garten in ein warmes, rötliches Licht. Die Temperatur war angenehm warm, und obendrein hatten die Pflastersteine zu ihren Füßen den Tag über genügend Wärme gespeichert, um sie nunmehr abzugeben.

»Tina nicht zu Hause? Ich habe sie schon seit Tagen nicht gesehen«, erkundigte sich Hinnerk.

»Sie ist zur Kur«, ließ Uwe seinen Nachbarn wissen.

»Ach ja. Hatte ich vergessen.«

»Und Sünje? Ist sie heute Abend gar nicht da?«

»Ist bei ihrer Mutter.« Hinnerk trank einen Schluck Bier und sah zum Horizont.

»Hm.«

Die beiden Männer saßen eine Weile nebeneinander, ohne dass ein Wort gesprochen wurde.

»Seid ihr noch immer auf der Suche nach dem Mörder in der Hafensache? Habe in der Zeitung davon gelesen. Üble Sache«, brach Uwes Nachbar Hinnerk das Schweigen und nahm anschließend einen weiteren kräftigen Schluck aus seiner Bierflasche.

»Nicht nur das. Wir müssen uns außerdem um einen Einbruch am Brandenburger Strand kümmern. Obwohl nichts gestohlen wurde, müssen wir der Sache trotzdem nachgehen.« Uwe machte eine Pause und trank ebenfalls einen Schluck. »In diesem Zusammenhang sind einige Unstimmigkeiten aufgetaucht.«

»Hm«, brummte Hinnerk lediglich und rieb sich das linke Ohr.

Daraufhin erfolgte abermals Schweigen.

»Darfste nicht drüber reden, oder?« Hinnerk räusperte sich.

»So sieht's aus.« Uwe atmete schwerfällig aus.

»Dachte ich mir.«

Ein alter Volvo bog mit röhrendem Motorengeräusch um die Ecke und kam direkt vor Hinnerks Gartenpforte zum Stehen. Der Fahrer stellte den Motor aus und stieg aus. »Klingt ziemlich ungesund!«, rief Hinnerk ihm zu.

Der Mann machte eine abwehrende Handbewegung und kam durch die Gartenpforte auf sie zu. »Solange er fährt, ist alles gut.«

»Moin, Onno. Was führt dich zu mir? Lange nicht gesehen. Bier?«, bot Hinnerk an und deutete auf die Flasche in seiner Hand.

»Lass mal, heute nicht. Hast du zufällig noch eine Kupplung? Mein Kutter, die alte Lüüv, ist in die Jahre gekommen und braucht ein wenig Zuwendung in Form von Ersatzteilen«, erwiderte der Mann. Er war eine stattliche Erscheinung und trug trotz der sommerlichen Temperaturen eine dunkelblaue Wollmütze. Der graue Bart und die buschigen Augenbrauen zierten sein wettergegerbtes Gesicht und verliehen ihm eine typisch nordfriesische Ausstrahlung.

»Müsste ich nachsehen. Brauchst du sie gleich?«

»Hat Zeit bis morgen.« Onno war im Begriff zu gehen.

»Was macht deine Nase?«, hakte Hinnerk nach.

»Nicht der Rede wert«, knurrte Onno mürrisch, als wäre ihm die Frage unangenehm.

»Was ist Ihnen widerfahren?«, erkundigte sich Uwe.

Bevor der Gefragte antworten konnte, schaltete sich Hinnerk erneut ein. »Er hat seine Nase in Dinge gesteckt, die ihn nichts angehen. Stimmt's, Onno?«

»Ach, was weißt du schon!«, gab Onno unwirsch zurück, stapfte, ohne sich noch einmal umzudrehen, zu seinem Wagen und fuhr los.

»Ich melde mich wegen der Kupplung!«, rief Hinnerk ihm nach, doch da übertönte bereits das Dröhnen des altersschwachen Motors jegliches Geräusch.

»Kennt ihr euch schon lange?« Uwe blickte dem Wagen nach, bis er um die Ecke verschwand.

»Onno Larsen und ich sind einige Jahre zusammen auf dem Seenotretter gefahren.« Hinnerk legte eine Pause ein und kratzte sich am Kopf. »Er hatte es in der letzten Zeit nicht leicht. Ab und zu fährt er mit seinem alten Schiff, der Lüüv, Touristen durch die Gegend.«

»Inwiefern hatte er es nicht leicht? Was genau meinst du?«, bohrte Uwe nach.

Hinnerk atmete tief durch, bevor er zu einer Erklärung ansetzte. »Edda, Onnos Frau, ist vor zwei Jahren bei einem Verkehrsunfall ums Leben gekommen.«

»Oh. Auf Sylt? Daran würde ich mich sicher erinnern, denn so viele tödliche Unfälle gab es glücklicherweise in den letzten Jahren nicht.«

»Nein, nicht auf Sylt. Kurz vor Niebüll. Jemand hat vor einer Kurve einen Traktor mit Anhänger überholen wollen, hat sie übersehen und ist mit ihrem Wagen frontal zusammengestoßen. Sowohl Edda als auch der Fahrer des anderen Wagens hatten keine Chance.« Hinnerk hielt den Kopf gesenkt und drehte nachdenklich die Bierflasche zwischen den Händen. »Das hat Onno schwer mitgenommen. Seitdem ist er ein wenig von der Spur abgekommen und ertränkt immer öfter seinen Kummer im Alkohol. Vor zwei Tagen habe ich ihn mitten in der Nacht am Westerländer Campingplatz mit blutender Nase aufgegabelt. Er war stockbetrunken und hat wirr vor sich hin gefaselt. Ich wollte ihn ins Krankenhaus bringen, doch das hat er vehement abgelehnt. Er ist und bleibt ein alter Sturkopf, der sich partout nicht helfen lassen will. Glücklicherweise war er wenigstens so vernünftig und hat sein Auto stehen lassen.«

»Alkohol war noch nie ein Problemlöser. Gibt es denn niemanden, der sich um ihn kümmert oder wenigstens ab und zu ein Auge auf ihn hat?«

»Sein Enkel Steen lebt bei ihm. Dessen Eltern haben sich getrennt, als er noch ziemlich klein war. Keine

Ahnung, wo die sich auf der Welt herumtreiben. Um ihren Lütten haben sie sich jedenfalls nie gekümmert, die Elternrolle haben die Großeltern übernommen, da sich von den Elternteilen niemand verantwortlich fühlte. Onno und Edda haben das gut hinbekommen, aus Steen ist ein anständiger Junge geworden, ein hübscher dazu.« Er grinste schelmisch. »Manchmal ein bisschen rebellisch mit Flausen im Kopf, aber er ist jung. Wir waren doch nicht anders damals. Die Mädchen stehen jedenfalls Schlange.« Seine Mundwinkel hoben sich zu einem Lächeln.

Uwe überlegte. »Steen? Der Steen Larsen, der Kitesurfer?«

»Ja, genau der. Unser Lokalmatador. Onno steckt all seine Hoffnungen in den Jungen. Er soll es einmal besser haben als er.«

»Tja, seine Chancen sollen gut stehen, ich habe in der Zeitung darüber gelesen. Hoffen wir das Beste für ihn und drücken ihm die Daumen. So, Hinnerk, ich denke, für mich ist es Zeit, der lange Tag steckt mir arg in den Knochen. Danke für das Bier. Grüße an Sünje, wenn sie nach Hause kommt.«

»Danke, richte ich aus. Euch viel Erfolg bei der Verbrecherjagd. Ich hoffe, ihr erwischt den Mistkerl bald.« Er hob die Bierflasche in seiner Hand an und prostete Uwe zum Abschied zu.

KAPITEL 10

»Guten Morgen, meine Langschläferin«, wurde ich von Nick begrüßt, als ich die Küche betrat.

»Morgen«, murmelte ich verschlafen, gab ihm einen flüchtigen Kuss und steuerte anschließend auf den Wasserkocher zu, um mir meinen morgendlichen Tee zuzubereiten.

»Richtig munter wirkst du nicht«, stellte er fest, während er mich seinem prüfenden Blick unterzog.

»Die Nacht war nicht besonders lang, wenn ich dich erinnern darf.«

»Höre ich da etwa ein leichtes Bedauern in deiner Stimme?« Auf seinem Gesicht erschien ein schelmisches Grinsen.

»Was meinst du wohl?«, neckte ich ihn, während ich auf ihn zuging, um mich fest an ihn zu schmiegen. Dabei schob ich meine Hände unter sein T-Shirt und spürte seine Muskeln.

»Das wäre ausgesprochen schade«, flüsterte er, küsste mich hinters Ohr und fuhr mit seinen Händen über meinen Rücken, was mir augenblicklich einen wohligen Schauer am gesamten Körper bescherte.

»Meinetwegen können wir da weitermachen, wo wir gestern aufgehört haben«, schnurrte ich ihm ins Ohr.

»Sorry, aber das wird leider nichts.« In seinem Blick lag ehrliches Bedauern, als er sich von mir löste.

»Schade. Frühstücken wir nicht wenigstens zusammen?«, fragte ich überrascht, als er seinen Kaffeebecher in den Geschirrspüler stellte.

»Das geht heute leider nicht, Sweety. Ich muss los, wenn ich nicht zu spät kommen will.«

»Aber du musst doch etwas essen«, betonte ich.

»Ich habe schon gefrühstückt, während du noch geschlafen hast.«

Als er in mein enttäuschtes Gesicht blickte, strich er mir sanft mit der Hand über die Wange. »Sieh mich doch nicht so an. Als Wiedergutmachung werde ich versuchen, heute Abend ein bisschen eher nach Hause zu kommen. Anschließend gehen wir zusammen in unser Lieblingsrestaurant etwas essen. Was hältst du von der Idee?«

»Versprochen?«

»Versprochen.«

Ich war erst wenige Minuten in die Lektüre der Zeitung vertieft, als die Klingelmelodie meines Handys erklang. Die Nummer auf dem Display war unterdrückt.

Kurz darauf fuhr ich den Braderuper Weg nach Kampen, bog ein paar Mal ab, bis ich letztendlich vor einer langen Grundstückszufahrt, die hinter einem massiven Tor lag, ankam. Da musste es sein, das Anwesen von Gerrit Holstermann, etwas nach hinten versetzt mit direktem Blick auf das Wattenmeer am Ende einer Sackgasse. Eine schützende Hecke aus niedrigen Kieferngewächsen verbarg das Haus vor unerwünschten Blicken. Unmittelbar vor dem Grundstück parkte ein weiterer Wagen. Ich stieg aus, öffnete die Heckklappe, und Pepper sprang mit einem Satz heraus. Dann ging ich auf das Grundstück zu. Gerrit Holstermann, Firmeninhaber der Sportfirma »Ocean Wave«, hatte seine Ankündigung von neulich, er wolle meine Dienste als Landschaftsarchitektin in Anspruch nehmen, schnell in die Tat umgesetzt und heute Morgen angerufen. Als ich die Gartenpforte öffnete, trat im selben Augenblick ein Mann aus dem Haus. Unmittelbar dahinter erschien Gerrit Holstermann in der offenen Tür. Der Besucher drehte sich zu ihm um, gestikulierte wild mit den Armen, während er etwas sagte, das ich jedoch aus der Entfernung nicht klar verstehen konnte. Dass beide Männer unterschiedlicher Meinung waren, war unverkennbar. Für einen kurzen Augenblick zog ich in Erwägung, besser kehrtzumachen und zu einem späteren Zeitpunkt wiederzukommen. Doch dann setzte ich meinen Weg fort und marschierte beherzt auf die beiden Männer zu.

»Moin, Herr Holstermann! Ich kann gern ein bisschen später wiederkommen, wenn Sie noch Besuch haben«, schlug ich vor.

»Hallo, Frau Scarren! Nur eine Minute bitte, ich bin sofort bei Ihnen«, erwiderte er sichtlich gestresst.

»Kein Problem, ich sehe mich derweil ein wenig um, wenn das in Ordnung ist«, gab ich zurück.

»Ja, machen Sie ruhig!« Dann wandte er sich abermals seinem Besucher zu und versuchte beruhigend auf ihn einzureden, während ich mich mit Pepper höflich zurückzog und den Garten inspizierte. Der Großteil der Pflanzen und Büsche war aus der Form geraten, teilweise sogar abgestorben, und die Rasenfläche glich einer kargen und unansehnlichen Steppe. An der Grundstücksgrenze stand eine Hortensie, von der nur noch das hölzerne Geäst übrig geblieben war, daneben eine Kiefer mit braunen Nadeln. Im Schatten eines Baumes vegetierten abgestorbene Rhododendren, dessen vertrocknete Blätter traurig nach unten hingen. Gerrit Holstermann hatte nicht übertrieben, als er andeutete, sein Garten könne dringend eine Generalüberholung vertragen.

»Vergiss es, Gerrit! Ein für alle Mal: Die Sache hat sich erledigt, da gibt es im Nachhinein nichts mehr zu bereden. Ich benötige deine Hilfe nicht. Und ich warne dich, funk mir nicht dazwischen, verstanden? Schönen Tag noch!«, hörte ich Holstermanns Besucher lamentieren, als er mit hochrotem Gesicht dem Gartentor entgegenstapfte, sich hinters Steuer seines Wagens setzte und mit durchdrehenden Rädern davonrauschte.

Gerrit Holstermann blieb einige Sekunden stehen, als müsse er sich erst sammeln, bevor er auf mich zukam.

»Entschuldigen Sie bitte die Unannehmlichkeiten. Kleine Unstimmigkeit unter Geschäftspartnern, das kann gelegentlich vorkommen, aber das kennen Sie sicherlich aus eigener Erfahrung«, startete Gerrit Holstermann mit einem misslungenem Lächeln einen Erklärungsversuch.

»Ehrlich gesagt, bin ich bislang von derartigen Auseinandersetzungen verschont geblieben. Meistens hilft es, wenn man sich gemeinsam an einen Tisch setzt, sobald sich die erhitzten Gemüter beruhigt haben. Ihr Geschäftsfreund sieht das bestimmt ähnlich«, erwiderte ich, da mir augenblicklich nichts Besseres einfiel, ohne mich allzu tief in die Angelegenheit einzumischen.

»Oh, Sie haben Verstärkung mitgebracht?«, wechselte Gerrit Holstermann abrupt das Thema und blickte zu Pepper an meiner Seite, ohne im Entferntesten auf meine Bemerkung einzugehen.

»Ich hoffe, das ist Ihnen recht? Wenn Sie unter einer Tierhaarallergie leiden oder generell Angst vor Hunden haben, bringe ich Pepper sofort zurück ins Auto. Das ist kein Problem.«

»Nein, nein, weder das eine noch das andere. Hunde sind mir manchmal sogar lieber als Menschen«, bekräftigte er mit Blick auf den Hund und wirkte plötzlich, als schweife er mit seinen Gedanken weit ab.

Ich räusperte mich und sagte: »Wenn Sie nichts dagegen haben, schlage ich vor, wir schauen uns gemeinsam Ihren Garten an, und Sie sagen mir, was geändert werden soll. Ein paar der Pflanzen müssten ohnehin ersetzt werden, sie sind tot. Wie dieser Strauch beispielsweise.« Ich deutete auf eine vertrocknete Ölweide, deren bräunlich verfärbte Blätter ebenfalls erbärmlich wirkten.

»Der sieht tatsächlich nicht mehr gut aus«, gab Holstermann zu. »Tja, ich würde sagen, machen Sie mir ein paar Vorschläge, dann sehen wir weiter. Sie haben alle Freiheiten.«

»Gern. Ich würde mich schnellstmöglich bei Ihnen melden.«

Als er bemerkte, dass ich offenbar im Begriff war zu gehen, schlug er schnell vor: »Wollen wir nicht reingehen? Ich kann Ihnen einen Kaffee anbieten, und wir besprechen alles genau.« Er deutete zum Haus.

»Das ist sehr nett, Herr Holstermann. Für den Augenblick habe ich alles gesehen, was ich benötige«, lehnte ich dankend ab. »Hilfreich wäre, wenn Sie mir einen Plan Ihres Grundstücks zur Verfügung stellen könnten, wegen der genauen Maße.«

»Kein Problem, den Plan schicke ich Ihnen per E-Mail. Über das Finanzielle machen Sie sich bitte keinen Kopf, das sehen wir dann. Für Qualität bin ich gern bereit, ein bisschen tiefer in die Tasche zu greifen«, machte er deutlich und beantwortete somit die nächste Frage, die mir auf der Zunge lag.

»In Ordnung. Dann danke ich Ihnen vorerst und wünsche Ihnen einen angenehmen Tag.« Ich reichte ihm zur Verabschiedung die Hand.

»Ebenso und bis bald. Ich bin schon sehr gespannt auf Ihre Entwürfe, Frau Scarren«, betonte er und sah mir dabei fest in die Augen. »Und entschuldigen Sie nochmals den kleinen Disput von vorhin. Normalerweise lasse ich meinen Gästen mehr Aufmerksamkeit zukommen.«

»Das hatte ich beinahe vergessen«, versicherte ich und verließ mit Pepper das Grundstück.

Da ich im Anschluss keinen Termin hatte, beschloss ich, eine Runde mit Pepper durch Kampen zu laufen, um mir Inspirationen zu holen. Die meisten Grundstücke waren nach außen durch dichte Bepflanzung abgeschirmt. Dennoch konnte man hier und da einen Blick erhaschen. Sylter Heckenrosen waren ein Klassiker und fanden in beinahe allen Gärten ihren Platz. Gleich dahinter auf Rang zwei auf der Beliebtheitsskala Kampener Gärten befanden sich niedrige Kieferngewächse, stellte ich fest. Ich persönlich liebte und schätzte Hortensien sehr, Platz Nummer drei. Sie waren relativ pflegeleicht und boten mit ihren langlebigen Blütenbällen einen schönen Blickfang, sowohl als Gruppe gepflanzt oder als Solitärpflanze. Während meines Spaziergangs durch den Ort konnte ich feststellen, dass auch in Kampen viel gebaut wurde. Hier und da waren neue, moderne Häuser entstanden, jedoch alle in ähnlichem Stil mit dem obligatorischen Reetdach, das das Ortsbild prägte. Irgendwann kam ich auf meinem Rundgang zum Ortskern, überquerte die Hauptstraße am Kaamp-Hüs, dem Sitz der Gemeinde- und Kurverwaltung von Kampen, und bummelte an den Geschäften entlang. In der Auslage eines der Läden entdeckte ich eine bunte Decke mit Fischmotiven. Die würde hervorragend auf mein Sofa in meinem Arbeitszimmer passen, überlegte ich. Sollte mich meine Mutter fragen, was ich mir dieses Jahr zum Geburtstag wünschte, hätte ich gleich eine Idee.

KAPITEL 11

Juna stapfte barfuß durch den warmen Sand, der ihre Fußsohlen massierte, und hielt zwischen den vielen Surfern Ausschau nach Steen Larsen. Den gestrigen Interviewtermin mussten sie auf den heutigen Tag verschieben, da Steen unerwartet bei einer Produktpräsentation eines Surfboardherstellers für Fotos posieren musste, was Juna einerseits bedauerte, andererseits ihr die Gelegenheit gab, heute erneut mit ihm sprechen zu können. Sie brauchte nicht lange zu suchen, da entdeckte sie ihn. Er steckte bis zum Bauch in einem Neoprenanzug, der obere Teil des Anzugs baumelte an ihm herunter und gab seinen braun gebrannten, athletischen Oberkörper frei. Sein von der Sonne aufgehelltes Haar war vom Wind und dem Salzwasser zerzaust, eine verspiegelte Sonnenbrille steckte mitten darin, wobei die Gläser in den Farben des Regenbogens leuchteten. Vor ihm im Sand lag eine Stange, an der unterschiedlich farbige Leinen befestigt waren, die er der Länge nach ausgebreitet hatte.

»Hey, Steen!«, sprach sie ihn an.

»Moin!« Er drehte sich zu ihr um und blinzelte gegen die Sonne.

»Hast du Zeit für das Interview oder komme ich gerade ungelegen?«, erkundigte sich Juna mit klopfendem Herzen.

»Nein, ich habe gerade Zeit. Ich starte erst in einer Stunde. Wollen wir gleich beginnen?« Sie nickte. Da sie jedoch keine Anstalten machte, die erste Frage zu stellen, ergriff er abermals das Wort. »Also, wie lautet deine erste Frage?«, forderte er sie mit einem amüsierten Grinsen auf.

»Was machst du da?« Juna deutete auf die Leinen im Sand.

»Ich überprüfe mein Material und wickele die Leinen ordentlich auf.«

»Wozu benötigt man sie beim Kitesurfen?«, stellte sie die nächste Frage und zückte ihren Kugelschreiber, um sich Notizen zu machen.

Er musste lachen. »Ich sehe schon, wir fangen am besten bei null an, richtig?«

»Ich befürchte, ja«, gab sie mit zerknirschter Miene zu.

»Kein Problem.« Er bückte sich und hob die Stange auf. »Also, Juna, das hier ist die Bar, die Lenkstange, an der die Steuerleinen befestigt sind, mit denen du den Kite lenkst. Sie sind üblicherweise grün oder blau und rot. Das kann je nach Hersteller variieren. Außerordentlich wichtig dabei ist jedoch, dass sie intakt sind, sonst kannst du den Drachen nicht vernünftig lenken. Das kann unter Umständen lebensgefährlich werden. Die Bar wird über die Chickenloop, eine Art Schleife, am Trapez befestigt. Dies ist beispielsweise ein Hüfttrapez, und so hakt man sich ein.« Er demonstrierte Juna das Vorgehen, indem er die Schlaufe an einem Haken befestigte.

»Das Trapez sieht aus wie ein überdimensionaler Gürtel«, stellte Juna fest.

»Ja, wenn du so willst«, pflichtete Steen ihr lachend bei. »Es gibt darüber hinaus noch Sitztrapeze, aber den genauen Unterschied zu erklären, führt an dieser Stelle zu weit.«

»Aha. Und was ist das für ein Ding?« Juna zeigte mit dem Finger auf ein farbiges Kunststoffteil.

»Das ist das sogenannte Quick-Release, ein Sicherheitsmechanismus. Im Notfall löst du damit den Kite vom Trapezhaken und nimmst auf diese Weise den Druck vom Kite, bleibst aber weiterhin mit dem Schirm verbunden. Er fällt dann auf die Wasseroberfläche, kann nicht abtreiben und geht somit nicht verloren. Um vollkommen die Verbindung zum Kite zu lösen, gibt es die letzte Stufe, die Safety leash. Hier! Siehst du?« Er deutete auf eine weitere Leine, die wiederum am Trapez befestigt war.

»Puh, das klingt äußerst kompliziert. Mit den vielen Seilen und Haken würde ich total durcheinanderkommen. So schwierig hatte ich mir das alles nicht vorgestellt«, seufzte Juna.

»Das mag im ersten Augenblick verwirrend klingen, aber so schwer ist es nicht, glaub mir.« Steen lächelte ihr aufmunternd zu. »Kitesurfen ist nicht ungefährlich, daher ist ein funktionierendes Sicherheitssystem unglaublich wichtig. Wenn du dich an die Spielregeln hältst, passiert in aller Regel nichts. Bevor du aufs Wasser gehst, solltest du dich immer vergewissern, dass alles funktioniert. Sauberkeit spielt dabei eine bedeutende Rolle. Die Ausrüstung muss stets frei von Schmutz und Sand sein«, erklärte Steen mit ernsthafter Miene, während Juna nach wie vor gebannt an seinen Lippen hing.

Die beiden waren dermaßen in ihr Gespräch vertieft, dass sie die Gruppe junger Männer erst bemerkten, als eine Stimme neben ihnen erklang.

»Hey, Steen! Benötigst du mittlerweile weiblichen Beistand?«, fragte einer von ihnen, der offenbar den Anführer der Gruppe darstellte, worauf die anderen umgehend in Gelächter verfielen.

»Kilian, was willst du?«, erwiderte Steen, der mindestens einen Kopf größer war als sein Herausforderer, mit eingefrorener Miene.

»Ich wollte mal sehen, wie es bei dir aussieht. Gestern beim Abschlusstraining bist du deiner Favoritenrolle nicht gerade gerecht geworden.« Kilian drehte sich zu seinen Begleitern um, die seine Äußerung abermals mit einem spöttischen Lachen honorierten. »Wenn das alles ist, was du drauf hast, kann ich mich ja beruhigt zurücklehnen«, legte er mit einem überheblichen Grinsen nach.

»Wir werden sehen, wer am Ende gewinnt«, gab Steen so ruhig er konnte zurück, obwohl ihm deutlich anzumerken war, dass er sich ärgerte.

»Ich mache mir gleich in die Hose vor Angst!« Kilian lachte. »Muss bitter sein, wenn einem der Sponsor vor Ort noch nicht einmal etwas zutraut. Scheiß Gefühl, oder Steen?«

Steen ließ sich nicht provozieren und schluckte die

Antwort herunter, dennoch konnte Juna sehen, wie seine Kiefermuskeln arbeiteten.

»Wer bist du überhaupt, dass du dich hier so aufspielst?«, platzte es aus Juna heraus.

Kilian sah sie verblüfft an. Mit einem verbalen Rückschlag ihrerseits hatte er augenscheinlich nicht gerechnet, doch er fing sich schnell wieder, und ein breites Grinsen erschien auf seinem Gesicht.

»Sieh an! Jetzt muss schon eine Frau für dich einstehen.«

»Was soll …«, setzte Juna erneut an und machte einen Schritt auf Kilian zu, wurde jedoch von Steen zurückgehalten, der sich vor sie stellte.

»Ich weiß nicht, welches Problem du mit mir hast, Kilian, aber lass Juna aus dem Spiel, okay? Ich glaube, es ist besser, wenn du jetzt gehst.«

Kilian schnaubte daraufhin verächtlich, verzichtete allerdings auf eine Erwiderung. »Man sieht sich! Kommt, wir gehen!«, brummte er stattdessen und gab seinen Kumpels das Zeichen zum Rückzug.

Sie kehrten Juna und Steen den Rücken und entfernten sich, jedoch nicht, ohne vorher durch die Leinen, die Steen ausgebreitet hatte, zu laufen.

»He, spinnt ihr?«, schrie Steen aufgebracht und war im Begriff, auf die jungen Männer loszugehen, doch dieses Mal war es Juna, die ihn von seinem Vorhaben abhielt.

»Lass sie! Das bringt doch nichts«, versuchte sie, ihn zu beruhigen.

»Blöder Spinner«, schimpfte Steen vor sich hin und begann, die Leinen zu entwirren. Juna half ihm dabei.

»Tut mir leid«, sagte sie zaghaft, worauf er sie mit zusammengezogenen Augenbrauen irritiert ansah.

»Warum? Dich trifft keine Schuld. Kilian ist eben ein absoluter Vollidiot.«

»Habt ihr eine persönliche Rechnung offen oder warum spielt er sich dermaßen auf?«, wollte Juna wissen.

»Nein. Wir haben uns bislang bei einigen Wettbewerben getroffen, mehr nicht. Ich habe keine Ahnung, was das eben sollte, es gab nie einen Streit oder etwas in der Art.« Er zuckte die Schultern und rieb die Handflächen aneinander, um sie vom Sand zu befreien.

»Was meinte er damit, dass der hiesige Sponsor nichts mit dir zu tun haben will?«

Steen wandte seinen Blick gen Meer und ließ sich Zeit mit seiner Antwort. »Das ist halt so.«

»Aber …«, blieb Juna hartnäckig.

»Ich will nicht darüber reden, okay?«, schnitt er ihr auf schroffe Weise das Wort ab.

Daraufhin schwieg sie für einige Sekunden, bevor sie erneut vorsichtig ansetzte: »Kommt es öfter zu Konkurrenzverhalten unter Kitesurfern?«

»Du gibst nicht so schnell auf, oder?« Ein Lächeln huschte über Steens Gesicht. Juna zuckte mit den Schultern. »Den einen mag man mehr, den anderen weniger, das kommt überall vor. Im Großen und Ganzen sind wir aber eine eingeschworene Gemeinschaft. Normalerweise respektiert und hilft man sich untereinander. Kilians Verhalten von eben geht absolut nicht.«

»Du meinst, über die Leinen zu gehen?« Steen nickte. »Ist das so eine Art Ehrenkodex oder ein Tabu unter Kitesurfern?«, hakte Juna neugierig nach und machte sich eine Notiz.

»Ja, das ist ein absolutes No-Go. Man läuft nicht über fremde Leinen beziehungsweise kreuzt sie in irgendeiner Form. Genauso wenig blockiert man einen anderen Surfer, der gerade aus dem Wasser kommt. Im Gegenteil – wir helfen uns untereinander.«

Eine Lautsprecherdurchsage ertönte plötzlich und wurde durch den Wind weit über den Strand getragen.

»Sorry, Juna, wir müssen an dieser Stelle unser Gespräch abbrechen, ich muss mich für den Start fertig machen.«

»Klar, kein Problem, ich will dich nicht länger aufhalten«, bekräftigte sie und ließ Notizheft und Stift eilig in ihrem Rucksack verschwinden. »Danke für deine Zeit und Geduld«, fügte sie hinzu und setzte ein Lächeln auf.

»Was machst du heute Abend?«, fragte er, da ihm ihre Enttäuschung über das vorzeitige Ende des Interviews nicht verborgen geblieben war.

»Ehrlich gesagt, weiß ich das noch nicht genau. Auf der Promenade soll heute Abend richtig die Party abgehen, hat mein Chef gesagt. Der DJ soll außerdem super sein.«

»Ja, aber das ist nicht unbedingt mein Ding vor einem Wettkampftag. Wir treffen uns mit ein paar anderen Kitesurfern am Strand, um den Tag ausklingen zu lassen. Wenn du Lust hast, komm einfach vorbei. Dann beantworte ich dir gern den Rest deiner Fragen.«

»Mal gucken. Wann?«, wollte sie wissen und freute sich innerlich riesig über die Möglichkeit, Steen in Kürze wiederzusehen.

»Um neun am K4.«

Ich hatte gerade das tägliche Telefonat mit meiner Mutter, in dem sie mir eine detaillierte Zusammenfassung aller Geschehnisse auf Amrum gab, beendet, als ich Nicks Wagen in die Einfahrt biegen sah. Pepper hatte das Motorengeräusch sofort erkannt und stand schwanzwedelnd und winselnd vor der Haustür. Sobald ich die Tür öffnete, zwängte er sich durch den Spalt und jagte auf sein Herrchen zu, um ihn willkommen zu heißen. Pepper wurde mit einer Streicheleinheit, ich mit einem Kuss begrüßt.

»Du hast tatsächlich dein Versprechen gehalten«, stellte ich mit einem demonstrativen Blick auf meine Uhr fest.

»Natürlich. Habe ich jemals ein Versprechen nicht eingehalten?«, fragte er mit scheinheiliger Miene und folgte mir in die Küche.

»Na ja. Seid ihr in der Mordsache vom Hafen vorangekommen?«, erkundigte ich mich.

»Wir wissen mittlerweile, dass der Tote Spieler war. In der Sylter Spielbank ist er nicht bekannt, vermutlich ist er seiner Spielleidenschaft verstärkt im Internet nachgegangen.«

»Vielleicht hat er in anderen Casinos auf dem Festland gespielt«, überlegte ich, füllte Trockenfutter in Peppers Futterschale und stellte sie auf die Fliesen. Die Schüssel hatte kaum den Fußboden erreicht, da hing bereits der halbe Hund darin. »Pepper! Langsam!«, mahnte ich – allerdings vergeblich. Wenn es ums Fressen ging, versagte sein Gehorsam komplett.

»Er frisst wie eine neunköpfige Raupe«, stellte Nick belustigt fest. »Doch zurück zum Thema Casinos auf dem Festland. In dieser Hinsicht bauen wir auf die Unterstützung der Kollegen vor Ort. Ich hoffe, sie können uns neue Details liefern, ansonsten haben wir momentan wenige Anhaltspunkte, die den Mord erklären könnten. Vielleicht wurde er vom Täter zufällig ausgewählt, ohne dass irgendeine Verbindung zwischen den beiden besteht.« Er holte tief Luft und rieb sich den verspannten Nacken.

»Allein die Vorstellung, dass der Mörder sich noch frei

auf der Insel bewegt, ist durchaus beunruhigend. Man kann nur hoffen, dass es kein weiteres Opfer zu beklagen gibt.« Bei dem Gedanken überkam mich schlagartig eine Gänsehaut.

Nick schloss mich in die Arme und flüsterte dicht an mein Ohr: »Ich werde nicht zulassen, dass dir etwas geschieht.«

»Nicht nur deshalb bin ich froh, dass es dich gibt«, erwiderte ich und genoss seine unmittelbare Nähe und Wärme, die von ihm ausging. »Ich soll dich übrigens von meinen Eltern grüßen, sie haben eben angerufen.«

»Danke. Ich wollte gerade fragen, ob du etwas von unserem Kleinen gehört hast?«

»Alles im grünen Bereich. Christopher scheint uns nicht einmal zu vermissen.« Ich zog einen Schmollmund, worauf Nick zu lachen begann.

»Ach, Sweety! Sei froh, dass er sich bei deinen Eltern wohlfühlt und kein Heimweh hat. Das wäre für alle nicht schön.«

»Du hast ja recht. Wahrscheinlich mache ich mir wie immer zu viele Gedanken. Was machen wir jetzt? Wenn ich mich richtig erinnere, hast du heute früh etwas von essen gehen verlauten lassen?«

»Du hast ein gutes Gedächtnis.« Er schmunzelte. »Ich dusche bloß schnell, ziehe mir etwas anderes an, dann lassen wir es richtig krachen.« Ich hob die Brauen und sah ihn fragend an. »Wir stürzen uns ins Partyleben!«, konkretisierte er.

»Ins Partyleben? Etwa in Westerland auf der Promenade? Mit DJ und allem?«

»Und allem! Uwe, Oliver und Ansgar sind ebenfalls mit von der Partie, natürlich in weiblicher Begleitung.

Olivers Bruder ist erfolgreicher Kitesurfer und nimmt am Cup teil. Er schwört auf die Party, sie sei legendär«, erklärte er begeistert und zwinkerte mir zu.

»Was ist denn mit dir los? So kenne ich dich gar nicht. Sind wir nicht für diese Partys ein bisschen zu alt? Die meisten dort sind vermutlich kaum älter als 25. Da komme ich mir vor wie eine Oma.« Meine Skepsis wuchs mit jedem Wort.

»Stimmt, daran habe ich überhaupt nicht gedacht.« Er fasste sich nachdenklich an sein Kinn. »Soweit ich gehört habe, soll es extra einen Ü30-Bereich geben, an dem du deinen Rollator abstellen kannst.«

»Du bist unmöglich! Na warte, gleich hab' ich dich!«, erwiderte ich in gespielter Empörung und stürzte auf Nick zu, der mir in letzter Sekunde entwischte und sich mit einem Sprung auf die Treppe nach oben ins Badezimmer rettete.

Pepper begleitete unsere kleine Verfolgungsjagd mit einem begeisterten Bellen. Das Klingeln meines Handys hielt mich davon ab, Nick ins obere Stockwerk zu folgen.

»Hallo, Anna! Hier ist Juna«, meldete sich die Tochter des Generalstaatsanwaltes.

»Juna! Was kann ich für dich tun?«, fragte ich ein wenig außer Atem.

»Störe ich?«

»Nein, nein. Alles okay.«

»Ich brauche deine Hilfe.« Sie klang aufgekratzt.

»Wie kann ich dir helfen, Juna?«

»Also, ich bin nachher mit Steen verabredet.«

Ich musste schmunzeln, denn mir war bereits bei unserem Zusammentreffen mit ihm am Strand aufgefallen, dass Juna und er sich auf Anhieb sympathisch waren.

»Das ist ja schön«, bemerkte ich und versuchte, nicht zu euphorisch zu klingen.

»Ja, allerdings gibt es ein Problem. Ich weiß nicht, wo ich hin muss, und habe dummerweise vergessen, nach seiner Handynummer zu fragen. Das war alles ein bisschen hektisch heute am Strand.«

»Habt ihr denn keinen festen Treffpunkt vereinbart?«, wunderte ich mich.

»Natürlich, am K4 um neun. Ich habe keine Ahnung, was oder wo das sein soll«, gab sie zerknirscht zu. »In meinem Reiseführer steht nichts dazu. Mittlerweile denke ich, ich habe mich verhört.«

»Nein, hast du nicht. Der K4 ist ein Surf-Spot zwischen Rantum und Hörnum, ein Strandabschnitt. Du orientierst dich am besten an dem großen Parkplatz mit der Aussichtsplattform auf der Düne an der Westseite. Direkt an diesem Parkplatz steht der Bauwagen einer Surfschule. Obendrein befindet sich unmittelbar dort eine Bushaltestelle. Du kannst es unmöglich verfehlen.«

»Danke, Anna! Du hast mir sehr geholfen!«, verabschiedete sich Juna erleichtert.

»Gern geschehen und viel Spaß heute Abend!«

»Wem wünschst du viel Spaß?«, wollte Nick wissen, der plötzlich frisch geduscht und umgezogen hinter mir stand.

Erschrocken drehte ich mich zu ihm um. Sein Aftershave zog mir verführerisch in die Nase.

»Sorry, ich wollte dich nicht erschrecken.«

»Schon gut, ich habe dich nicht kommen hören, weil ich mit Juna telefoniert habe. Ich habe ihre Ortskenntnisse ein wenig erweitert.« Nick legte skeptisch die Stirn in Falten. »Sie hat nachher ein Date am K4 und hatte keine Ahnung, was damit gemeint ist«, sorgte ich für Klarheit.

»Ach so. Uwe wollte sie fragen, ob sie heute Abend mit uns auf die Party kommen möchte.«

»Er nimmt seine Aufgabe als Schutzpatron wirklich sehr ernst, oder?«

»Er ist bemüht, schließlich will er auf keinen Fall irgendwelchen Ärger mit Staatsanwalt Achtermann riskieren«, erklärte Nick.

»Verständlich, allerdings hat Uwe gegen Steen Larsen nicht den Hauch einer Chance. Im Übrigen ist sie alt und vernünftig genug, um allein klarzukommen. Sie braucht keinen Aufpasser, der jeden ihrer Schritte kontrolliert, findest du nicht?«

»Ich sehe das genauso, aber Achtermann möchte vermeiden, dass ihr etwas zustößt.«

»Als wenn Sylt ein kriminelles Pflaster wäre«, betonte ich, was Nick mit einem Schulterzucken kommentierte.

KAPITEL 12

Nick und Uwe saßen sich schweigend an ihren Schreibtischen gegenüber – die Köpfe über ihre Akten gebeugt. Ab und zu konnte man Uwe leise vor sich hin stöhnen hören.

Irgendwann hielt Nick das stille Leiden seines Kollegen nicht mehr aus, stand auf und reichte ihm kurz darauf einen Becher mit frischem Kaffee. »Hier, das könnte helfen.«

»Die Nacht war eindeutig zu kurz und die Drinks zu stark. Das ist definitiv nichts mehr für einen alten Mann wie mich.« Er rieb sich die Stirn. »In meinem Alter steckt man das nicht mehr so einfach weg. Ich bin eben keine 30 mehr«, stellte er mit jammervollem Blick fest und griff dankend nach dem dampfenden Heißgetränk. »Du brauchst gar nicht zu grinsen, Nick! Warte mal zehn Jahre ab, dann weißt du, wovon ich spreche.« Er führte die Tasse zum Mund.

»Auf mich hast du gestern nicht den Eindruck gemacht, als hättest du keinen Spaß – oder sollte ich mich derart getäuscht haben?«

»Der beste Abend seit Langem«, gab Uwe zu, wobei sich ein verschmitztes Lächeln den Weg durch das undurchdringliche Dickicht seines Vollbarts bahnte.

»Finde ich auch, wenn man von dem überflüssigen Intermezzo kurz vor Mitternacht absieht.«

»Du spielst auf die Schlägerei an. Tja, je mehr Alkohol im Spiel ist, desto rascher sinkt die Hemmschwelle zuzuschlagen, und aus einem verbalen Schlagabtausch wird schnell eine handfeste Auseinandersetzung. Ich hatte den Eindruck, die Kollegen von der Streife waren über unsere Unterstützung dankbar. Bis die angeforderte Verstärkung eingetroffen war, vergingen doch etliche Minuten. Für solche Großveranstaltungen reicht die vorhandene Personaldecke kaum aus, besonders während der Sommermonate bekommen wir das zu spüren.«

»Armer Ansgar, der wird länger etwas von seinem blauen Auge haben, das er in dem Zusammenhang kassiert hat«, bemerkte Nick und goss sich Kaffee nach.

»Ansgar ist hart im Nehmen, zudem wird seine Freundin ihren Superhelden sicherlich liebevoll umsorgen, davon kannst du ausgehen. Ich denke, diese Fürsorge entschädigt ihn hinreichend für die erlittenen Schmerzen«, bemerkte Uwe. »Konzentrieren wir uns lieber wieder auf den Fall Richard Münkel. Ich werde das Gefühl nicht los, dass das Ehepaar Schröder irgendwie tiefer in die Sache verwickelt ist, als sie zugeben wollen.«

»Inwiefern?«, hakte Nick interessiert nach.

»Ich kann es nicht genau sagen, aber ich bin überzeugt, sie haben uns nicht die komplette Wahrheit gesagt.« Er warf einen Blick auf seine Uhr. »Gleich halb zwölf. Lass uns noch mal hinfahren und mit ihnen sprechen. Vielleicht sind sie dieses Mal auskunftsfreudiger, wenn wir ihnen ein bisschen auf den Zahn fühlen.«

»Meinetwegen.«

»Aber vorher lass uns unbedingt irgendwo kurz anhalten, langsam meldet sich mein Appetit zurück.«

Ich saß seit einer Dreiviertelstunde vor meinem Laptop, starrte geistesabwesend auf den Bildschirm und kam mit meiner Arbeit keinen Schritt voran. Ständig schweifte ich mit meinen Gedanken ab und konnte mich nicht konzentrieren. Vielleicht war dies dem mangelnden Schlaf geschuldet, den ich in der vergangenen Nacht hatte. Pepper lag entspannt zu meinen Füßen unter dem Schreibtisch und schlief tief und fest. Ab und zu zuckten seine Vorderläufe im Traum, untermalt von vereinzelt seltsamen Lauten, die er von sich gab. Vermutlich jagte er einer Gruppe Kaninchen hinterher, die sich an unseren Blumen im Garten zu schaffen machten. Da ich mich nicht konzentrieren konnte, beschloss ich kurzerhand, einen Ausflug an den Strand zu unternehmen. Bestimmt würde der frische Nordseewind meinen Kopf frei pusten und mir neue Energie zum Denken verleihen. Pepper nahm ich mit. Obwohl ich normalerweise die Abgeschiedenheit und Ruhe dem Trubel an den dicht bevölkerten Stränden an der Westseite vorzog, fuhr ich trotz allem nach Westerland an die Promenade, um den Kitesurfern zuzusehen. Im vergangenen Jahr hatte ich zusammen mit Britta und ihren beiden Söhnen Tim und Ben einige Disziplinen angesehen, da besonders Ben ein glühender Anhänger dieser Sportart war. Er stand mittlerweile selbst auf dem Brett, was seiner Mutter regelmäßig die Schweißperlen ins Gesicht trieb, wenn er in atemberaubender Geschwindigkeit über das Wasser fegte. Nachdem ich mich durch die Menschenmassen zum Brandenburger Strand gekämpft hatte, entnahm ich einem überdimensionalen Plakat, dass in einer knappen halben Stunde der erste Kitesurf-Wettbewerb des Tages beginnen würde. Ich kam genau zur rechten Zeit. Dem Programm zufolge startete gleich die Disziplin Wave, was mir allerdings als absoluter Laie nicht viel sagte. Während ich nach einem geeigneten Plätzchen für mich und Pepper – für ihn am besten mit Schatten – Ausschau hielt, hörte ich eine Stimme rufen.

»Moin, Tante Anna! Was machst du denn hier?« Ben, einer von Brittas Zwillingen, stand plötzlich dicht hinter mir. Sein blondes Haar war zerzaust, und er strahlte mich aus seinen blauen Augen herzlich an.

»Moin, Ben! Schön, dich zu sehen. Ich will ein bisschen zusehen, wenn sich die Gelegenheit schon bietet. Machst du auch mit?«, fragte ich interessiert nach.

»Nein, so gut bin ich noch nicht. Vielleicht klappt es im nächsten, spätestens aber im übernächsten Jahr«, erklärte er selbstbewusst und zog den linken Mundwinkel hoch. Pepper presste seinen Kopf dicht an Bens Bein, um eine Streicheleinheit zu ergaunern, die er prompt bekam.

»Bist du allein hier?«, vergewisserte ich mich, da ich weder seinen Bruder Tim noch meine Freundin Britta in seiner Nähe entdecken konnte.

»Mit ein paar Freunden. Mama ist nicht da, falls du sie suchst. Sie holt Papa aus dem Krankenhaus ab.«

»Wie geht es deinem Vater?«

»Schon wieder ganz gut.«

»Dann grüß mal recht herzlich zu Hause, ja? Du kannst Britta ausrichten, dass ich mich in den nächsten Tagen bei ihr melde.«

»Mach ich! Tschüss!« Er nickte mir zu, streichelte Pepper ein letztes Mal über den Rücken und entfernte sich.

Aus Ben – Gleiches galt für seinen Bruder Tim – war inzwischen ein richtiger junger Mann geworden, stellte ich fest, während ich ihm nachsah, wie er nach unten zur Wasserkante ging, wo sich eine Gruppe Surfer versammelt hatte. Ben war nicht mehr der kleine Junge mit den blonden Locken, der mir begeistert seine Autos und Legosteine präsentierte, wenn ich zu Besuch kam, oder dem ich eine Gute-Nacht-Geschichte vorlesen musste. Wo war die Zeit geblieben? Eine kräftige Stimme aus einem der Lautsprecher riss mich aus meinen Erinnerungen. Die Teilnehmer für die anstehende Disziplin wurden namentlich angekündigt, und ich sah anhand der bunten Schirme, dass sich bereits einige Kitesurfer auf dem Wasser befanden. Gleich würde der Startschuss fallen. Ich ließ mich am Ende der Promenade auf der Betonschräge unmittelbar unter dem eigens für den Wettbewerb aufgestellten Moderatorenturm nieder, der mir einen hervorragenden Blick und Pepper ausreichend Schatten bot. Von dieser Stelle aus konnte ich gleichzeitig das Treiben am und auf dem Wasser und die entsprechenden Kommentare der beiden Moderatoren verfolgen. Während ich meinen Blick aufmerksam über den Horizont wandern ließ und mir dabei der kräftige, teils böige Südwestwind ins Gesicht blies, bemerkte ich nicht sofort, dass sich jemand zu mir gesellte. Erst als Pepper den Kopf anhob und freudig mit dem Schwanz zu wedeln begann, sah ich hoch.

»Oh, Juna!«

»Hallo, Anna! Du hast dir einen echten Premiumplatz ausgesucht«, stellte sie anerkennend fest.

»Stimmt. Von hier aus hat man einen perfekten Rundumblick auf das Geschehen. Setz dich doch«, forderte ich sie auf. »Hast du heute frei?«

Sie schüttelte verneinend den Kopf. »Nein, leider nicht. Ich habe gerade Mittagspause und habe einen Happen gegessen. Mein Chef scheucht mich den ganzen Vormittag über durch die Gegend. Irgendwie scheint er heute besonders schlechte Laune zu haben und wirkt zudem äußerst zerstreut.« Sie zog eine Grimasse.

»Wahrscheinlich hat er bloß einen schlechten Tag, wie wir alle ab und zu«, spekulierte ich.

»Möglicherweise hast du recht.« Mit einem Schulterzucken nahm sie neben mir Platz.

In diesem Moment fiel der Startschuss für die Kitesurfer, und die Stimme des Moderators ertönte aus dem Lautsprecher neben uns.

»Jetzt geht es los!«, bekräftigte Juna, saß kerzengerade und hatte den Blick auf das Wasser gerichtet. »Siehst du den blauen Schirm dort hinten? Das ist Steen«, erklärte sie aufgeregt. Die Art und Weise, wie sie die Worte aussprach, verriet, dass weit mehr als sportliche Begeisterung dahintersteckte. »Wave ist seine bevorzugte Disziplin«, fügte sie hinzu, während sie den am Himmel tanzenden Kite keine Sekunde aus den Augen ließ.

»Was ist das Besondere an dieser Disziplin?«, erkundigte ich mich laienhaft.

»Die Wellen sollen möglichst flüssig ausgearbeitet werden und die Manöver spektakulär sein.«

»Klingt kompliziert.«

»Das ist es auch. Dabei werden unter anderem der Schwierigkeitsgrad, die Verschiedenartigkeit der einzelnen Manöver sowie die Geschwindigkeit gewertet. Kitesurfen, habe ich gelernt, ist mehr als nur ein Sport, bei dem es um Weltranglistenpunkte und Erfolge geht. In erster Linie verbirgt sich dahinter ein Lebensgefühl, das ganz tief aus dem Herzen kommt, sagt Steen.«

»Soso, sagt er das. Dann hast du ihn vermutlich gestern am K4 angetroffen?«

Sie sah mich an, und ein vielsagendes Lächeln huschte

über ihr Gesicht, während sie sich verlegen eine lange Haarsträhne hinters Ohr klemmte. »Ja, danke noch mal für deine Hilfe.«

»Nicht der Rede wert«, wiegelte ich ab, konnte mir jedoch ein amüsiertes Grinsen nur schwer verkneifen. Steen hatte offensichtlich Junas Herz vollends erobert, denn ihre Augen leuchteten jedes Mal hell wie Sterne, wenn sie seinen Namen erwähnte.

Wir saßen nebeneinander und verfolgten gebannt die gewagten Manöver, die die Athleten draußen auf dem Meer vollführten. Die bis zu zwei Meter hohen weiß-gekrönten Wellenberge und das Türkis des Wassers boten die perfekte Kulisse für dieses Spektakel. Überall am Strand standen oder saßen unzählige Zuschauer, die Köpfe der Nordsee zugewandt. Diese einzigartige Atmosphäre hielt mir abermals vor Augen, dass ich mich glücklich schätzen konnte, auf dieser wundervollen Insel leben und arbeiten zu dürfen. Ein Lächeln umspielte meinen Mund, und meine Gedanken wanderten unweigerlich zu Christopher und Nick, die mein Glück komplettierten.

Plötzlich ging eine gewisse Unruhe durch die Zuschauermenge. Einige Besucher hatten sich aus ihren Klapplie-gestühlen, die aus Werbezwecken überall zum Relaxen einluden, erhoben und ihre Blicke zu einer bestimmten Stelle auf den Horizont gerichtet. Aus den Lautsprecherboxen erklangen abwechselnd die Stimmen der Moderatoren, die von Sekunde zu Sekunde aufgeregter klangen.

»Weißt du, was da los ist?«, fragte ich Juna, die aufstand und sich nervös die Kordel ihrer Sweatshirtjacke um den Finger wickelte.

»Der Fahrer mit dem schwarzen Schirm hat offensichtlich Probleme.«

»Zu wem gehört er?«, wollte ich wissen und rappelte mich ebenfalls von meinem Platz auf.

»Das müsste Kilians Kite sein.« Als ich Juna fragend ansah, ergänzte sie: »Kilian Börgholt, er gilt als absoluter Favorit in diesem Jahr.«

Ich legte schützend die Hand an die Stirn, um gegen das grelle Sonnenlicht besser sehen zu können. Der Fahrer des schwarzen Kite hatte offensichtlich arge Schwierigkeiten, seinen Schirm unter Kontrolle zu bekommen. Der Kite kam zusehends ins Trudeln. Kurz bevor er die Wasseroberfläche zu touchieren drohte, wurde er von einer kräftigen Windböe erfasst und zum wiederholten Male nach oben katapultiert, wobei er zusätzlich unkontrolliert die Richtung wechselte und den Fahrer mit sich riss.

»Die Nummer elf, Kilian Börgholt, hat erhebliche Probleme, seinen Kite in den Griff zu bekommen«, berichtete die aufgeregte Stimme aus dem Lautsprecher.

»Ich weiß zwar nicht genau, was sich dort draußen abspielt, aber Börgholt muss unbedingt das Tempo rausnehmen, sonst kracht er unweigerlich ungebremst auf den Strand«, fügte der zweite Moderator besorgt hinzu.

»Oh Gott!«, flüsterte Juna neben mir.

»Warum löst er sich denn nicht von seinem Schirm?«, erklang die verzweifelte Frage des Moderators, die sich in der jetzigen Situation sicherlich der eine oder andere Beobachter ebenfalls stellte.

»Soweit ich das von hier aus erkennen kann, gelingt es Kilian Börgholt nicht, die Verbindung zu seinem Kite zu kappen. Da scheint es irgendwelche Probleme mit dem Sicherheitsmechanismus zu geben«, löste ihn sein Kollege bei der Berichterstattung ab.

Ich sah, wie eines der kleinen Motorboote, die die Sportler auf dem Wasser begleiteten, versuchte, dem Havaristen zu Hilfe zu eilen, wurde jedoch von einer hohen Welle seitlich derart heftig getroffen, dass es selbst um Haaresbreite gekentert wäre. Kilian Börgholt stand noch immer auf seinem Board, kämpfte mit seinem Schirm und bewegte sich in extrem hohem Tempo direkt auf den Strand zu.

Plötzlich tauchte seitlich von ihm ein blauer Kite auf und heftete sich an seine Fersen.

»Da ist Steen! Was macht er denn da?«, rief Juna und sah mich mit weit aufgerissenen Augen an. »Will er sich umbringen?« Erschrocken hielt sie sich beide Hände vor den Mund.

»Es sieht so aus, als wolle er ihm zu Hilfe eilen«, mutmaßte ich gleichermaßen überrascht wie besorgt.

Die beiden Kitesurfer rasten auf die Wasserkante zu. Steen hat aufgeholt und fuhr nun auf gleicher Höhe wie Kilian. Das Sicherheitspersonal war inzwischen damit beschäftigt, einen weiten Strandabschnitt zu räumen, indem es die Zuschauer aus der Gefahrenzone dirigierte, unterstützt von Lautsprecherdurchsagen.

»Wo kommt der Fahrer des blauen Kite plötzlich her? Ich frage mich, was um alles in der Welt hat er vor?« Die Fassungslosigkeit des Moderators schien grenzenlos zu sein. Man konnte deutlich hören, wie er die Luft scharf einsog und den Atem für einen Moment anhielt.

»Das ist Steen Larsen«, bestätigte sein Kollege. »Da! Er hat Börgholt überholt. Aber was ist … Was hat er vor? Er wird langsamer und befindet sich nunmehr dicht neben Börgholt. Und jetzt? Da! Er will doch nicht etwa …« Mitten im Satz verschlug es ihm die Sprache.

Alle starrten mit hilflosen Mienen auf das, was sich vor ihren Augen abspielte, während ein um die andere Welle an den Strand brandete, ungeachtet des Dramas, das sich auf ihren Rücken derzeit abspielte.

Dann ging plötzlich alles rasend schnell. Für einen kurzen Moment erweckte es den Anschein, als wolle der Fahrer des blauen Kites seinen Mitstreiter rammen, doch gleich darauf erhob sich sein Schirm hoch in die Luft und wurde vom Wind seitlich ein Stück übers Wasser getrieben, bis er allmählich herabschwebte und auf die Wasseroberfläche aufsetzte. Bei diesem Anblick hätte man beinahe vermuten können, ihm wäre die Puste ausgegangen. Steen Larsen hatte sich von seinem eigenen Kite gelöst und sich mit einem Sprung an Kilian gehängt. Beide Fahrer hingen nun an dem schwarzen Kite, der weiterhin wütend an seiner Befestigung zerrte, um sich von seiner unliebsamen Last zu befreien.

»Meine Damen und Herren, beten Sie, dass sie es schaffen und beide unversehrt an Land kommen.«

Der große schwarze Schirm riss mit enormem Druck an den Seilen und wirbelte herum. Die Entfernung zum Strand schrumpfte erschreckend schnell, da das Tempo unvermindert hoch blieb.

»Das wird knapp!«, ertönte von Neuem die angespannte Stimme des Moderators, worauf sein Kollege sofort ergänzte: »Es muss augenblicklich etwas passieren, sonst werden sie beide gegen die Tretrapoden geschleudert. Wir haben auflaufendes Wasser, aufgrund der Wellen und starken Windböen wird das Gespann direkt auf uns zugetrieben. So etwas habe ich noch nie erlebt!«

Ein entsetztes Raunen ging durch die Menge, dann wurde es von einer Sekunde auf die andere mucksmäuschenstill. Ich hielt ebenfalls die Luft an. Der Schirm wurde von einer heftigen Böe erwischt, bäumte sich mit letzter Kraft auf und knallte kurz vor der Begrenzung in den Sand, wo herbeilaufende Helfer ihn umgehend sicherten. Die Fahrer wurden durch die enorme Wucht regelrecht auf den Strand gegen die Tetrapoden katapultiert. Juna schrie auf und stürmte unverzüglich los. Sie kletterte über die Tetrapoden, dem Bollwerk aus Beton, das die Wellen an dieser Stelle daran hindern soll, ungebremst gegen die Mauer der Promenade zu stoßen, und rannte, so schnell sie ihre Füße trugen, weiter zu den Kitesurfern. Gleichzeitig eilten die Rettungskräfte an die Unglücksstelle, um die Gestrandeten medizinisch zu versorgen. Meine Knie waren weich wie Butter, mein Körper wurde von einer Gänsehaut überzogen. Ich folgte Juna an die Unglücksstelle. Als ich sie erreicht hatte, sah ich, dass Kilian Börgholt mit einer Halskrause um den Hals gerade von den Rettungssanitätern vorsichtig auf eine Trage gehoben wurde. Der Rettungswagen stand abfahrbereit mit eingeschaltetem Blaulicht oben auf der Promenade. Steen lag ausgestreckt auf dem Rücken im Sand. Juna kniete neben ihm im Sand und hatte eine Hand an seine Wange gelegt. Er hielt die Augen geschlossen, und Blut lief aus einer Platzwunde an seiner Schläfe. Sein Brustkorb hob und senkte sich dermaßen stark, als sei er an einen Blasebalg angeschlossen. Ein Notarzt untersuchte ihn auf etwaige Verletzungen.

»Ist er okay?«, fragte ich vorsichtig und legte Juna behutsam eine Hand auf die Schulter. Sie sah zu mir auf, in ihren Augen schimmerten Tränen.

»Auf den ersten Blick kann ich keine schwerwiegenden Verletzungen feststellen«, beantwortete der Notarzt meine Frage. »Um sicherzugehen, muss er ins Krankenhaus.«

»Nein, so schlimm ist es nicht«, widersprach Steen.

»Die Verantwortung liegt bei Ihnen, ich kann Sie nicht zwingen. Trotzdem sollten Sie sich näher untersuchen lassen«, beharrte der Notarzt darauf, ihn mitzunehmen.

»Bitte, Steen, hör' auf den Arzt. Manchmal treten Verletzungen erst im Nachhinein auf«, gab sich Juna alle Mühe, ihn davon zu überzeugen, dass es besser war, sich in ärztliche Obhut zu begeben.

»Lassen Sie sich wenigstens im Rettungswagen behandeln und nicht hier am Strand. Die Platzwunde an der Schläfe muss gereinigt und genäht werden«, betonte der Notarzt, was Steen letztendlich einsah und einer Behandlung zustimmte.

Der Arzt gab seinen Kollegen ein Zeichen, worauf Steen ebenfalls auf eine Trage verfrachtet und zu einem weiteren Rettungswagen gebracht wurde. Juna wich ihm währenddessen keinen Zentimeter von der Seite.

»Ich gehe mit ihm«, erklärte sie mit erstickter Stimme. »Vielleicht muss er ja doch in die Klinik.«

»Ich warte solange hier. Es ist bestimmt nichts Ernsthaftes, Juna. Mach dir nicht so viele Sorgen«, versuchte ich, ihr Mut zuzusprechen.

»Danke, Anna.« Sie nickte mir zu und begab sich zum Rettungswagen. Als ich sie mit Steen zusammen in dem Rettungswagen verschwinden sah, hatte ich schlagartig die Bilder meiner eigenen Vergangenheit schmerzhaft vor Augen. Ich kannte Nick erst kurze Zeit, als er sehr schwer verletzt wurde. Sein Leben hing damals an einem seidenen Faden, und er wurde in letzter Minute gerettet, daher konnte ich Junas Sorgen und Ängste durchaus nachvollziehen.

KAPITEL 13

Noch bevor Uwe den Klingelknopf berührt hatte, öffnete sich die schwere Haustür.

»Da sind Sie ja endlich!«, wurden die beiden von dem Hausherrn empfangen.

»Meines Wissens hatten wir unseren Besuch im Vorfeld nicht angekündigt«, erwiderte Uwe.

»Sie kommen doch wegen der Sache mit meiner Frau, oder etwa nicht?« Jetzt war es Gunnar Schröder, der irritiert wirkte.

»Tut mir leid, von welcher Sache sprechen Sie?«, versuchte Uwe, sich einen Überblick von der Situation zu verschaffen.

»Sie ist weg. Insa ist verschwunden. Ich dachte, sie wüssten davon und wären deshalb hier.« Gunnar Schröder fuhr sich nervös mit der Hand über das Gesicht.

»Aber bitte, kommen Sie rein, wir müssen das nicht vor der Tür besprechen.« Er sah sich um, als wolle er sich vergewissern, dass niemand anderes in der Nähe war, bevor er eine einladende Geste machte.

»Wann haben Sie Ihre Frau zum letzten Mal gesehen?«, fragte Nick.

»Gestern, am späten Nachmittag, so gegen 17 Uhr. Wir haben zusammen Kaffee getrunken, und anschließend wollte sie sich mit einer Freundin in der Stadt treffen. Das macht sie jede Woche.«

»Haben Sie mit dieser Freundin bereits Kontakt aufgenommen?«, erkundigte sich Uwe.

»Selbstverständlich, das war das Erste, was ich getan habe. Was denken Sie denn?« Neben Sorge schwang eine gehörige Portion Empörung in seiner Stimme mit. »Nach Karins Aussage haben sie sich gegen 21.30 Uhr nach einem gemeinsamen Essen in einem Restaurant in der Stadt getrennt, und meine Frau hat sich auf den Heimweg gemacht. Sie sind getrennt voneinander gefahren. Seitdem fehlt von ihr und ihrem Wagen jedoch jede Spur. Ihr Bett war heute Morgen unbenutzt, als ich nach ihr sehen wollte. Bitte, Sie müssen sie finden!«

»Sie haben getrennte Schlafzimmer?« Nick zog eine Augenbraue hoch.

»Weil ich schnarche und meine Frau in ihrer Nachtruhe nicht stören will. Das ist der einzige Grund«, schob Gunnar Schröder sogleich eine Erklärung hinterher, um etwaige Spekulationen sofort im Keim zu ersticken.

»Können Sie uns bitte den Namen und die Adresse der Freundin Ihrer Frau geben«, bat Uwe.

»Glauben Sie mir nicht?«, konterte er misstrauisch.

»Warum sollten wir Ihnen nicht glauben? Routinemäßig müssen wir in solchen Fällen jedem Anhaltspunkt nachgehen und uns ein eigenes Bild machen, das verstehen Sie sicher«, erklärte Uwe in ruhigem Ton. »Haben Sie eine Vorstellung, wo Ihre Frau im Anschluss an das Treffen mit ihrer Freundin hingegangen sein könnte?«

»Was soll diese Frage? Nein, ich habe nicht die geringste Ahnung. Besorgungen kann sie nicht mehr getätigt haben, da die Geschäfte zu dieser Zeit längst geschlossen haben. Und irgendwo allein etwas trinken gehen, passt überhaupt nicht zu meiner Frau. Ich habe schon überall bei Freunden und Bekannten herumtelefoniert, aber niemand hat Insa seit gestern Abend gesehen oder gesprochen. Ich mache mir wirklich ernsthafte Sorgen.«

»Hatten Sie Streit?«, versuchte Nick, die näheren Umstände zu ergründen.

»Worüber sollten wir uns Ihrer Meinung nach gestritten haben?«, konterte Gunnar Schröder gereizt auf die Frage.

»Sagen Sie es mir?«, entgegnete Nick herausfordernd, was ihm einen mahnenden Seitenblick seines Kollegen einbrachte.

»Es bestand kein Anlass, sich zu streiten. Wir führen eine sehr harmonische und glückliche Ehe, falls Sie darauf hinauswollen.« Er schenkte seinem Gegenüber einen feindseligen Blick. »Natürlich kommt es vor, dass es hin und wieder eine kleine Meinungsverschiedenheit gibt, aber das kommt schließlich in den besten Ehen vor. Als Streit möchte ich das allerdings nicht bezeichnen.«

»Sieht Ihre Frau das ebenso?«, blieb Nick hartnäckig.

Gunnar Schröder holte tief Luft. »Ist das ein Verhör? Ich vermisse meine Frau und erwarte von Ihnen, dass Sie sie finden und keine überflüssigen Fragen stellen.«

»Wir verschaffen uns lediglich einen Gesamteindruck«, war Uwe bemüht, den besorgten Ehemann zu beschwichtigen. »War Ihre Frau mit ihrem Wagen unterwegs?«

»Ja, natürlich.« Er machte eine nachdenkliche Pause. »Bislang hat sich niemand bei mir gemeldet«, erklärte er zur Überraschung von Uwe und Nick, deren fragende Blicke sich kreuzten.

»Wie meinen Sie das, Herr Schröder? Gehen Sie von einer möglichen Entführung aus?«, bat Uwe um eine nähere Erläuterung.

Gunnar Schröder atmete schwerfällig aus, bevor er zu einer Erklärung ansetzte. »Vor drei Jahren wurde Insa schon einmal entführt. Ihre Entführer haben eine hohe Lösegeldforderung gestellt.«

»Auf die Sie eingegangen sind?«, nahm Nick an.

»Was hätte ich Ihrer Meinung nach denn tun sollen? Natürlich habe ich gezahlt, ich liebe meine Frau. Sie haben doch keine Ahnung, wie es sich anfühlt, womöglich einen geliebten Menschen zu verlieren!«, schleuderte er ihm vorwurfsvoll entgegen.

Nick schluckte eine Antwort hinunter. Uwe konnte sehen, wie sehr sich sein Kollege beherrschen musste, besonnen zu bleiben, da Gunnar Schröder mit seiner Aussage unwissentlich eine tiefe Wunde aufgerissen hatte, die sich vermutlich niemals vollständig verschließen würde.

»Meine Frau hat manchmal heute noch mit dieser schrecklichen Erfahrung zu kämpfen und wird von Albträumen heimgesucht. In verschlossenen Räumen bekommt sie Platzangst, bei lauten Geräuschen zuckt sie zusammen, um nur einige Beispiele zu nennen«, fuhr Gunnar Schröder fort. »Anfangs ist sie nicht mehr allein vor die Tür gegangen. Mittlerweile hat sich ihre permanente Angst weitestgehend gelegt, worüber ich heilfroh bin, das können Sie mir glauben. Ich kann nur hoffen, dass sie das Ganze nicht ein zweites Mal durchmachen muss.«

»Hat die Entführung von damals auf Sylt stattgefunden?«, hakte Uwe nach und versuchte sich krampfhaft an einen derartigen Fall zu erinnern.

»Nein, nicht auf Sylt. Sie wurde während unseres Urlaubs in Italien nahe Catania auf Sizilien gekidnappt. Zu besagter Zeit besaßen wir dort ein Ferienhaus. Nach dem schrecklichen Vorfall haben wir es auf den Wunsch meiner Frau hin verkauft. Das verstehen Sie sicher.«

»Wurden der oder die Entführer jemals geschnappt?«, wollte Uwe wissen.

»Nein. Sowohl die Entführer als auch das Lösegeld sind nie gefunden worden. Ich vertrete im Nachhinein die Ansicht, dass die italienische Polizei damals nicht alles in ihrer Macht Stehende getan hat, um die Entführer zu schnappen. Sie enttäuschen mich hoffentlich nicht ebenso.«

»Wurden denn nicht auch die deutschen Behörden eingeschaltet?«, wollte Uwe wissen. Er wunderte sich, dass sie zu dieser Entführung nichts gefunden hatten, als sie sich im Vorfeld über das Ehepaar informiert hatten.

»Nein. Ich sagte ja bereits, die Arbeit der örtlichen Polizei ließ sehr zu wünschen übrig. Offensichtlich hat man mich damals nicht ernst genommen. Die Lösegeldübergabe habe ich selbst vorgenommen«, erklärte Gunnar Schröder.

»Wie hoch war die Lösegeldforderung, wenn ich fragen darf?«, brachte sich Nick in das Gespräch ein.

»Zwei Millionen Euro.«

»Oh, das ist in der Tat eine stattliche Summe«, murmelte Uwe nachdenklich vor sich hin.

»Meine Frau ist keine Unbekannte und kommt aus wohlhabendem Hause, müssen Sie wissen. Sie hatte kurz zuvor von ihrem Onkel ein beträchtliches Vermögen geerbt. Trotz allem ist der Verlust eines solchen Betrages immer schmerzlich«, ließ er nicht unerwähnt.

»Natürlich«, brummte Nick vor sich hin.

»In welcher Angelegenheit haben Sie mich eigentlich ursprünglich aufgesucht?«, lenkte Gunnar Schröder das Gespräch in eine andere Richtung.

»Wir müssen Sie im Fall Richard Münkel noch einmal sprechen«, stellte Uwe klar.

»Wir haben Ihnen alles gesagt, was wir wissen. Momentan habe ich wirklich andere Sorgen, als mich um einen verstorbenen Angestellten zu kümmern. Das verstehen Sie sicher«, wiegelte Gunnar Schröder schroff ab.

»Trotz allem müsste ich Ihnen eine Frage stellen: War Ihnen bekannt, dass Herr Münkel spielsüchtig war?«, fuhr Uwe unbeirrt fort, der die Gemütslage seines Gegenübers teilweise nachvollziehen konnte.

»Das höre ich zum ersten Mal. Selbst wenn, was haben meine Frau und ich damit zu tun? Schließlich betreiben wir keine Spielbank.« Er brachte einen abgehackten Lacher hervor.

»Hat Herr Münkel Sie beispielsweise jemals um einen Gehaltsvorschuss gebeten?«, hakte Nick nach.

»Nein, nicht, dass ich wüsste. Das wäre mir in jedem Fall nicht entgangen.«

»Könnte Ihre Frau ihm eventuell finanziell unter die Arme gegriffen haben, ohne Sie davon in Kenntnis zu setzen?« Uwe war sich bewusst, dass diese Frage heikel sein könnte.

»Insa? Das würde meine Frau niemals tun, davon hätte sie mir auf jeden Fall erzählt. Wie ich eingangs erwähnte, vertrauen wir einander und reden offen über alles«, machte er deutlich.

»Ist eventuell irgendetwas aus Ihrem Haus verschwunden, das sich schnell zu Geld machen ließe?«, überlegte Uwe.

Ein freudloser Lacher entsprang Gunnar Schröders Kehle, gleich darauf sah er die beiden Beamten mit ernster Miene an. »Wollen Sie damit etwa andeuten, wir hätten unseren Butler umgebracht, weil er uns beklaut hat?«

»Hat er denn?«, setzte Nick nach.

»Das ist ja lächerlich! Natürlich hat er das nicht, das wäre kaum unentdeckt geblieben. Wenn das der alleinige Grund Ihres Besuches ist, hätten Sie sich den Weg getrost sparen können. Und jetzt kümmern Sie sich gefälligst um das Verschwinden meiner Frau. Wozu zahle ich eigentlich so viele Steuern?«

»Kein besonders angenehmer Zeitgenosse, dieser Schröder«, bemerkte Uwe, als sie kurz darauf auf dem Weg ins Revier waren. »Ist dir aufgefallen, dass seine Stimmung schlagartig gekippt ist, als von Münkel die Rede war?«

»Allerdings. Vielleicht war da doch mehr zwischen Insa Schröder und dem Butler, als er zugeben möchte«, erwiderte Nick. »Die harmonische Darstellung seiner Ehe erschien für meinen Geschmack ein wenig zu dick aufgetragen. Sorry, das nehme ich ihm einfach nicht ab.«

»Und die Entführung?«

»Warum sollte er das erfinden? Das entspricht meiner Ansicht nach der Wahrheit. Ferner lässt sich das ohne Weiteres herausfinden.«

»Stimmt. Gehen wir mal davon aus, dass er uns die Wahrheit gesagt hat. Das ändert allerdings nichts daran, dass seine Frau plötzlich verschwunden ist. Ist schon irgendwie merkwürdig, zumal zuvor der ehemalige Butler ermordet aufgefunden wurde. Ist das Zufall?«

»Momentan habe ich keine Erklärung«, gab Nick zu.

»Ich werde gleich ein paar Kollegen hinzuziehen, die uns unterstützen sollen. Ich denke, zunächst sollten wir mit dieser Freundin Kontakt aufnehmen und nach Insa Schröders Wagen suchen«, schlug Uwe vor. »Übernimmst du die Freundin?«

»Geht klar, Chef!«, erwiderte Nick und tippte sich an die Stirn, als würde er salutieren.

Uwe verdrehte daraufhin genervt die Augen.

KAPITEL 14

Am Brandenburger Strand hatte sich die Aufregung nach dem Zwischenfall langsam gelegt, nachdem sich die Rettungswagen mit Kilian Börgholt und Steen Larsen an Bord auf den Weg ins Krankenhaus gemacht hatten. Kilian Börgholt hatte sich zum Teil erhebliche Verletzungen zugezogen, wogegen Steen mit dem Schrecken und lediglich einigen Abschürfungen sowie leichten Prellungen davongekommen war, wie mir Juna später telefonisch mitgeteilt hatte. Er wurde auf eigenen Wunsch aus dem Krankenhaus entlassen. Wie es zu dem folgenschweren Unfall kommen konnte, musste nachfolgend geklärt werden. Der Wettbewerb wurde trotz des immer stärker werdenden Windes fortgesetzt. Am Horizont formierten sich tief hängende Wolken zu einer dunklen und bedrohlich wirkenden Front, die unaufhaltsam näherkam und nichts Gutes verheißen ließ.

»Ich bin unsagbar froh, dass ihm nicht mehr passiert ist«, verkündete Juna, die neben Steen lehnte und der die Anspannung noch immer ins Gesicht geschrieben stand.

»Du hast wirklich Glück gehabt. Was war eigentlich los? Ich darf doch Du sagen?«, fragte ich, worauf er zustimmend nickte.

»Genau weiß ich es nicht. Kilians Kite ließ sich nicht mehr steuern. Er hat versucht, sich von seinem Kite zu lösen, aber selbst die Safty leash hat nicht ausgelöst«, erklärte er und massierte eine schmerzende Stelle am rechten Oberarm.

»Das ist der Sicherheitsmechanismus, mit der sich der Surfer komplett vom Schirm lösen kann. Oder?« Juna sah zu Steen.

»Genau. Ich verstehe nicht, wieso das nicht funktioniert hat«, sagte er nachdenklich.

»Wird das nicht überprüft, bevor man aufs Wasser geht?«, erkundigte ich mich.

»Na klar. Normalerweise prüfst du dein gesamtes Equipment, bevor du rausgehst. Das dient sowohl der eigenen als auch der Sicherheit der anderen. Ich kann mir nicht vorstellen, dass Kilian das nicht gemacht haben soll, er ist Profi.«

»Ist er schwer verletzt?«, wollte ich wissen.

»Er hat ordentlich was abbekommen«, entgegnete Juna und verzog schmerzvoll das Gesicht. »Der Notarzt hat gesagt, die Ärzte im Krankenhaus können mehr sagen, nachdem sie eine Computertomografie gemacht haben. Jedenfalls ist er außer Lebensgefahr.«

Für einige Sekunden sahen wir uns nur nachdenklich an. Dann ergriff Juna erneut das Wort.

»Wer weiß, wie es ausgegangen wäre, wenn du ihm nicht so schnell zu Hilfe geeilt wärst. Du hast ihm vermutlich das Leben gerettet. Das war ausgesprochen mutig und selbstlos von dir.« Sie sah zu Steen auf, der mindestens zwei Köpfe größer war als sie selbst.

»Keine große Sache, das hätte jeder getan«, spielte er das Lob herunter, das ihm offensichtlich peinlich war. Dann wanderte sein Blick zur Promenade. »Entschuldigt mich bitte, ich glaube, mein Opa ist gerade gekommen.« Mit diesen Worten ging er einem grauhaarigen Mann mit Mütze entgegen, dessen Blick suchend über den Strand wanderte.

»Juna, ich muss auch los«, verabschiedete ich mich. »Kann ich dich allein lassen?«

»Sicher, mir ist nichts passiert. Ich melde mich bei dir in den nächsten Tagen wegen deiner Homepage. Vielleicht schon morgen.«

»Mach dir wegen mir keinen Stress.«

»Hallo, Nick, wie war dein Tag? Magst du etwas trinken?«, fragte ich, als Nick am Abend nach Hause kam.

»Hallo, Sweety! Gern, ich glaube, ich brauche dringend ein gut gekühltes Bier.«

»So schlimm?« Ich zog fragend die Augenbrauen hoch, öffnete den Kühlschrank und reichte ihm eine Flasche.

»Danke. Als hätten wir mit dem Mord an dem Butler nicht genug zu tun, ist zu allem Überfluss seine ehemalige Arbeitgeberin spurlos verschwunden. Der Ehemann hat keine Idee, wo sie stecken könnte.« Er lehnte sich rückwärts gegen die Arbeitsplatte.

»Denkst du, zwischen dem Mord an dem Butler und dem Verschwinden der Frau könnte ein Zusammenhang bestehen?«

»Das lässt sich momentan schwer sagen, aber auch nicht ausschließen. Ich hoffe, sie taucht schnell wieder auf. Und zwar gesund und munter!« Er drückte den Bügelverschluss am Flaschenhals nach hinten, worauf sich die Flasche mit einem lauten Plopp öffnete.

»Vielleicht gab es einen Streit, und die Frau brauchte ein bisschen Abstand zu ihrem Mann«, zog ich in Erwägung.

»Würdest du in solch einem Fall ohne ein Sterbenswort verschwinden? Wir reden nicht nur von ein paar Stunden, sondern der ganzen Nacht.«

»Natürlich nicht, aber ich brauche ja keinen Abstand von dir«, erwiderte ich, legte meine Arme um seinen Hals und lehnte meine Stirn gegen seine.

»Das hoffe ich«, sagte er leise.

»Was hast du heute angestellt? Bislang haben wir ausschließlich über mich gesprochen«, erkundigte sich Nick, als wir später draußen auf der Terrasse zu Abend aßen. Pepper lag unweit auf dem Rasen und kaute mit Begeisterung auf einem Kauknochen herum, den er geschickt zwischen den Vorderpfoten hielt.

»Ich bin heute mit meiner Arbeit nicht richtig vorangekommen. Irgendwie fehlte die zündende Idee.«

»Kreative Blockade?«

»Vermutlich.«

»Und dann?«

»Bin ich spontan nach Westerland gefahren, um beim Kitesurf-Cup vorbeizuschauen. Manchmal hilft ein bisschen Abwechslung, um auf neue Gedanken zu kommen.«

»Da würde ich auch gern mal wieder zuschauen, aber leider reicht die Zeit nicht«, seufzte Nick. »Im Radio wurde gemeldet, dass es zu einem Zwischenfall gekommen sein soll. Hast du etwas davon mitbekommen?«

»Ich war sogar live dabei.«

»Und das sagst du mir erst jetzt?« Nick sah mich fassungslos an.

»Du hast doch momentan genug um die Ohren. Ich habe zufällig Juna getroffen, und wir wollten uns den ersten Start gemeinsam ansehen, als es zu einem schweren Unfall gekommen ist«, berichtete ich.

»Laut der Radiomeldung soll es einen der Favoriten getroffen haben.«

»Ja, sogar den absoluten Favoriten, Kilian Börgholt. Er hatte plötzlich Schwierigkeiten mit seinem Schirm und ist ihn nicht losgeworden. Ein anderer Fahrer ist ihm auf spektakuläre Weise zu Hilfe geeilt, sonst wäre es vermutlich weitaus schlimmer für ihn ausgegangen.«

»Weiß man, weshalb es dazu gekommen ist?«, wollte Nick wissen und steckte sich eine Cocktailtomate in den Mund.

»Angeblich hat sich irgendein Sicherheitsmechanismus nicht auslösen lassen. Juna hat es mir erklärt, aber ich habe vergessen, wie das Teil heißt. Ich glaube, es war irgendetwas mit Safety oder so ähnlich. Ich bin in dieser Hinsicht absoluter Laie.« Ich setzte ein entschuldigendes Lächeln auf.

»Safety leash!«, erklärte er und schluckte die Tomate herunter.

»Ja, das war es. Ich wusste gar nicht, dass du dich so gut auskennst.«

»Jeder hat seine kleinen Geheimnisse«, gab er grinsend zurück und angelte nach einer weiteren Cocktailtomate, die gleich darauf in seinen Mund wanderte. »Die sind total lecker«, stellte er fest.

»Hat Ava vorbeigebracht, eigene Ernte aus ihrem Garten.«

»Sie darf gern öfter kommen. Solche Nachbarn sind mir die liebsten.« Er zwinkerte mir zu.

»Manchmal ist es mir ein bisschen unangenehm, dass sie uns ständig mit leckeren Sachen verwöhnt. Ich dagegen lasse mich kaum noch bei ihr und Carsten blicken. Wir sollten die beiden unbedingt mal wieder zum Essen einladen, wenn Christopher wieder da ist. Was meinst du?«

»Jederzeit gerne.«

»Weißt du schon, wann du morgen Feierabend machst?«, wechselte ich das Thema. »Wir könnten uns nachmittags in Westerland treffen und dort eine Kleinigkeit zusammen essen. Um 16.30 Uhr habe ich einen Termin bei Arno Kelsterbach in der Werbeagentur.«

»Ich kann momentan nicht absehen, wann ich aus dem Büro wegkomme.«

»Das wollte ich dich vorhin fragen. Handelt es sich bei der verschwundenen Frau um jemanden von der Insel oder um eine Touristin?«, erkundigte ich mich.

»Sie ist die Frau eines Sylter Geschäftsmannes«, bestätigte Nick und schielte auf sein Handy, auf dem soeben eine Nachricht eingegangen war. »Uwe schreibt, er hat personelle Verstärkung angefordert. Mit den wenigen Leuten, die uns zur Verfügung stehen, ist die Arbeit nicht zu bewältigen.« Er atmete tief durch und legte das Telefon beiseite.

»Habt ihr wenigstens einen Anhaltspunkt, wo die Frau zuletzt gesehen wurde?«, bohrte ich nach.

»Anna, du weißt doch, dass ich dir über laufende Ermittlungen nicht viel sagen darf.« Als er meinen flehenden Blick sah, erbarmte er sich. »Na schön. Offiziell war sie nachmittags mit einer Freundin in der Stadt verabredet. Das behauptet jedenfalls der Ehemann. Gegen 21.30 Uhr sollen sich die beiden Frauen getrennt haben, und sie wollte nach Hause fahren, wo sie allerdings nie angekommen ist.«

»Offiziell? Das klingt, als entspräche das nicht unbedingt der Wahrheit«, folgerte ich.

»Womit du voll ins Schwarze triffst. Nachdem wir der Frau zu verstehen gegeben haben, dass ihre Freundin möglicherweise Opfer eines Verbrechens geworden sein könnte, hat sie gestanden, ihr ein Alibi verschafft zu haben. Und das allem Anschein nach nicht zum ersten Mal.«

»Oh! Lass mich raten! Ihrem Mann gaukelt sie vor, sie träfe sich mit einer Freundin, in Wirklichkeit jedoch hatte sie ein Rendezvous mit ihrem Liebhaber. Sehe ich das richtig?«

»Das wissen wir nicht sicher, aber diese Möglichkeit kann man nicht völlig ausschließen.«

»Was ist mit dem Ehemann? Er könnte hinter das Geheimnis seiner Frau gekommen sein und sie aus dem Weg geschafft haben«, ließ ich meiner Fantasie freien Lauf. »Womöglich hat er sie auf seinem eigenen Grundstück verscharrt.« Nick schenkte mir einen skeptischen Blick, während ich erst richtig in Fahrt kam. »Oder aber er hat jemanden damit beauftragt, seine Frau verschwinden zu lassen, um von sich abzulenken, da ihm bewusst war, dass die Polizei zunächst ihn verdächtigen würde.« Ich konnte sehen, wie Nicks Mundwinkel amüsiert zu zucken begannen.

»Sweety, ich wusste gar nicht, welch kriminelle Energie in dir schlummert. Muss ich mir ernsthafte Sorgen machen?«

»Nein, ich stelle lediglich ein paar Überlegungen an und kombiniere. So abwegig ist meine Theorie doch gar nicht, oder? Eifersucht ist von jeher ein starkes Motiv. Es könnte sich um eine klassische Beziehungstat handeln«, verteidigte ich mich.

»Du hast recht, aber bevor …« Nick beendete den Satz nicht, da unsere Unterhaltung plötzlich durch ein merkwürdiges Geräusch unterbrochen wurde.

Pepper hatte höchstwahrscheinlich ein großes Stück seines Knochens verschluckt und versuchte es nun herauszuwürgen. Ich sprang unverzüglich von meinem Stuhl auf und eilte zu ihm.

»Das kommt davon, wenn man so gierig ist!«, schimpfte ich und wollte ihm gerade das Maul öffnen, als das Stückchen Knochen herauspurzelte. Blitzschnell nahm ich das Corpus Delicti an mich, noch ehe er danach schnappen konnte, um es anschließend im Mülleimer zu entsorgen. »Schluss jetzt, sonst erstickst du uns noch!«

Fassungslos sah Pepper mir nach, schüttelte sich und trottete anschließend zu seinem Wassernapf, um seiner gereizten Kehle eine Abkühlung zu verschaffen.

»Das lernt er nicht mehr, da kannst du ihn noch so sehr ausschimpfen!«, war Nicks Kommentar, der die Szene gelassen verfolgt hatte.

KAPITEL 15

An diesem Morgen war Uwe mit hämmernden Kopfschmerzen aufgewacht. Das Bier, das er sich am Vorabend gegönnt hatte, schloss er als Ursache aus. Zudem

hatte er vergangene Nacht ohnehin kaum ein Auge zuge-
macht und fühlte sich dementsprechend ausgelaugt und
wie gerädert. Seit Tagen kreisten die Gedanken um den
Mord an Richard Münkel und dem Verschwinden der
Unternehmergattin Insa Schröder in seinem Kopf umher.
Zu guter Letzt gab es den Einbruch am Strand, der ihnen
nach wie vor Rätsel aufgab. Warum hatte der Täter nichts
mitgenommen? Handelte es sich um Gelegenheitsdiebe,
die gestört wurden? Oder um jugendliche Witzbolde, die
zu tief ins Glas geschaut hatten? Die kriminellen Ereig-
nisse auf der Insel schienen sich in der letzten Zeit regelrecht zu häufen und gönnten ihm und seinen Leuten keinerlei Verschnaufpause. Dabei hatte die Hochsaison eben
erst begonnen und hielt erfahrungsgemäß noch mehr oder
weniger schwierige Einsätze für sie parat. Er strich sich
über den Bart. In den letzten Tagen waren Nick und er
bei ihren Ermittlungen kaum einen Schritt weitergekommen. Was übersahen sie die ganze Zeit? So viel er auch
grübelte, er kam zu keinem zufriedenstellenden Ergebnis. Selbst die beiden belegten Brötchen mit Camembert
und Salami, die er sich auf dem Weg ins Revier bei seinem
Lieblingsbäcker gekauft und mittlerweile verspeist hatte,
konnten ihm keinen Geistesblitz entlocken. Nun saß er
bereits seit 6.30 Uhr an seinem Schreibtisch, den dritten Becher Kaffee vor sich, und brütete über den Akten,
als die Bürotür schwungvoll geöffnet wurde. Durch den
heftigen Luftzug – er hatte das Fenster weit geöffnet, in
der Hoffnung, die morgendliche Frische könnte seine
Gedanken in die richtigen Bahnen lenken – wirbelten
einige lose Zettel wahllos durch die Luft.

»Moin, Uwe!«

»Ansgar! Moin.«

»Oh, entschuldige, das wollte ich nicht«, sagte dieser schuldbewusst und bückte sich geradewegs, um die herumliegenden Papiere vom Boden aufzusammeln.

»Kein Thema! Was führt dich so früh hierher? Wenn du neue Arbeit für uns hast, kannst du gleich wieder gehen«, gab er ihm mit einer missmutigen Miene zu verstehen. Als der Kollege mit seiner Antwort zögerte, ergänzte er: »War bloß Spaß. Sag schon, Ansgar, was ist los?«

»Ich fürchte, ich habe keine guten Nachrichten.« Als Uwe nichts erwiderte, fuhr er fort. »Du hast sicher gestern von dem Unfall am Brandenburger Strand gehört. Mit dem Kitesurfer.«

»Nur am Rande. Was ist mit ihm? Ist er etwa …?«

»Nein, nein, es geht ihm den Umständen entsprechend gut. Er hat unverschämtes Glück gehabt. Wenn der andere Surfer ihm nicht zur Hilfe gekommen wäre, hätte es weitaus schlimmer enden können. Bestimmt kein angenehmes Gefühl, mit vollem Speed gegen die Tetrapoden geschleudert zu werden. Aber der andere Typ hatte wirklich Nerven, ein echter Sylter eben.«

»Und was sind die schlechten Nachrichten?«, drängte Uwe, ohne näher auf Ansgars Berichterstattung einzugehen, und massierte sich mit den Fingern die pochenden Schläfen.

»Das war kein Unfall.«

»Sondern? Bitte, Ansgar, du siehst doch, mein Tisch ist voll, für Ratespielchen habe ich weder Zeit noch Nerven.«

Ansgar hob abwehrend die Hände. »Du hattest auch schon mal bessere Laune. Jedenfalls hat sich herausgestellt, dass die Ausrüstung manipuliert wurde. Hier ist der abschließende Bericht der Kriminaltechniker. Mein

Chef sagt, das fällt nicht mehr in unseren Bereich, das ist Sache der Kripo.«

»Na super! Das hat mir gerade noch gefehlt!« Uwe lehnte sich weit in seinem Stuhl zurück. Aufgrund seines massigen Körpers gab die Rückenlehne dabei mit einem lauten Ächzen bedrohlich nach.

»Tut mir leid, Uwe. Hannes lässt dir ausrichten, wir unterstützen euch, wo wir können. Du sollst dich bei ihm melden. Tschüss dann!«

»Zu freundlich«, brummte Uwe und schenkte der Mappe, die ihm Ansgar gereicht hatte, lediglich einen flüchtigen Blick, bevor er in der Schreibtischschublade zu kramen begann. »Ansgar?« Doch dieser hatte das Büro bereits verlassen. Stöhnend vergrub Uwe sein Gesicht für einen Augenblick in den Händen. Er musste sich zusammenreißen, wenn er die Kollegen um sich herum nicht mit seiner schlechten Stimmung verprellen wollte. Er atmete geräuschvoll aus. Es hilft alles nichts, dachte Uwe und schnappte sich die Akte, die Ansgar dagelassen hatte, und begann, den Inhalt zu überfliegen. Anschließend griff er zum Telefonhörer.

KAPITEL 16

»Warum fährst du denn weiter und parkst nicht gleich hier? An freien Parkplätzen mangelt es nun wirklich nicht. Außerdem will ich nicht unnötig weit gehen mit den neuen Schuhen. Ich habe keine Lust, mir Blasen zu laufen, nur weil du das Auto unbedingt am Ende der Welt abstellen musst«, gab sie ihm vorwurfsvoll zu verstehen.

»Ich stelle mich immer ein bisschen abseits, Hase. Das weißt du doch. Die paar Meter machen den Kohl nicht fett. Ich will vermeiden, dass mir jemand die Tür gegen den neuen Wagen stößt. Das läuft immer auf dasselbe hinaus. Erst hauen sie einem eine Macke rein, dann will es keiner gewesen sein oder sie machen sich gleich aus dem Staub. Der Dumme bin ich am Ende und bleibe auf dem Schaden sitzen«, rechtfertigte er sich. »Außerdem brauchen wir nicht zu hetzen, das Restaurant hat eben erst geöffnet«, stellte er mit einem Blick auf seine Armbanduhr fest.

»Ist ja schon gut. Wir haben Urlaub, da will ich mich nicht streiten«, lenkte sie schließlich ein, als ihr Begleiter einen geeigneten Parkplatz gefunden hatte und sie ausgestiegen waren. »Wo willst du denn nun wieder hin?«

»Ich will nur was gucken. Geht schnell!«

»Ach, nun komm endlich, oder willst du warten, bis die besten Plätze belegt sind? Wir müssen immerhin ein ganzes Stück dort hochlaufen. Ich habe keine Lust, unverrichteter Dinge abzuziehen, weil wir wegen eines blöden Autos, das wir uns sowieso niemals werden leisten können, keinen freien Tisch bekommen«, betonte sie und schulterte ihre Handtasche, deren Riemen ihr ein ums andere Mal herunterrutschte. Langsam war sie mit ihrer Geduld am Ende.

»Ein absoluter Traumwagen, findest du nicht, Hase? Das ist der neue 911er«, erklärte er mit einem Funkeln in den Augen und ging ehrfürchtig um das Fahrzeug herum, während sie mit genervtem Gesichtsausdruck ein paar Meter entfernt auf ihn wartete. »Sieh dir das an! Dieses eingelassene durchgehende Rückleuchtenband, äußerst gelungen, wie ich finde.«

»Andreas! Hast du mir eigentlich zugehört?« Ihre Stimmlage gewann an Schärfe.

»Gleich, Hase! Ich werfe nur einen winzigen Blick ins Wageninnere, dann bin ich sofort bei dir.« Er näherte sich der Fahrertür. »Das Design des Armaturenbretts soll ebenfalls einem Facelift unterzogen worden sein, das stand zumindest in der letzten Ausgabe von ›Auto Motor und Sport‹.«

»Immer sind diese blöden Karren wichtiger als ich«, maulte sie, setzte einen Schmollmund auf und verschränkte demonstrativ die Arme vor der Brust.

»Hase, jetzt übertreibst du aber! Sei nicht eingeschnappt, ich beeile mich, versprochen. Und sei unbesorgt, um diese Zeit bekommen wir locker einen richtig tollen Platz.«

»Warte, Schatz!« Sie kam näher. »Ich glaube, da sitzt jemand drin. Das wäre wirklich peinlich, da jetzt reinzuschauen«, versuchte sie ihren Begleiter von seinem Vorhaben abzuhalten.

Der Wind trug ihren spitzen Schrei hinauf bis in die Dünen zum Restaurant »Sansibar«.

KAPITEL 17

Ich saß draußen auf der Terrasse des Bistros »Badezeit« und genoss bei einer Tasse Tee den Ausblick auf den Strand und das Meer. Nach einem ausgedehnten Spaziergang mit Pepper verblieb genügend Zeit für eine kleine Pause, bevor ich mich auf den Weg zur Werbeagentur von Arno Kelsterbach machen musste. Während Christopher mit meinen Eltern auf Amrum weilte, genoss ich meine kurzzeitig zurückgewonnene Freiheit in vollen Zügen. Mit einem Kind verlief ein Tag wesentlich strukturierter, was ich jedoch nicht mehr missen wollte. Ich freute mich auf unseren kleinen Sohn und konnte kaum erwarten, ihn in meine Arme zu schließen. Mit geschlossenen Augen lehnte ich mich zufrieden in meinem Stuhl zurück und ließ mir die warmen Sonnenstrahlen auf das Gesicht scheinen. Dieses Bistro gehörte zu meinen Lieblingsplätzen auf der Insel, was nicht vorwiegend am guten Essen und der sensationellen Aussicht lag. Während eines Besuches bei Britta hatte ich Nick, dem ich zu dieser Zeit nur einmal begegnet war, in diesem Lokal zufällig getroffen und mich in seiner Gegenwart entsetzlich blamiert. Rückblickend betrachtet konnte ich über die Episode herzlich lachen, damals wäre ich am liebsten im Erdboden versunken. Windgeschützt beobachtete ich durch die Scheiben auf der Terrasse das bunte Treiben am Strand. Die blauweiß gestreiften Strandkörbe waren größtenteils belegt, und einige Hartgesottene hatten sich sogar in die Fluten der kalten Nordsee gewagt. Eine Wassertemperatur von 17 Grad Celsius war für mich deutlich zu kalt. Die Sonne strahlte vom blauen Himmel, an dem nur vereinzelt ein paar kleine wattebauschartige Wölkchen vorbeizogen, und ich musste befürchten, mir einen Sonnenbrand zu holen, wenn ich noch länger hier sitzen würde. Als ich bezahlt hatte, wäre ich kurz vor der Treppe um Haaresbreite mit zwei Männern zusammengestoßen, die gerade aus dem Inneren des Bistros kamen. Erst auf den zweiten Blick erkannte ich, um wen es sich bei den beiden handelte: Arno Kelsterbach, mit dem ich in Kürze verabredet war, und Gerrit Holstermann, Inhaber der Firma »Ocean Wave«. Sie diskutierten derart angeregt, dass sie ihrer Umwelt keinerlei Beachtung schenkten, sonst hätten sie mich unweigerlich sehen müssen. Holstermann murmelte lediglich ein halbherziges »'tschuldigung«, während sie ihren Weg fortsetzten.

»Na, das muss ja ein außerordentlich wichtiges Gespräch sein«, sagte ich zu Pepper und verließ ebenfalls die Lokalität.

KAPITEL 18

Nick und Uwe trafen kurze Zeit nach dem Streifenwagen und dem verständigten Notarzt auf dem Parkplatz des Restaurants »Sansibar« ein.

»Moin, Svenja, kannst du mir schon Näheres sagen?«, wollte Uwe von der Kollegin wissen.

»Das Paar dort drüben hat in dem Wagen eine leblose Person gefunden. Die Frau wurde eindeutig erschossen. Ansgar nimmt gerade ihre Personalien auf«, gab sie an und deutete auf ein Pärchen, das neben dem Streifenwagen stand. »Wir haben den Bereich weiträumig abgesperrt und nichts weiter angefasst, als klar war, dass für die Frau jede Hilfe zu spät kommt. Mach dich auf was gefasst, da erwartet dich kein angenehmer Anblick.« Sie verzog vielsagend das Gesicht.

»Danke, Svenja. Die Kollegen der Spurensicherung sind informiert und müssten jeden Moment eintreffen«, erwiderte Uwe, dann wandte er sich an den Arzt. »Moin, Wilmsen, Kripo Westerland. Können Sie schon etwas zu den Todesumständen sagen?«, fragte er und deutete zu dem Wagen.

»Moin. Machen Sie Witze? Wenn Sie einen Blick in das Auto geworfen hätten, würde sich die Frage erübrigen. Die Frau wurde durch einen Kopfschuss getötet. Wirklich kein besonders schöner Anblick«, fügte er hinzu und schnitt eine Grimasse. »Meines Erachtens ist der Tod bereits vor einiger Zeit eingetreten, vermutlich kurz nach Mitternacht, aber festlegen möchte ich mich in dieser Hinsicht nicht.«

»Haben wir es mit einer Selbsttötung zu tun?«, unterbrach Uwe ihn.

»Für mich sieht das nicht danach aus, aber wie gesagt, das lässt sich zum augenblicklichen Zeitpunkt nur vermuten. Genaueres werden Ihnen die Kollegen der Rechtsmedizin nach der Obduktion sagen können. Tut mir leid, dass ich Ihnen momentan nicht weiterhelfen kann.«

»Haben Sie vielen Dank.«

»Brauchen Sie mich noch? Ich würde mich sonst auf den Weg machen.«

»Nein, Sie können fahren. Danke!«

Während der Notarzt sich entfernte, folgte Uwe seinem Kollegen Nick, der an dem Fahrzeug stand, in dem sich die Tote befand.

»Bei der Toten handelt es sich zweifellos um Insa Schröder«, bestätigte dieser. Er hatte sich Handschuhe übergestreift und hielt Uwe einen Personalausweis vor die Nase, den er in der Handtasche des Opfers gefunden hatte.

»Verdammt!«, stieß Uwe mit Blick auf das Dokument hervor. »Ich hatte gehofft, sie taucht eines Tages wieder auf – lebendig. Konntest du die Tatwaffe entdecken, mit der sie erschossen wurde?« Uwe bückte sich ein Stück, um besser ins Innere des Wagens blicken zu können. »Schöne Sauerei«, murmelte er beim Anblick des Blutes, das überall verteilt klebte.

»Ja, die Waffe ist eine Beretta Pico, sie hält sie in der Hand.«

»Dann haben wir es doch mit einem Suizid zu tun?«, mutmaßte Uwe.

»Im ersten Moment deutet alles auf einen Selbstmord hin, aber so, wie sie die Waffe hält, glaube ich nicht daran.«

»Doch daran zweifelst du, wenn ich dich richtig verstehe. Warum?«

»Für mich wirkt das alles zu sehr inszeniert. Der Fahrersitz, auf dem sie sitzt, ist sehr weit zurückgeneigt, in dieser Position konnte sie unmöglich gefahren sein, dafür reicht ihre Armlänge nicht aus. So, wie sie die Waffe hält, kann sie unmöglich selbst geschossen haben, da gehe ich jede Wette ein.«

»Vielleicht wurde sie erst auf den Fahrersitz drapiert, nachdem sie tot war«, versuchte Uwe, sich ein Bild zu machen.

»Möglich, das werden die Kollegen der Kriminaltechnik und Dr. Luhrmaier von der Rechtsmedizin herausfinden. Dann ist da die Sache mit der Landkarte, die wie eine Decke über ihren Oberkörper ausgebreitet ist. Insa Schröder hat auf der Insel gelebt, sie kennt sich folglich aus, wozu benötigt sie eine Karte? Sollte sie die Absicht gehabt haben, sich umzubringen, dann frage ich dich: Macht man es sich erst bequem, stellt den Sitz zurück und deckt sich zu, bevor man sich schließlich erschießt? Wozu? Abgesehen davon, wäre die Karte niemals in dieser Position liegen geblieben, hätte sie sich selbst erschossen.«

»Eher unwahrscheinlich«, erwiderte Uwe nachdenklich und fuhr sich mit den Fingern durch den Vollbart. »Du meinst also, das Drumherum sollte zur Ablenkung dienen, damit nicht unmittelbar auffällt, dass die Fahrerin tot ist. So könnte man annehmen, als denke sie nach oder mache ein Nickerchen, wenn man nicht genau hinsieht.«

»Genau das denke ich. Da wollte jemand besonders clever sein. Siehst du? Ihr Kopf ist nach rechts geneigt, zur Beifahrerseite. Die Einschussstelle an der Schläfe befindet sich ebenfalls auf der rechten Seite und somit nicht gleich ersichtlich. Da der Wagen insgesamt relativ flach ist, kann man im Vorbeigehen nicht ohne Weiteres hineinsehen, ohne sich die Mühe zu machen, sich zu bücken. Bei einem Geländewagen beispielsweise sähe das anders aus.«

»Wir müssen umgehend ihren Mann benachrichtigen und natürlich Staatsanwalt Achtermann«, befand Uwe. »Oh, wie ich das hasse, der Überbringer schlechter Nachrichten zu sein«, grummelte er in den Bart.

In diesem Augenblick bahnte sich das Fahrzeug der Spurensicherung den Weg durch die Ansammlung Schaulustiger.

»Musste sich der Täter unbedingt den ›Sansibar‹-Parkplatz auswählen, wo regelmäßig der Bär los ist? Die Bilder kursieren mit Sicherheit bereits im Netz, weil irgendwelche Idioten das Ganze filmen müssen«, stöhnte Uwe verärgert, während er seinen Blick über den Platz schweifen ließ.

»Im Grunde gar nicht so dumm, sich diesen Ort auszusuchen«, entgegnete Nick.

Uwe zog verwundert die Augenbrauen hoch. »Wie darf ich das verstehen?«

»Überleg mal, hier ist von früh bis spät viel Bewegung. Autos, Fußgänger und Radfahrer kommen und gehen. Da fällt es nicht unbedingt auf, sollte ein Wagen längere Zeit auf ein und derselben Stelle stehen. Schon gar nicht, wenn es sich dabei um einen schwarzen Porsche handelt. Die gibt es hier wie Sand am Meer.«

Uwe lachte freudlos auf. »Da sagst du was! Okay, dann lass uns Gunnar Schröder die traurige Nachricht vom Tod seiner Frau überbringen. An manchen Tagen hasse ich meinen Job wirklich.«

»Erschossen? Auf dem ›Sansibar‹-Parkplatz?«, wiederholte Gunnar Schröder fassungslos und ließ sich wie in
Zeitlupe auf einen der Gartenstühle sinken, den Blick starr
nach vorn gerichtet. Seine Gesichtsfarbe hatte sich schlagartig der der schneeweißen Polsterauflagen angeglichen.

Uwe nickte. »So ist es leider, ja. Ich kann mir denken,
dass das ein Schock für Sie sein muss und Sie momentan
lieber allein wären, dennoch müssen wir Ihnen ein paar
Fragen stellen. Sehen Sie sich in der Lage dazu?« Sein
Gegenüber reagierte nicht, sondern starrte weiterhin geistesabwesend vor sich auf den Boden. »Herr Schröder?
Haben Sie mich verstanden?«

Plötzlich hob Gunnar Schröder seinen Kopf und sah
die beiden mit wachem Blick an. »Selbstverständlich, bitte
fragen Sie!«

»Besitzt Ihre Frau eine Waffe?«, begann Nick.

Gunnar Schröder wirkte irritiert und ließ einige Sekunden verstreichen, bis er antwortete. »Ich verstehe nicht
recht. Wieso fragen Sie das? Meine Frau wird sich ja wohl
nicht selbst erschossen haben.«

Nick schenkte Uwe einen kurzen Seitenblick. »Bitte
beantworten Sie einfach meine Frage«, bat er.

»Ja, Insa besitzt eine Beretta Pico, natürlich mit dem
dazugehörigen Waffenschein. Das hat alles seine Ordnung«, erklärte er. Dann sah er die beiden Kripobeam-
ten nacheinander an. »Glauben Sie, sie hat … Ich meine,
vermuten Sie tatsächlich, dass meine Frau sich das Leben
genommen haben könnte?«

»Das können wir zum jetzigen Stand der Ermittlungen nicht vollkommen ausschließen«, entgegnete Nick in
sachlichem Ton. »Gab es mögliche Anzeichen, die darauf schließen lassen, dass sie einen Suizid begangen haben

könnte? Können Sie uns dazu vielleicht Hinweise geben? War Ihre Frau verändert oder in sich gekehrt in der letzten Zeit? Hat sie irgendwelche Andeutungen gemacht? Oder hatte sie eventuell Angst?«

»Nichts dergleichen! Sie war wie immer, das wäre mir sonst sofort aufgefallen«, kam die ebenso prompte wie bestimmte Antwort, die Nick und Uwe mit einem gewissen Erstaunen zur Kenntnis nahmen. Entweder hatte sich Gunnar Schröder von der Nachricht über das Ableben seiner Frau beeindruckend schnell erholt oder er versuchte, den Beamten gegenüber keine Schwäche zu zeigen. Uwe hat in seiner langen Laufbahn bei der Polizei die unterschiedlichsten Verhaltensmuster kennengelernt, von augenblicklichen Zusammenbrüchen, Aggressionen bis hin zur absoluten Realitätsverweigerung.

»Hatte Ihre Frau Feinde, von denen sie bedroht wurde, oder gab es in jüngster Vergangenheit Streitigkeiten in ihrem unmittelbaren Umfeld, von denen sie betroffen war?«, vergewisserte sich Uwe.

Gunnar Schröder legte die Stirn in Falten und überlegte angestrengt. Dann schüttelte er den Kopf. »Nein, das hätte ich mitbekommen.« Seine Äußerung wirkte schroff. Anschließend fuhr er in geschäftsmäßigem Ton fort: »Sie müssen wissen, meine Frau war ein äußerst harmonischer und friedvoller Mensch. Bei all unseren Freunden und Geschäftspartnern genoss sie aufgrund ihrer Art ein hohes Ansehen. Daher kann ich mir nicht vorstellen, dass ihr jemand bewusst schaden wollte, dazu bestand nicht der geringste Anlass. Hätte es in irgendeiner Form Probleme gegeben, hätte mich meine Frau das wissen lassen. Meine Frau und ich sprechen sehr offen über alles und haben keine Geheimnisse voreinander.« Er schluckte, denn die folgenden Worte schienen ihm nur schwer über die Lippen zu kommen. »Kann ich meine Frau noch einmal sehen? Ich muss mich auch um die Beisetzung kümmern. Ich kann das alles gar nicht glauben.« Den letzten Satz sprach er kaum hörbar aus, und plötzlich wichen die harten Gesichtszüge einer gewissen Milde, die ihn verletzlich und betroffen wirken ließ.

»Tut mir leid, Herr Schröder, das ist derzeit nicht möglich. Ihre Frau ist momentan auf dem Weg in die Rechtsmedizin aufs Festland. Sobald alle notwendigen Untersuchungen abgeschlossen sind, werden wir Sie selbstverständlich informieren«, ließ Uwe ihn wissen. Offensichtlich verbarg sich hinter der harten, geschäftsmäßigen Schale doch ein weicher Kern wie so oft, dachte er, was er jedoch im nächsten Augenblick umgehend revidierte.

»Was ist mit Insas Wagen? Wann kann ich ihn abholen lassen? Ich werde ihn sicher gründlich reinigen lassen müssen, bevor ich ihn verkaufen kann.« Gunnar Schröder hatte augenscheinlich seinen kleinen sentimentalen Ausflug beendet und war zu seiner geschäftsmäßigen Nüchternheit zurückgekehrt.

»Der Wagen ist vorläufig beschlagnahmt. Sie bekommen ihn zurück, sobald alle kriminaltechnischen Untersuchungen abgeschlossen sind und die Kollegen die Freigabe erteilt haben«, kam Nick seinem Kollegen zuvor. Uwe merkte deutlich, dass Nick Gunnar Schröders Nachfrage erheblich missfiel. Wie konnte man in dieser Situation überhaupt an den Verkauf des Fahrzeugs nur denken? »Hatte Ihre Frau ein eigenes Zimmer? Wenn ja, würden wir gern einen Blick hineinwerfen«, fuhr er, ohne eine Miene zu verziehen, fort.

»Was versprechen Sie sich davon?«

»Herr Schröder, wir ermitteln in einem Tötungsdelikt. Wenn Sie bitte so freundlich wären?«, forderte Nick ihn höflich, aber bestimmt auf, worauf Gunnar Schröder zum Haus deutete.

»Sie erlauben? Ich zeige Ihnen den Weg.«

»Besitzt Ihre Frau ein Handy oder einen Laptop?«, erkundigte sich Uwe auf dem Weg durch das Haus.

»Beides. Das Handy führt sie stets bei sich, den Laptop allenfalls, wenn es unbedingt erforderlich ist. Wir müssen in den ersten Stock«, erklärte Gunnar Schröder, und die beiden Polizisten folgten ihm die Treppe nach oben.

»Ich werde das Gefühl nicht los, dass Gunnar Schröder uns etwas vorspielt oder zumindest etwas Entscheidendes verschweigt«, ließ Nick verlauten, als sie sich auf dem Rückweg nach Westerland befanden. Er hatte das Fenster heruntergelassen und genoss den Fahrtwind, der ihm ins Gesicht blies und sein Haar verstrubbelte.

»Und was bringt dich zu dieser Erkenntnis?«, wollte Uwe wissen und griff beherzt in die Mittelkonsole, in der eine Tüte Lakritze lag. »Bedien dich!«, bot er Nick an und ließ ein Stück der schwarzen Süßigkeit in seinem Mund verschwinden.

»Danke, aber ich mag das Zeug nicht«, erwiderte Nick und verzog den Mund. »Um auf deine Frage zurückzukommen, ich fand Schröders gesamten Auftritt eben und dieses Gerede von Harmonie und gegenseitigem Vertrauen eine Spur zu perfekt und einstudiert«, befand Nick, während sie an der Ampelkreuzung vor dem Bahnhof in Westerland halten mussten. Die Ampel stand auf

Rot, und gerade versuchte eine Lehrerin verzweifelt, eine Gruppe Schüler zügig zum Überqueren der Straße zu bewegen, was sich augenscheinlich schwierig gestaltete. Einige Kinder starrten während des Gehens unentwegt auf ihr Smartphone und stießen um ein Haar mit anderen Fußgängern zusammen, andere hingegen träumten vor sich hin oder balgten sich mit Kameraden.

»Gott bewahre, allein der Gedanke, ich müsste mit so einem Haufen Halbstarker unterwegs sein, da wäre ich schon nach zwei Stunden fix und fertig. Da lobe ich mir meinen Job, auch wenn das nicht immer ein Zuckerschlecken ist«, stöhnte Uwe und griff abermals in die Lakritztüte. »Was wolltest du eben sagen, Nick? Was ist deiner Meinung nach zu perfekt und einstudiert?« Er drehte den Kopf zu seinem Kollegen auf dem Beifahrersitz.

»Wie wir in der Zwischenzeit herausgefunden haben, besorgt sich seine Frau regelmäßig ein Alibi von einer Freundin, um sich, mit wem auch immer, zu treffen. So auch gestern Abend. Sieht für mich nicht nach einer harmonischen und vertrauensvollen Ehe aus, in der über alles offen geredet wird, so wie er uns weismachen will. Er könnte etwas gewusst oder zumindest geahnt haben. Ich halte ihn für jemanden, der sich nicht so schnell einen Bären aufbinden lässt. Den Eindruck hat er bereits bei unserem ersten Gespräch vermittelt.«

Uwe stieß einen lang gezogenen Seufzer aus und rieb sich mit den Händen übers Gesicht. »Deine Einschätzung bestätige ich gern. Vielleicht hat sie diese Offenheit anders interpretiert als er«, mutmaßte Uwe, wobei er bei dem Wort Offenheit mit den Fingern Gänsefüßchen in die Luft setzte.

»Möglicherweise wollte sich der gehörnte Ehemann

die Untreue seiner Frau nicht länger gefallen lassen und hat ein für alle Mal einen Schlussstrich unter die Angelegenheit gezogen. Er könnte sie unter einem Vorwand auf den Parkplatz gelockt haben, wo er zu ihr ins Auto gestiegen ist und …« Nick deutete eine kurze Bewegung mit der Hand über seine Kehle an. »Exitus!«

»Du glaubst ernsthaft, er hat seine Frau erschossen? Weshalb sollte er das getan haben?«

»Genau aus den besagten Gründen: Eifersucht, gekränkte Eitelkeit, Rache – such dir was aus! Er wäre nicht der erste betrogene Mann auf der Welt, der diesen Weg gewählt hätte. Wahrscheinlich steckt mehr dahinter, als wir bis jetzt annehmen. Denk mal an die Waffe, die sie besitzt. Für ihn wäre es ein Leichtes gewesen, sie an sich zu bringen, ohne dass sie auch nur eine Sekunde Verdacht geschöpft hätte. Schließlich hat sie ihm vertraut, wenn man seinen Worten Glauben schenken darf. Sie hätte vermutlich niemals damit gerechnet, dass er ihre eigene Waffe gegen sie richtet.«

»Hm, das wäre in der Tat ein mögliches Szenario. Ich empfand es zudem als sehr befremdlich, als Gunnar Schröder sich beinahe im gleichen Atemzug um den Verbleib des Wagens wie um die Freigabe der Leiche gesorgt hat. Wenn meine Tina erschossen in ihrem Auto entdeckt werden würde, würde ich keinen einzigen Gedanken an den doofen Wagen verschwenden.«

»Sie fährt ja auch nur einen Polo«, bemerkte Nick mit einem Grinsen, was ihm postwendend einen empörten Blick seines Freundes einbrachte.

»Ich darf doch sehr bitten, Nick!«

»Sorry, war nur Spaß, aber du hast natürlich recht, Uwe. Noch weniger würde ich mir an Schröders Stelle

Sorgen darüber machen, wie ich das Fahrzeug gereinigt bekomme.«

»Oh, Mann! Jetzt haben wir die zwei Todesfälle und einen Unfall aufzuklären. Bevor ich weiterdenken kann, brauche ich dringend was in den Magen. Lass uns das Auto abstellen und in die Stadt gehen, einen Happen essen. Dabei können wir überlegen, wie wir weiter vorgehen wollen. Was hältst du von dem Vorschlag?«

»Meinetwegen. Ich bin zwar nicht besonders hungrig, aber eine Kleinigkeit könnte ich auch vertragen«, stimmte Nick zu.

»Das ist ein Wort! Hey, gib Gas da vorne, grüner wird's nicht!«

KAPITEL 19

In der Werbeagentur herrschte emsiges Treiben, sodass ich das Gefühl hatte, inmitten eines Ameisenhaufens geraten zu sein. Aus einem der Besprechungsräume drang lautes Stimmengewirr zu mir herüber, niemand fühlte sich für das Telefon an der Anmeldung verantwortlich, das ununterbrochen klingelte. Eigentlich übernahm diese Aufgabe der gute Geist der Agentur, Dorit Hähnel, doch von der Sekretärin fehlte weit und breit jede Spur, ihr Arbeitsplatz war verwaist. Lediglich ein halb gefülltes Glas mit Mineralwasser, das noch leicht perlte, ein aufgeschlagener Terminkalender mit einem Textmarker darauf sowie eine geöffnete Packung Friesenkekse deuteten darauf hin, dass sie bis vor Kurzem dort gesessen haben musste. Mehrere Angestellte liefen geschäftig hin und her, ohne mir in irgendeiner Form Beachtung zu schenken. Daher beschloss ich, so lange zu warten, bis die Sekretärin zurückkam, und nahm derweil im Wartebereich Platz. Dorit Hähnel würde sicherlich in absehbarer Zeit auftauchen, sagte ich mir. Pepper legte sich brav neben meinen Sessel auf den Boden. Ich hatte es mir gerade bequem gemacht und begonnen, in einem der ausliegenden Hochglanzmagazine zu blättern, als sich eine Bürotür öffnete und Arno Kelsterbach den Kopf herausstreckte.

»Dorit!«, rief er mit ungeduldiger Stimme quer über den Flur. »Dorit?« Dann kam er im Sturmschritt aus dem Raum geeilt in Richtung des Empfangs. »Wo zum Teufel treibt sich die Hähnel wieder rum? Kann nicht mal jemand das verdammte Telefon abnehmen? Alles muss man selbst machen«, schimpfte er ungehalten vor sich hin.

Als ich in sein Blickfeld geriet, verstummte er augenblicklich, und sowohl sein Gesichtsausdruck als auch seine Stimmlage veränderten sich auf einen Schlag.

»Anna! Wie schön, Sie zu sehen! Wollen Sie zu mir?«, fragte er zu meiner Überraschung.

»Ja, Sie hatten mich angerufen und wollten mir die endgültige Version meiner Website präsentieren«, versuchte ich, seinem Gedächtnis auf die Sprünge zu helfen.

Er fasste sich mit der Hand an die Stirn und kniff die Augen zusammen, als würde er von einer akuten Kopfschmerzattacke heimgesucht werden. »Oh Gott, das habe ich in der ganzen Hektik vollkommen vergessen«, gab er zerknirscht zu. »Das ist mir außerordentlich unangenehm, das müssen Sie mir glauben.« Sein Unbehagen war ihm unverkennbar anzumerken. »Ich stecke gerade inmitten eines wichtigen Meetings. Wie machen wir das jetzt am besten? Ihr Weg soll ja nicht vergeblich gewesen sein«, überlegte er angestrengt. Krampfhaft nach einer Lösung suchend, kratzte er sich am Kinn. In diesem Augenblick wurde eine Bürotür aufgerissen und ein junger Mann sprintete den Flur entlang, geradewegs auf uns zu. In einer Hand hielt er einen farbigen Hochglanzdruck, in der anderen ein Handy.

»Sorry, Arno, dass ich störe, aber ich brauche dringend eine Freigabe von dir, bevor der Kunde zurückruft.« Er wackelte mit dem Telefon in seiner Hand hin und her.

»Frederick, du siehst doch, ich bin im Gespräch«, gab der Angesprochene unwirsch zurück.

»Schon gut«, nickte ich ihm zu, worauf er sich seinem Mitarbeiter zuwandte.

»Entschuldigen Sie für die Unterbrechung, Anna. Wie Sie sehen, ist bei uns gerade die Hölle los, der Kitesurf-Cup hält uns ordentlich auf Trab. Dazu kommt dieser schlimme Unfall, der uns allen in den Knochen steckt. Sicher haben Sie von der Sache gehört? Ausgerechnet den Fahrer meines besten Kunden hat es getroffen. Das Telefon steht gar nicht mehr still.« Er verzog den Mund und sah mich betroffen an. Erst jetzt bemerkte ich die dunklen Ringe unter seinen Augen. Sein sonst so jugendlicher Charme schien mit einem Mal verpufft. Er wirkte seit meinem letzten Besuch in der Agentur um Jahre gealtert, obwohl lediglich wenige Tage dazwischenlagen.

»Ja, das ist schrecklich. Ich war selbst vor Ort, als es passiert ist«, erklärte ich. »Glücklicherweise sind seine Verletzungen nicht sehr schwerwiegend, wie ich gehört habe. Wir haben alle einen riesigen Schrecken bekommen.«

»Schreckliche Sache!«, stellte er mit einem Kopfschütteln fest. »Zu meiner Schande muss ich zugeben, dass ich noch nicht dazu gekommen bin, mich persönlich nach seinem Wohlbefinden zu erkundigen. Ich habe die Agentur noch keinen Meter verlassen, seitdem ich heute Morgen gekommen bin.«

Das war eindeutig eine Lüge, da ich ihn kurze Zeit zuvor in Begleitung von Gerrit Holstermann in der »Badezeit« gesehen hatte. Was bewog ihn dazu, so offenkundig zu lügen, fragte ich mich. Bevor ich näher darüber nachdenken konnte, tauchte plötzlich eine Frau neben uns auf.

»Arno, ich möchte ungern stören, aber wir brauchen dich wirklich sehr dringend.« Sie schenkte ihm einen eindringlichen Blick und deutete zu dem Besprechungsraum.

»Eine Sekunde, ich komme gleich«, versprach er, worauf sie davoneilte. »Es tut mir ausgesprochen leid, aber ich muss zurück.« Ein hilfloses Lachen entsprang seiner Kehle.

»Ist Juna da? Sie könnte die Präsentation doch übernehmen, und wir machen einen neuen Termin, um alles Geschäftliche zu besprechen«, schlug ich vor.

»Das ist eine ausgezeichnete Idee, das machen wir. Sie finden Juna dort hinten, vorletzte Tür links. Gehen Sie ruhig durch«, nahm er meinen Vorschlag an, und Erleichterung spiegelte sich in seinem Gesicht wider. »Wo bleibt Frau Hähnel bloß so lange? Die Mittagspause ist längst vorbei«, kam er auf das Fernbleiben seiner Sekretärin zurück. »Ich muss zurück, wenn Sie mich bitte entschuldigen würden? Ich melde mich wegen eines neuen Termins. Versprochen, ich mache das wieder gut.«

»Machen Sie sich um mich keine Gedanken, Herr Kelsterbach«, versicherte ich.

Dann eilte er dem Besprechungsraum entgegen, in dem man ungeduldig auf sein Erscheinen wartete.

Nachdenklich sah ich ihm hinterher, bis er in dem Raum verschwunden war und die Tür sich hinter ihm schloss. Noch immer fragte ich mich, warum er behauptet hatte, die Agentur nicht verlassen zu haben. Diesen Umstand konnte er unmöglich vergessen haben, selbst in Anbetracht der Tatsache, dass er augenblicklich ungeheuer unter Stress stand. In Gedanken wäre ich auf dem Weg zu Junas Büro um ein Haar mit Dorit Hähnel zusammengestoßen. Sie kam aus den Waschräumen, sah kreidebleich im Gesicht aus und stützte sich nach wenigen Schritten mit der Hand an der Wand ab.

»Frau Hähnel! Sie sind ja ganz blass. Geht es Ihnen nicht gut?«, erkundigte ich mich besorgt. »Möchten Sie sich setzen? Soll ich ein Glas Wasser holen?«

»Nein danke, Frau Scarren, das geht gleich vorbei, das kenne ich schon. Ich leide unter einem schwachen Kreislauf«, versicherte sie mit einem freudlosen Lächeln. Um Haltung bemüht, atmete sie tief durch und setzte anschließend ihren Weg fort.

»Hey, ihr beiden! Welch angenehme Überraschung!«, wurden Pepper und ich von Juna beim Betreten des Raums begrüßt. Der Hund lief zielstrebig auf sie zu und ließ sich ausgiebig kraulen.

»Moin, Juna! Bei euch geht es heute hoch her, wie ich bereits feststellen konnte.«

»Das stimmt, aber mir gefällt's. Dann kommt wenigstens keine Langeweile auf.« Sie lachte fröhlich. »Setz dich doch!«

»Ich bin eben eurer Sekretärin begegnet, sie war blass wie ein Gespenst, und dein Chef scheint vollkommen neben der Spur zu sein. Erst ruft er mich an und dann hat er den Termin vergessen«, erklärte ich und nahm Platz.

»Heute früh waren beide noch ganz normal, irgendetwas muss im Laufe des Vormittags vorgefallen sein, aber ich konnte bislang nicht herausfinden, was es war. Die Hähnel ist jedenfalls seitdem total durch den Wind, und Kelsterbach hat eine Laune zum Davonlaufen.« Sie schnitt eine Grimasse. »Du bist bestimmt wegen deines Webauftritts gekommen, habe ich recht?« Ich bejahte ihre Frage mit einem Kopfnicken. »Okay, ich zeige dir die Endversion. Ich hoffe, du wirst mit dem Ergebnis zufrieden sein.«

»Daran habe ich keinerlei Zweifel.«

Wenig später verließ ich mit Pepper zufrieden die Werbeagentur »A. K. Sea« und marschierte durch Westerlands Innenstadt zu meinem Wagen, den ich auf einem der Parkplätze am Bahnweg abgestellt hatte. Ich wählte den Rückweg über die Strandstraße in Richtung Rathaus, da auf dem großen Platz davor an diesem Tag der Wochenmarkt stattfand. Diese Gelegenheit nahm ich zum

Anlass und schlenderte neugierig zwischen den Ständen hindurch, an denen neben frischem Obst und Gemüse auch regionale und überregionale Produkte und Spezialitäten angeboten wurden. Pepper stolzierte mit hocherhobenem Kopf neben mir, während sein Riechorgan auf Hochtouren arbeitete. An einem Verkaufswagen mit Wurstwaren reckte er seine Nase besonders hoch in die Luft und weigerte sich, daran vorbeizugehen. Mit seinem störrischen Verhalten erweichte er offenbar das Herz der Verkäuferin, die mir daraufhin einen Zipfel Fleischwurst für ihn über den Tresen reichte.

»Normalerweise bekommen bei mir nur die Lütten was, aber der ist ja wirklich süß!«, betonte sie mit verzücktem Gesichtsausdruck.

»Da gebe ich Ihnen recht, mit dieser Masche ergaunert er sich des Öfteren den einen oder anderen Leckerbissen. Man kann ihm einfach nicht widerstehen. Haben Sie vielen Dank!«, sagte ich und zog meinen Hund weiter, der mir nunmehr bereitwillig folgte. »Da hast du mal wieder Glück gehabt«, raunte ich ihm im Weitergehen zu. Als hätte er meine Worte verstanden, sah er kurz zu mir auf.

Nachdem ich einige Einkäufe getätigt und zu guter Letzt ein Bund Mohrrüben in einem Einkaufsbeutel verstaut hatte, bemerkte ich eine ältere Dame mit einem Rollator, die sich sichtlich schwer damit tat, etwas vom Boden aufzuheben.

»Warten Sie, ich helfe Ihnen«, rief ich, eilte auf sie zu und bückte mich.

»Das ist nett von Ihnen, junge Frau! Leider fällt es mir von Mal zu Mal schwerer, mich zu bücken. Man wird eben nicht jünger«, klagte sie. »Haben Sie vielen Dank!«

»Gern geschehen!« Ich stand auf und hielt ein kleines Buch in der Hand. Um genau zu sein, handelte es sich um ein Tagebuch, denn auf dem dunkelblauen Einband aus Kunstleder prangte in silbernen Lettern das Wort »Diary«. Zu meiner Verwunderung lehnte die Dame jedoch ab, als ich es ihr übergeben wollte.

»Das Buch gehört mir nicht. Es ist vor wenigen Minuten einer Frau aus der Tasche gefallen. Ich habe ihr noch nachgerufen, aber sie hat mich wohl nicht gehört, weil ich zu weit weg und sie sehr in Eile war. Wahrscheinlich wollte sie den Bus nicht verpassen«, erklärte die Frau und zeigte in Richtung der nächsten Haltestelle an der Hauptstraße.

»Können Sie sich daran erinnern, wie sie aussah?«, wollte ich wissen.

»Ich bin nicht mehr so beweglich, aber im Oberstübchen funktioniert nach wie vor alles einwandfrei.«

»Tut mir leid, ich wollte Ihnen unter keinen Umständen zu nahe treten«, setzte ich zu einer Entschuldigung an und merkte, wie ich schlagartig rot anlief.

»Das weiß ich doch«, wiegelte sie mit einem schelmischen Grinsen ab. »Die Frau war schätzungsweise ein paar Jahre älter als Sie. Sie hatte dunkelblondes Haar, trug eine große helle Tasche bei sich und war mit einem bunt gemusterten Sommerkleid bekleidet. Ein ähnliches Kleid hatte ich früher auch, als ich noch jung war«, erinnerte sich die Frau und ein Anflug von Wehmut zeichnete sich in ihrem faltigen Gesicht ab.

»Danke, vielleicht habe ich Glück und erwische sie noch«, sagte ich und setzte mich in Bewegung.

»Viel Erfolg!«, rief mir die alte Dame nach.

Im Laufen hielt ich Ausschau nach der Frau, konnte jedoch zwischen all den Menschen um mich herum niemanden erblicken, auf den die Beschreibung passte. Resigniert drosselte ich das Tempo und blieb letztlich stehen.

»Tja, Pepper, da scheinen wir kein Glück zu haben oder waren einfach zu langsam.«

Plötzlich entdeckte ich direkt gegenüber an der Bushaltestelle eine Frau im Sommerkleid und einer hellen Tasche über der Schulter. Zu meiner großen Überraschung handelte es sich dabei um ein bekanntes Gesicht: Dort drüben wartete Dorit Hähnel, die Sekretärin von Arno Kelsterbach, auf den Bus.

»Hallo, Frau Hähnel!«, rief ich und winkte ihr zu, doch sie zeigte keinerlei Reaktion und sah in eine andere Richtung. Meine Worte wurden vom allgemeinen Straßenlärm verschluckt, ohne dass sie bis zu ihr vordringen konnten.

Aufgrund des dichten Verkehrs war es unmöglich, die Straße gefahrlos zu überqueren, daher musste ich eine günstige Gelegenheit abpassen, um eine Lücke zu finden. Während ich vergeblich auf den geeigneten Moment wartete, sah ich den näherkommenden Bus und somit meine Chancen, Frau Hähnel rechtzeitig zu erwischen, mehr und mehr schwinden. Als sich endlich die ersehnte Möglichkeit, die Straße zu überqueren, bot, waren bereits alle Fahrgäste aus- und zugestiegen, und der Bus setzte seine Fahrt ungehindert fort – an Bord Dorit Hähnel.

»Oh, so ein Mist!«, ärgerte ich mich und begab mich auf direktem Weg mit Pepper im Schlepptau zu meinem Auto. Morgen hatte ich ohnehin einen Termin in Westerland, da würde ich das Tagebuch auf diesem Weg schnell in der Agentur bei der Sekretärin vorbeibringen, überlegte ich. Diesen einen Tag würde Kelsterbachs Sekretärin auch ohne ihren Wegbegleiter auskommen, davon war ich überzeugt. Jetzt wollte ich nur noch nach Hause. Mein Magen hing mir mittlerweile in den Kniekehlen, und ich musste dringend einen Teil meiner erworbenen Lebensmittel im Kühlschrank verstauen. Während ich in meiner Tasche nach dem Autoschlüssel kramte, klingelte zu allem Überfluss mein Handy. Auf dem Display erschien eine mir unbekannte Festnetznummer. Stirnrunzelnd nahm ich das Gespräch an.

»Hallo? Hier spricht Anna Scarren.«

»Na endlich! Ich hatte ernsthafte Befürchtungen, dir wäre etwas zugestoßen. Ich habe bereits mehrfach versucht, dich zu erreichen, Anna! Wo bist du bloß die ganze Zeit?«, ertönte die anklagende Stimme meiner Mutter.

»Ach, hallo, Mama! Tut mir leid, vorhin hatte ich einen Termin, dann war ich noch auf dem Markt und stehe jetzt vor meinem Auto und will nach Hause fahren. Ich habe deinen Anruf nicht gehört«, setzte ich zu einer Entschuldigung an, um ihr aufgebrachtes Gemüt zu besänftigen.

»Ja ja, du musst dich nicht rechtfertigen, Kind«, zeigte sich meine Mutter versöhnlich.

»Was gibt es denn Dringendes, weswegen du mich sprechen wolltest? Du rufst sonst nie um diese Zeit an.« Ich spürte, wie sich unverzüglich ein seltsames Gefühl in meiner Magengegend zusammenbraute, einem aufziehenden Unwetter gleich. Meine Mutter rief niemals grundlos oder aus purer Langeweile an.

Als könne sie in meinen Gedanken lesen, sagte sie: »Es besteht kein Anlass zur Besorgnis. Im Grunde ist alles relativ harmlos.«

»Im Grunde?«, wiederholte ich und wünschte inständig, nicht als Nächstes mit einer Hiobsbotschaft konfrontiert zu werden.

»Christopher und ich sitzen im Wartezimmer beim Arzt.«

»Was ist passiert?«

»Die Sprechstundenhilfe lässt mich freundlicherweise aus der Praxis telefonieren. Mein Handy habe ich in der Ferienwohnung vergessen. Ich muss mich daher kurzfassen«, fuhr meine Mutter, ungeachtet meiner Frage, fort.

Für den Bruchteil einer Sekunde drohte mein Herzschlag auszusetzen. Ich holte tief Luft und zwang mich, ruhig zu bleiben. »Mama! Sag mir bitte auf der Stelle, wie es Christopher geht?«

»Na, gut geht es ihm«, schien sie sich über meine Frage zu wundern.

»Mama!«, herrschte ich sie aus lauter Sorge und Ungeduld an. »Du bist doch nicht aus Spaß in einer Arztpraxis mit ihm. Also?«

»Anna, bitte beruhige dich! Mit Christopher ist wirklich alles in Ordnung. Dein Vater sitzt drinnen im Behandlungszimmer. Er wollte nicht, dass ich mitgehe.«

»Papa? Aber wie …« Sie unterbrach mich, ehe ich nachfragen konnte.

»Dein Vater wollte es sich nicht nehmen lassen, seinem Enkel zu zeigen, wie man schaukelt. Das Resultat: eine Platzwunde am Kopf.«

»Autsch! Sonst alles okay?«, erkundigte ich mich, während die Anspannung Zug um Zug von mir abfiel.

»Er hat noch einmal Glück gehabt, dass er sich nicht Gott weiß was gebrochen hat. Ich habe ihm gleich gesagt, er soll den Blödsinn lassen, dafür ist er viel zu alt. Aber du kennst ja deinen Vater«, setzte sie schnippisch nach. Trotz allem war ihr die Erleichterung über den glimpflichen Ausgang dieser Episode unverkennbar anzumerken. Dafür kannte ich meine Mutter einfach zu gut.

»Kommt ihr früher nach Hause? Oder soll ich kommen und Christopher abholen? Sag ehrlich, wenn es euch zu viel ist«, bot ich an.

»Weder das eine noch das andere, Anna. Wir bleiben selbstverständlich hier, die Ferienwohnung ist bezahlt, und so schlimm ist es nun wieder auch nicht. Schließlich ist dein Vater nicht ans Bett gefesselt. Sandburgen kann er auch mit einer Beule am Kopf bauen. Vielleicht besinnt er sich endlich und sieht ein, dass er keine 30 mehr ist.«

»Okay, ein Wort genügt, und ich komme.«

»Das wird nicht nötig sein. Ich wollte dich nicht unnötig beunruhigen, sondern dir lediglich Bescheid geben. So, und nun bring besser deine Einkäufe nach Hause, bevor alles verdirbt bei der Wärme! Oh, da kommt Volker aus dem Behandlungszimmer. Ich muss Schluss machen und rufe heute Abend noch mal an! Tschüss, mein Kind!« Mit diesen Worten legte sie auf, ohne dass ich noch etwas sagen konnte.

KAPITEL 20

Am Abend fuhren Nick und ich mit meinem Wagen nach Rantum zu Britta und Jan, die uns zum Abendessen eingeladen hatten. Jan hatte mittlerweile das Krankenhaus verlassen und erholte sich zu Hause von seiner Operation.

»Du siehst ziemlich erschöpft aus«, stellte ich fest, während ich Nick betrachtete. »Und sehr nachdenklich.«

»Dir entgeht scheinbar nichts.«

»In den seltensten Fällen, schließlich leben wir zusammen.«

»Worüber ich im Übrigen äußerst dankbar bin.« Er schenkte mir ein Lächeln, ehe seine Miene ernster wurde. »Du hast recht. Der Mord an der Frau geht mir nicht aus dem Kopf. Ich bin sicher, da wollte jemand eine Selbsttötung vortäuschen.«

»Inwiefern?«

»Die Leiche wurde nachträglich so drapiert, dass es den Anschein erwecken sollte, es handle sich um einen Suizid. Die Waffe lag in ihrer Hand, der Kopf war seitlich gedreht und ihr Oberkörper mit einer ausgebreiteten Straßenkarte bedeckt.«

»Das ist wirklich kurios. Wer macht denn so was?« Ich runzelte die Stirn bei der Vorstellung.

»Eben. Die Frage, die sich mir in diesem Zusammenhang außerdem stellt, ist: Wer hatte ein Interesse daran, es danach aussehen zu lassen, und hat sich so viel Mühe gegeben? Hat derjenige wirklich geglaubt, wir bekämen die Wahrheit nicht heraus? So naiv kann heute eigentlich keiner mehr sein.«

»Tja, du siehst es ja.«

»Als hätten wir nicht genug zu tun, wirft der Unfall von dem Kitesurfer Börgholt, der keiner war, genügend Fragen auf.«

»Das war gar kein Unfall?«, nahm ich diese für mich neue Information mit Erstaunen auf. »Ich war hautnah dabei, als sein Schirm plötzlich aus unerklärlichen Gründen nicht mehr kontrollierbar war. Das alles wirkte eindeutig wie ein Unfall. Das würde bedeuten, jemand hat absichtlich dafür gesorgt, dass ihm etwas zustößt. Er war völlig allein draußen, mit großem Abstand zu den übrigen Surfern.«

Nick musste an einer Fußgängerampel stoppen und sah zu mir. »Das war auch nicht notwendig, denn Börgholts Ausrüstung weist eindeutige Spuren auf. Sie wurde manipuliert, das haben die Untersuchungen zweifelsfrei ergeben. Bitte behalte diese Information vorerst unbedingt für dich. An die Presse ist diesbezüglich nichts rausgegangen. Achtermann dreht durch, wenn irgendetwas nach draußen sickert, bevor er grünes Licht gegeben hat. Du kennst ihn doch.«

»Selbstverständlich, du kannst dich auf mich verlassen. Habt ihr einen Verdacht, wer für die Tat infrage kommen könnte? Das ist wirklich abscheulich.«

»Nein, momentan leider nicht. Einige Untersuchungsergebnisse stehen noch aus, von denen wir uns Aufschluss erhoffen«, erwiderte Nick und rieb sich mit der Hand über die Augen. »Uwe ist fest davon überzeugt, den Täter im Umfeld der Kitesurfer zu finden. Sein Fokus liegt besonders auf dem Lokalmatador, Steen

Larsen, frag mich bitte nicht, warum«, nahm er die Antwort auf meine Frage vorweg.

In diesem Moment sprang die Ampel auf Grün, und Nick fuhr an.

»Hm. Uwe denkt ernsthaft, Steen Larsen wollte mit der Manipulation seinen schärfsten Konkurrenten ausschalten, um seine Chancen auf den Gesamtsieg zu verbessern? Das kann ich mir beim besten Willen nicht vorstellen. Ich habe ihn kurz kennengelernt, auf mich macht er einen ehrlichen und fairen Eindruck. Er lebt für seinen Sport. Wer sagt denn auch, dass es nicht ebenso andere Teilnehmer gibt, die gute Aussichten haben zu gewinnen? Muss er die auch alle ausschalten? Das ist vollkommen absurd, wenn du mich fragst. Außerdem hat Steen Schlimmeres verhindert und sich dabei sogar selbst in Gefahr gebracht«, gab ich zu bedenken.

»Nach Uwes Ansicht ist genau das der springende Punkt.«

»Ach so. Er glaubt, Steen hat erst die Manipulation vorgenommen, um anschließend seinen Widersacher vor aller Welt zu retten, damit den Verdacht von sich zu lenken und am Ende als Held zu glänzen? Das ist kompletter Unsinn!«

»Tja, es wäre immerhin eine Möglichkeit, aber wirklich überzeugend klingt diese Theorie für mich auch nicht. So, da sind wir. Nimmst du die Blumen? Dann nehme ich den Wein.«

»Okay. Warte!«, sagte ich. Dann legte ich meine Hand um seinen Nacken, zog ihn zu mir und gab ihm einen Kuss. »Ich habe dir heute noch gar nicht gesagt, wie sehr ich dich liebe.«

»Das stimmt«, erwiderte er und grinste. »Ein echter Mangel.«

Britta hatte sich mit ihrem Drei-Gänge-Menü wieder einmal selbst übertroffen. Obwohl ich eigentlich längst satt war, konnte ich dem Nachtisch – selbst gemachte Panna cotta mit Himbeersoße – nicht widerstehen und nahm sogar ein weiteres Mal nach. Nun saßen wir mit unseren Weingläsern draußen auf der Terrasse, um den lauen Sommerabend ausklingen zu lassen. Die Sonne war bereits im Meer versunken und hatte den Himmel in ein zart violettes Licht getaucht, das ein bisschen an blühenden Flieder erinnerte. In den Sommermonaten blieb es lange hell, sodass man bei klarem Wetter selbst nach 22 Uhr problemlos einen Strandspaziergang unternehmen konnte.

»Britta, das war ausgesprochen köstlich«, lobte ich meine Freundin, die gerade mit einem Tablett an den Tisch kam und Espresso in äußerst stilvollen Tassen verteilte.

»Oh, die sind ja chic. Hast du die neu? Die habe ich vorher noch nie gesehen«, stellte ich fest und betrachtete das kleine Tässchen vor mir.

»Die hat mir ein Gast geschenkt, weil er sich bei uns immer sehr wohlfühlt. Er betreibt eine Firma, die diese Tassen aus Italien importiert«, erklärte Britta stolz.

»Der steht auf dich, das ist der wahre Grund«, warf Jan ein.

»Ach, du bist bloß eifersüchtig«, konterte Britta.

»So oder so, auf jeden Fall beweist das seinen ausgezeichneten Geschmack«, betonte Nick. »Und dein Essen war wie immer super.«

»Danke, Nick!«, erwiderte Britta und schenkte ihrem Mann einen triumphierenden Seitenblick. »Das freut mich. Hoffentlich seid ihr satt geworden.«

»Satt? Ich werde vermutlich jeden Augenblick platzen«, bestätigte ich und legte demonstrativ eine Hand über den Bauch.

»Das glaube ich eher nicht.« Sie musterte mich mit einem Schmunzeln.

»Na, Nick, wie ich höre, hat die Polizei auf Sylt momentan ordentlich zu tun? Gunnar Schröders Frau ist erschossen auf dem ›Sansibar‹-Parkplatz gefunden worden, habe ich mitbekommen. Ist das wirklich wahr?«, erkundigte sich Jan und ließ von einem kleinen Löffel Zucker in seinen Espresso rieseln.

»Leider ja, Touristen haben sie in ihrem Auto entdeckt«, erklärte Nick knapp, ohne auf nähere Details einzugehen.

»Selbstmord?«, wurde Britta hellhörig.

»Die Ermittlungen laufen noch, daher kann ich dir momentan nicht mehr dazu sagen.« Nick machte eine entschuldigende Geste.

»Schon gut, Nick! Wir wissen ja, dass du nichts sagen darfst«, zeigte Jan Verständnis und führte die kleine Tasse zum Mund. »Tja, nun kann Gunnar ja endlich schalten und walten, wie es ihm gefällt.« Er stellte die Tasse mit einem Klappern zurück auf die Untertasse.

»Jan! Wie kannst du in dieser Situation nur so etwas sagen?«, echauffierte sich Britta und legte verärgert die Stirn in Falten.

»Wieso? Das ist die reine Wahrheit, Schatz!«, begegnete Jan seiner Frau mit Unverständnis. »Da kannst du jeden auf der Insel fragen«, setzte er nach.

»Wie darf ich deine Äußerung verstehen? Kennst du die Schröders näher?« Nick wurde neugierig, lehnte sich ein Stück zurück und wartete gespannt auf Jans Antwort.

»Insa kannte ich nicht besonders gut, Gunnar dagegen besser von den alljährlichen Unternehmertreffen auf der Insel. Er hatte bei seinen Geschäften in der Vergangenheit nicht immer ein glückliches Händchen, ob nun jedes Mal selbst verschuldet oder nicht, sei dahingestellt. Diesbezüglich kann ich mir kein Urteil erlauben.« Als er in Nicks fragendes Gesicht blickte, fuhr er fort. »Vor ein paar Jahren hat er sich finanziell total übernommen und war so gut wie pleite. Er wollte mit einer einzigartigen Neuentwicklung auf den Markt, die ihn im Vorfeld eine Stange Geld gekostet hat, aber irgendetwas ist anschließend schiefgelaufen. Näheres weiß ich nicht. Jedenfalls kreisten die Aasgeier bereits, wenn du verstehst.«

»Du meinst damit potenzielle Aufkäufer?«, vermutete Nick, worauf er von Jan ein zustimmendes Kopfnicken erhielt.

»Augenblicklich läuft seine Firma doch eher gut, oder? ›Kitetex‹ mischt beim diesjährigen Kitesurf-Cup ordentlich mit und hat sogar Kilian Börgholt als Hauptsponsor unter Vertrag. Was war also passiert, dass er sich berappelt hat?«, mischte ich mich in die Unterhaltung ein.

»Das stimmt, Anna, momentan steht sein Unternehmen exzellent da. In diesem Punkt hat er den finanziellen Aufschwung ausschließlich seiner Frau Insa zu verdanken. Sie hat – so munkelt man – unter anderem ein beträchtliches Aktienpaket geerbt, und somit waren die Geldprobleme Geschichte und die Schröders fortan wieder im Geschäft«, erklärte Jan, während er die kleine Tasse in seiner Hand unaufhörlich drehte. »Ich glaube, er hat sich seine Neuentwicklung sogar patentieren lassen.«

»Willst du damit andeuten, dass Insa Schröder nicht nur das Geld hatte, sondern auch das Sagen in der Firma?«, mutmaßte Nick.

»Exakt. Hinzu kommt, dass Insa wesentlich jünger war als er und darüber hinaus ausgesprochen attraktiv, das muss man sagen. Ich habe nie verstanden, warum sie sich ausgerechnet einen wie Gunnar ausgesucht hat.«

»Liebe hat doch nicht unbedingt etwas mit Alter oder Aussehen zu tun«, hielt ich dagegen.

»Das ist wieder typisch unsere Anna!« Jan lachte, während Nick seine Hand auf meine legte und mir ein Lächeln schenkte.

»Sie soll nebenbei immer mal wieder die eine oder andere Affäre gehabt haben. Ich betone, dass ich das bloß gehört habe, und möchte keine Gerüchte in die Welt setzen«, distanzierte sich Britta deutlich.

»Was hat ihr Mann dazu gesagt? Hat er ihr Verhalten stillschweigend hingenommen oder kam es zum Streit?«, erkundigte sich Nick.

»Natürlich war er über das Verhalten seiner Frau nicht begeistert. Es soll wohl den einen oder anderen Krach deswegen gegeben haben, was ich durchaus nachvollziehen kann. Welcher Mann lässt sich freiwillig zum Narren halten? Schon gar nicht auf einer Insel, wo man sich unter Geschäftsleuten kennt. Nach außen hin blieb allerdings der Schein gewahrt, alles in bester Ordnung«, erklärte Jan und hielt kurz inne. »Vielleicht hat Gunnar seine Frau erschossen, könnte ich sogar ein bisschen verstehen, wenn man jahrelang betrogen wird und um jeden Cent bitten und betteln muss.« Daraufhin erntete er umgehend von Britta und mir einen entsetzten Blick.

»Deswegen erschießt man keinen Menschen! Jan, ich bitte dich!«, empörte sich meine Freundin.

»So weit hergeholt ist meine Theorie nun auch wieder nicht, oder?«, wehrte Jan ab und sah Hilfe suchend zu Nick.

»Da muss ich dir leider recht geben, völlig auszuschließen ist es nicht. Wir warten auf den endgültigen Bericht der Kriminaltechnik und der Rechtsmedizin, dann wissen wir hoffentlich mehr. Diese neuen Hinweise sind jedenfalls sehr aufschlussreich. Danke für die Informationen, Jan.«

»Gern, Nick.«

»Alles in allem handelt es sich um ein abscheuliches Verbrechen. Hoffentlich klärt sich möglichst schnell alles auf«, bemerkte Britta abschließend. »Und nun lasst uns bitte das Thema wechseln.«

Zu Hause angekommen, stellte ich meine Handtasche auf die Anrichte im Eingangsbereich, doch sie bekam Schlagseite, fiel, und der gesamte Inhalt breitete sich auf den Fliesen aus.

»Ach, nein!«, stöhnte ich und kniete mich auf den Boden, um meine Habseligkeiten einzusammeln. Nick half mir, während Pepper angeflitzt kam und neugierig seine Nase auf der Suche nach einem Leckerbissen in die Tasche steckte.

»Pepper! Raus da mit deinem Rüssel, da ist nichts für dich drin!«, befahl ich und schob ihn zur Seite.

»Was schleppt ihr Frauen eigentlich alles mit euch durch die Gegend?«, stellte Nick amüsiert fest und betrachtete interessiert das kleine Döschen mit Nagellackentfernerpads in seiner Hand.

»Man muss für alle Eventualitäten gewappnet sein. Das versteht ihr Männer nicht«, erwiderte ich, nahm das Döschen an mich und beförderte es zurück in die Tasche.

»Das glaube ich auch«, lachte er. »Oh, ich wusste gar nicht, dass du Tagebuch schreibst?«, wunderte er sich und hielt das kleine, blaue Buch in den Händen.

»Du liebe Güte! Daran habe ich ja gar nicht mehr gedacht!«, fiel es mir siedend heiß ein. Nick zog fragend die Augenbrauen hoch. »Das gehört mir nicht, ich habe es in Westerland gefunden.«

»Aha.«

»Eine ältere Dame hat gesehen, wie es der Besitzerin unbemerkt aus der Tasche gefallen ist. Ich habe noch versucht, ihr hinterherzulaufen, aber sie ist in den Bus gestiegen und weggefahren«, berichtete ich.

»Weißt du denn, wem es gehört?«, erkundigte sich Nick und begann, darin zu blättern.

»Das Buch gehört der Sekretärin von Arno Kelsterbach, Dorit Hähnel. Hey, was machst du da? Man liest nicht in Tagebüchern anderer Leute.« Ich wollte nach dem Buch greifen, doch Nick war schneller und zog es weg.

»Ich will es nicht komplett lesen, nur einen kurzen Blick hineinwerfen. Wirst du mich verpetzen?« Er setzte ein spitzbübisches Grinsen auf.

»Natürlich nicht. Ich finde trotzdem, dass es nicht richtig ist.«

»Anna, sei keine Spielverderberin! Willst du mir etwa weismachen, du hast noch nicht reingeschaut? Du bist doch sonst so neugierig.«

»Habe ich nicht. Gleich morgen werde ich es ihr

zurückgeben. Und jetzt gib her!«, forderte ich ihn zur Herausgabe des Buches auf.

»Hol es dir!«, neckte er mich, machte ein paar Schritte rückwärts und schwenkte demonstrativ das Buch in seiner Hand hin und her.

»Nick, das ist total albern!«

Nachdem ich ihn ein paar Runden erfolglos durch den Wohnbereich gejagt hatte, um ihm seine Beute abzunehmen, ließ ich mich erschöpft auf das Sofa fallen. Pepper stand schwanzwedelnd mit hängender Zunge vor mir. Offenbar war er enttäuscht, dass das lustige Fangenspiel schon nach kurzer Zeit zu Ende war. Nick hatte sich mir gegenüber auf einem der Sessel niedergelassen und begann, das Buch zu studieren.

»Was ist?«, wollte ich wissen, da sich auf seiner Stirn tiefe Falten abzeichneten.

»Das glaube ich nicht!«, murmelte er, ohne seine Augen auch nur einen Moment von den Seiten zu nehmen.

»Nick! Was glaubst du nicht? Was steht da?«, bohrte ich nach.

Plötzlich hob er den Kopf, legte das Buch zur Seite und stand auf. »Ich muss dringend Uwe anrufen.«

»Um diese Zeit? Es ist kurz vor Mitternacht.« Irritiert sah ich ihm hinterher, wie er sein Handy holte.

Ich beugte mich vor, angelte nach dem Buch auf dem Tisch und schlug es – entgegen meiner Prinzipien – auf.

KAPITEL 21

Es war kurz vor acht Uhr, als Uwe und Nick die Räumlichkeiten der Werbeagentur »A.K. Sea« von Arno Kelsterbach betraten. Sie hatten ihren Besuch absichtlich nicht im Vorfeld angekündigt und freuten sich umso mehr, nicht vor verschlossener Tür stehen zu müssen. Der Empfang war um diese Zeit unbesetzt, auch sonst herrschte zu dieser frühen Stunde nicht viel Betrieb. Die meisten Mitarbeiter begannen mit ihrer Arbeit später. Die Tür zu der kleinen Teeküche stand weit offen, aus der das Klappern von Geschirr zu hören war, was vermuten ließ, dass jemand im Begriff war, die Spülmaschine auszuräumen. Nebenbei vermeldete der Radiomoderator von Antenne Sylt gerade gut gelaunt den aktuellen Wetterbericht für die Insel.

»Hallo?«, rief Uwe mit kraftiger Stimme, um sich bemerkbar zu machen.

Gleich darauf tauchte im Türrahmen ein schlanker Mann mit zwei Kaffeebechern in der Hand und einem Geschirrtuch über der Schulter auf.

»Oh, ich habe Sie gar nicht kommen hören. Was kann ich für Sie tun? Haben Sie einen Termin?«, fragte er erstaunt. Sein Haar war noch feucht vom morgendlichen Duschen, eine kräftige Prise seines Aftershaves umgab ihn. Insgesamt war er eine äußerst gepflegte Erscheinung.

»Moin, die Tür war nicht abgeschlossen«, erklärte Uwe, deutete mit einer Kopfbewegung zum Eingang und hielt ihm seinen Ausweis vor die Nase. »Wilmsen, Kripo Westerland, der Kollege Scarren.« Er zeigte auf Nick. »Wir würden gern mit Dorit Hähnel sprechen, Herr …?«

»Kelsterbach. Arno Kelsterbach, mir gehört die Agentur.« Er stellte die Tassen beiseite, trocknete sich rasch die Finger am Geschirrtuch ab und kam anschließend auf die beiden Beamten zu. »Meine Sekretärin müsste jeden Augenblick hier sein. Was will denn die Polizei von ihr?« Er setzte ein künstliches Lächeln auf.

»Das würden wir gern mit Frau Hähnel selbst besprechen«, entgegnete Nick kühl.

»Selbstverständlich. Ich weiß gar nicht, wo sie heute so lange bleibt.« Arno Kelsterbach räusperte sich verlegen und deutete auf den Wartebereich. »Dort können Sie Platz nehmen, bis Frau Hähnel kommt. Ich könnte Ihnen einen Kaffee machen, wenn Sie mögen? Das geht relativ schnell, wir haben da so einen Automaten.«

»Nein, danke, machen Sie sich wegen uns keine Umstände. Im Übrigen trifft sich das ausgezeichnet, dass Sie gerade da sind. Dann würden wir gern die Zeit bis zu Frau Hähnels Erscheinen nutzen und mit Ihnen sprechen«, änderte Uwe spontan seine Strategie.

»Mit mir?« Kelsterbach zeigte sich überrascht.

»Können wir irgendwo reden, wo wir ungestört sind?«, erkundigte sich Nick.

»Wir können gleich hier reden, außer uns ist niemand da. Die meisten meiner Mitarbeiter kommen gegen neun, dafür bleiben sie abends etwas länger«, erläuterte er.

»Wie Sie möchten.«

»In welcher Angelegenheit kann ich Ihnen behilflich sein?«, wollte der Agenturinhaber wissen und trat unruhig von einem Fuß auf den anderen.

»Sie kennen Insa Schröder«, stellte Uwe fest.

»Ja, sie ist …« Er zögerte kurz. »Sie war eine Kundin von mir.«

»Dann wissen Sie, was passiert ist?«

»Ja, schrecklich«, presste er hervor und wirkte betroffen. »Auf einer Insel spricht sich so eine Tat in Windeseile herum.«

»Herr Kelsterbach, ich möchte nicht lange um den heißen Brei herumreden. Wie war Ihr Verhältnis zu Insa Schröder?«, fuhr Uwe fort.

»Was meinen Sie mit Verhältnis? Ich bin ihr ein paar Mal begegnet. Wie ich bereits erwähnte, sie war eine Kundin der Agentur. Die Firma ›Kitetex‹ ist dieses Jahr einer der Sponsoren beim Kitesurf-Cup und sogar Hauptsponsor von Kilian Börgholt. Sie haben sicher davon gehört«, gab er bereitwillig Auskunft, obwohl ihm ein leichtes Unbehagen hinsichtlich dieser Frage deutlich anzumerken war.

»Das meint der Kollege nicht. Anders ausgedrückt: Sie hatten eine Affäre mit Frau Schröder?«, brachte es Nick auf den Punkt, der ihn die ganze Zeit über genau beobachtet hatte.

»Wer behauptet das?«, erwiderte Arno Kelsterbach blitzschnell und sah abwechselnd zwischen Uwe und Nick hin und her.

»Beantworten Sie bitte einfach die Frage«, insistierte Nick, ohne auf die Äußerung einzugehen.

»Wir haben uns ein paar Mal getroffen, außerhalb der Agentur, meine ich. Sie war eine interessante und attraktive Frau«, gab er zu.

»Und verheiratet«, murmelte Uwe leise.

»Und wenn schon! Man wird ja wohl mit einer verheirateten Frau einen Kaffee zusammen trinken dürfen, das ist nicht verboten. Schließlich leben wir nicht mehr im Mittelalter. Sie war alt genug, eigene Entscheidungen zu treffen«, gab Kelsterbach gereizt zurück.

»Wie würden Sie Ihr Verhältnis zu Frau Schröder beschreiben? Worüber haben Sie gesprochen, wenn Sie sich getroffen haben«, ließ Nick nicht locker.

Der Agenturinhaber wurde zunehmend ungehaltener. »Das ist meine Privatsache. Ich denke nicht, dass die Polizei das etwas angeht!«, blaffte er zurück.

»In diesem Fall schon. Wir untersuchen die genauen Todesumstände von Frau Schröder. Also?«

Er atmete tief durch, bevor er zu einer Antwort ansetzte. »Okay, okay! Ja, wir haben miteinander geschlafen, aber es war nichts Ernstes. Nur Sex eben. Sind Sie nun zufrieden?«, gab er widerwillig zu und sprach dabei extrem leise, obwohl sie allein waren. »Das geben Sie aber nicht umgehend an ihren Mann weiter, oder? Sie haben doch sicher so etwas wie Schweigepflicht?« Schweißperlen tanzten auf seiner Stirn.

»Wann haben Sie Frau Schröder zum letzten Mal gesehen?«, löcherte Nick ihn mit seinen Fragen ungerührt weiter.

»Das war vor drei Tagen, sie war hier in der Agentur. Vormittags. Die genaue Uhrzeit weiß ich nicht mehr, sie hatte keinen Termin.«

»Sie sind sicher, dass Sie sie danach nicht mehr gesehen oder gesprochen haben?«, setzte Uwe nach.

»Ganz sicher! Glauben Sie etwa, ich habe etwas mit ihrem Tod zu tun?«

»Womöglich wollte einer von Ihnen die Beziehung beenden, und es kam anschließend zum Streit?«, überlegte Nick und fixierte sein Gegenüber mit seinen dunklen Augen.

Als Arno Kelsterbach zum Gegenschlag ausholen wollte, öffnete sich die Tür und Dorit Hähnel betrat die Agentur. Als sie die beiden Polizisten erblickte, blieb sie wie angewurzelt stehen. Ehe Uwe sein Anliegen vorbringen konnte, preschte Arno Kelsterbach vor.

»Dorit! Da sind Sie ja endlich!« Seine Begrüßung fiel barscher aus, als er vermutlich beabsichtigt hatte.

»Tut mir leid, Herr Kelsterbach! Der Bus ist ausgefallen, und ich musste auf einen Ersatz warten«, entschuldigte sie sich und eilte schnell zu ihrem Platz.

»Schon gut, Hähnchen, das ist nicht Ihre Schuld«, wiegelte er ab und war sichtlich erleichtert, den Stab an seine Angestellte weiterreichen zu können. »Die beiden Herren sind von der Kripo Westerland und möchten mit Ihnen sprechen.« Dorit Hähnel wirkte irritiert und brachte von sich aus kein Sterbenswort über ihre Lippen. »Sie können gern einen der Besprechungsräume nutzen. Wenn Sie mich bitte entschuldigen würden, ich muss in eine Telefonkonferenz«, erklärte Arno Kelsterbach und war auf dem Sprung in sein Büro.

»Hähnchen? Ausgefallener Spitzname«, raunte Nick seinem Kollegen zu.

»Danke, Herr Kelsterbach, wir melden uns, sollten wir weitere Fragen haben«, erwiderte Uwe und wandte sich an die Sekretärin, die mittlerweile ihre Sprache wiedererlangt hatte.

»Bitte folgen Sie mir«, sagte sie und stöckelte auf ihren hohen Schuhen vor den beiden Polizisten her auf einen Raum zu. Uwe fiel auf, dass sie trotz der sommerlichen Temperaturen eine Feinstrumpfhose trug.

»Darf ich erfahren, in welcher Angelegenheit Sie mich sprechen möchten?«, fragte sie in förmlichem

Ton, als alle drei an einem runden Tisch Platz genommen hatten.

»Hähnchen ist ein recht ungewöhnlicher Spitzname, finden Sie nicht?«, wollte Uwe wissen, hakte jedoch nicht weiter nach, als die Sekretärin auf seine Frage lediglich mit einem schiefen Lächeln reagierte.

»Kennen Sie Insa Schröder?«, überließ Uwe seinem Kollegen Nick die weitere Gesprächsführung, während er sein Notizbuch hervorkramte.

»Sie wurde erschossen, habe ich gehört. Furchtbar.« Sie knetete nervös ihre Finger.

»Bitte beantworten Sie meine Frage, Frau Hähnel«, erwiderte Nick in ruhigem, aber bestimmten Ton wie bereits zuvor bei Arno Kelsterbach.

»Ich kannte sie nur flüchtig. Sie …« Sie geriet ins Stocken, bevor sie weitersprach. »Sie war eine Kundin der Agentur, daher kannte ich sie zwangsläufig«, betonte die Sekretärin mit einem zaghaften Lächeln, während sie kerzengerade mit eng aneinandergepressten Knien auf ihrem Stuhl saß.

»Privat hatten Sie keinen Kontakt zu ihr?«, setzte Nick nach.

Sie sah ihn direkt an, wobei ihre Augenlider leicht flatterten. »Nein.«

»Überlegen Sie bitte ganz genau.« Sie hielt seinem Blick nicht länger stand, sondern wandte den Kopf in Richtung des Fensters, ohne zu antworten. »Frau Hähnel, das gehört Ihnen, nicht wahr?« Nick hatte das blaue Tagebuch hervorgezogen, in dem kleine bunte Zettel steckten, und es vor sich auf den Tisch gelegt. Die Agenturmitarbeiterin lief bei dessen Anblick schlagartig rot an und hatte Mühe, die Fassung zu wahren. Sie schluckte, ihre Augen huschten unruhig hin und her.

»Woher haben Sie das?«, fragte sie mit erstickter Stimme.

»Wir sind zufällig darauf gestoßen«, erklärte Nick. »Sie haben es verloren. Möchten Sie uns etwas sagen?«

»Sie haben darin gelesen?« Ihre Antwort glich mehr einer Feststellung als einer Frage. »Warum fragen Sie mich dann noch? Sie wissen doch ohnehin alles«, gab sie beinahe trotzig zurück. Sie rutschte auf ihrem Stuhl hin und her und spielte nervös mit dem Anhänger an ihrer Halskette.

»Wir würden es aber gerne von Ihnen hören«, meldete sich Uwe zu Wort, der wesentlich ungeduldiger war als sein Kollege, was wiederum daran lag, dass er – wie so oft – unbändigen Hunger verspürte. »Schließlich ermitteln wir in einem Mordfall.«

Plötzlich veränderte sich Dorit Hähnels Gesichtsdruck, als würde ihr die Ernsthaftigkeit ihrer Lage erst jetzt in seiner gesamten Tragweite bewusst. Sie wurde blass.

»Sie glauben doch nicht allen Ernstes, ich hätte etwas mit Insa Schröders Tod zu tun?« Der Schreck stand ihr ins Gesicht geschrieben. Sie sah die beiden Beamten mit großen Augen an.

»Sie haben herausgefunden, dass Ihr Chef mit Insa Schröder ein Verhältnis hatte, und sie mit Ihrem Wissen erpresst«, konfrontierte Uwe sie mit seinen Erkenntnissen und griff nach dem Tagebuch. Er schlug eine Seite auf, die mit einem gelben Zettel markiert war. »An dieser Stelle schreiben Sie, dass Sie es nicht zulassen werden, dass Insa Schröder ihm das Herz bricht. War das tatsächlich so? Hatten Sie die Absicht, Frau Schröder zu erpressen?«

Dorit Hähnels Gesichtsfarbe wechselte schlagartig von kalkweiß auf knallrot.

»Frau Hähnel, bitte antworten Sie!«, forderte Uwe die Frau auf, da sich seine Geduld langsam dem Ende neigte.

»Ja«, flüsterte sie kaum hörbar.

»Sie haben sich also mit Frau Schröder getroffen und sie zur Rede gestellt. Ist das korrekt?«, fuhr Uwe fort.

Erneut gab die Sekretärin ein zustimmendes Kopfnicken von sich, während sie zu schwitzen begann und ihre Finger derart stark knetete, dass man annehmen konnte, sie brächen jeden Moment.

»Warum? Ihnen kann es eigentlich egal sein, mit wem Ihr Arbeitgeber ein Verhältnis hat«, bemerkte Uwe, doch sie zeigte keine Reaktion.

»Sie mögen Ihren Chef sehr, nicht wahr?«, versuchte Nick mit seiner ruhigen, tiefen Stimme, die Frau zum Sprechen zu bewegen. »Geben Sie es ruhig zu, das muss Ihnen nicht peinlich sein, Frau Hähnel.«

Daraufhin begann ihre Unterlippe zu zittern, ihre Augen füllten sich mit Tränen. »Ja«, hauchte sie. Dann zupfte sie ein Taschentuch aus der Box, die mitten auf dem Tisch stand, und trocknete sich damit behutsam die Augen. »Sie hat ihn nur benutzt«, brach sie ihr Schweigen. »Das war alles nur ein Spiel für sie, sie hat ihn nicht geliebt. Herr Kelsterbach ist ein anständiger und sensibler Mann. Er hat es nicht verdient, so behandelt zu werden. Irgendwann hätte sie ihn weggeworfen wie ein altes Paar Schuhe, wenn sie seiner überdrüssig geworden wäre. So macht sie es jedes Mal.« Sie schnäuzte lautstark in ihr Taschentuch.

»Jedes Mal?«, wiederholte Nick.

»So hat sie es jedenfalls mit dem Butler gemacht.«

Nick und Uwe tauschten vielsagende Blicke.

»Und das wollten Sie verhindern und haben sich mit ihr verabredet, um ihr mitzuteilen, sie solle die Finger von Ihrem Chef lassen«, folgerte Uwe. »Hat sich Frau Schröder auf ein Treffen mit Ihnen eingelassen? Wenn ja, wo fand es statt, und wie hat sie reagiert?«

Es war nicht zu übersehen, dass Dorit Hähnel sich zunehmend unwohler in ihrer Haut fühlte. Nervös rieb sie immer wieder die Handflächen gegeneinander.

»Herrgott, Frau Hähnel, sagen Sie uns endlich die Wahrheit! Wir können Sie auch gern offiziell vorladen und auf dem Revier weiterreden, wenn Ihnen das lieber ist.«

»Ich habe mich auf einem Parkplatz mit ihr verabredet«, erklärte sie.

»Geht es vielleicht ein bisschen genauer?«, stöhnte Uwe genervt.

»Sansibar«, murmelte sie. Nick zog die Luft scharf ein. »Aber mit ihrem Tod habe ich nichts zu tun. Ich wollte mit ihr sprechen, aber dann hat mich der Mut verlassen, und ich bin gegangen, ohne auch nur ein Wort mit ihr zu sprechen. Bitte! Sie müssen mir glauben!«, flehte sie verzweifelt, und erneut stieg ihr das Wasser in die Augen.

»Frau Hähnel, Sie sind vorläufig festgenommen. Sie stehen unter dringendem Tatverdacht, Insa Schröder ermordet zu haben. Bitte begleiten Sie uns aufs Revier«, erklärte Uwe und stand auf, ohne auf Nicks verständnislosen Blick zu achten.

»So, Pepper, dann wollen wir mal Herrchen sein Handy bringen, das er heute Morgen in der Eile zu Hause liegen gelassen hat«, sagte ich und steuerte auf den Haupteingang des Westerländer Polizeireviers zu. Als ich das Büro betrat, telefonierte Nick gerade und bedeutete mir, kurz zu warten, bis das Gespräch beendet war. Pepper lief schnurstracks schwanzwedelnd auf ihn zu und legte seinen Kopf auf seinen Oberschenkel, um gekrault zu werden. Uwe spähte hinter seinem Bildschirm hervor.

»Moin, Anna! Schön, dass du uns mal besuchst. Möchtest du einen Kaffee?« Er machte Anstalten aufzustehen.

»Nein, vielen Dank. Ich wollte Nick bloß schnell sein Handy vorbeibringen, er hat es heute früh vergessen«, entgegnete ich.

»Dann setz dich, Nick ist sicherlich gleich fertig. Wie geht es dir so ohne den Lütten? Klappt alles mit deinen Eltern und Christopher? Sie sind auf Amrum, hat Nick erzählt.«

»Ja, quasi gleich um die Ecke. Ich muss gestehen, dass ich ihn sehr vermisse, obwohl meine Eltern täglich anrufen. Die drei kommen problemlos miteinander aus, jedenfalls behaupten sie das. Ich denke, die Einzige, die sich ständig Sorgen macht, bin ich.« Ich lachte. »Kommst du gut allein zurecht? Wie geht es Tina bei der Kur? Fühlt sie sich dort wohl?«

»Ich komme klar. Bei Tina habe ich den Eindruck, sie blüht dort richtig auf und freut sich überhaupt nicht auf zu Hause«, verkündete Uwe mit niedergeschlagener Miene.

»Ach, das ist Unsinn, Uwe! Natürlich freut sie sich auf ihr Zuhause. Warum denn wohl nicht? Und dich vermisst sie bestimmt auch«, versuchte ich ihn aufzumuntern und seine Zweifel zu zerstreuen. »Freu dich doch, dass es ihr gut geht und sie kein Heimweh hat.«

Uwe verzog missmutig den Mund. »Neulich am Telefon hat sie mich regelrecht abgewimmelt. Angeblich hatte sie keine Zeit.«

»Das kann gut möglich sein, wenn sie pünktlich zu einer Anwendung erscheinen musste.«

»Abends um kurz nach acht? Nee, sicher nicht«, brummte er und holte sich frischen Kaffee von der Maschine auf der Fensterbank.

»Du denkst doch nicht etwa, sie hat sich einen Kurschatten zugelegt?«, wagte ich diesen Gedanken kaum auszusprechen.

Uwe trollte sich schulterzuckend zurück auf seinen Platz und ließ sich auf seinen Stuhl fallen. Die braune Flüssigkeit in seinem Becher schwappte dabei bedrohlich nah an den Rand.

»Nein, das kann ich mir bei Tina nicht vorstellen«, entschied ich kopfschüttelnd und nahm auf einem der Besucherstühle Platz, während Nick immer noch telefonierte. Mein Blick wanderte zunächst über seinen Schreibtisch, auf dem unzählige Akten und Papiere lagen, und anschließend zu der großen Tafel an der Wand, die mit diversen Fotos und handschriftlichen Anmerkungen gespickt war. An einem der Bilder blieb mein Blick schließlich hängen.

»Ist das die Frau, die in ihrem Wagen erschossen wurde?«, fragte ich, als Nick endlich aufgelegt hatte, und deutete auf die Fotografie.

»Ja, das ist Insa Schröder«, bestätigte Nick. »Warum fragst du?«

»Nur so, weil ich sie neulich in der Werbeagentur gesehen habe und später noch einmal.«

»Wann war das? War sie allein oder in Begleitung?«, wollte Nick wissen. Uwe sah ebenfalls neugierig zu mir herüber.

»Als ich neulich bei ›A. K. Sea‹ war, kam sie zusammen mit Arno Kelsterbach aus seinem Büro. Sie trug ein schickes Kleid mit Schuhen in der gleichen Farbe und der passenden Handtasche dazu.«

»Worauf Frauen immer achten«, gab Uwe leise von sich.

»Dass sie in der Agentur war, wissen wir bereits. Wo hast du sie noch gesehen?«, fragte Nick nach.

»Neulich auf der Party am Brandenburger Strand«, ließ ich ihn wissen. »Ich wollte gerade zu den Toiletten gehen, als sie aus der Tür kam. Um Haaresbreite wären wir zusammengestoßen. Sie hat gelacht und mir die Tür aufgehalten. Auf dem Rückweg habe ich gesehen, wie sie sich mit einem Mann draußen hinter dem großen Zelt unterhalten hat, dort, wo die Getränkekisten und Bierfässer lagern. Ich konnte zwar nicht verstehen, worum es im Detail ging, aber den Gesten nach zu urteilen, deutete alles auf einen heftigen Streit hin.«

»Interessant«, bemerkte Uwe und strich sich über den Vollbart.

»Kannst du dich an den Mann erinnern?«, wollte Nick wissen. »War er eher älter oder jünger? Ist dir irgendein markantes Detail im Gedächtnis geblieben? Würdest du ihn gegebenenfalls wiedererkennen?«

»Ich erinnere mich, dass er relativ groß war, seine Haarfarbe konnte ich nicht erkennen, da er eine Kopfbedeckung trug. Könnte eine dunkle Mütze oder etwas in der Art gewesen sein. Er hatte einen grauen Vollbart, das weiß ich genau. Der Mann war auf jeden Fall schon etwas älter. Tut mir leid, an weitere Einzelheiten kann ich mich beim besten Willen nicht erinnern. Ich konnte ja nicht wissen, dass das eines Tages von Bedeutung sein würde.« Ich zuckte entschuldigend mit den Schultern.

»Das ist mehr, als wir erwarten können, Anna, danke«,

erwiderte Uwe mit einem zuversichtlichen Gesichtsausdruck. »Zu deiner Beschreibung fällt mir spontan etwas
ein.«

»Und das wäre?«, erkundigte sich Nick.

Doch bevor Uwe eine nähere Erklärung abgeben
konnte, öffnete sich die Tür und der Kollege Ansgar
Kreutzer steckte seinen Kopf herein. Pepper, der es sich
neben Nicks Stuhl auf dem Boden bequem gemacht hatte,
hob interessiert den Kopf.

»Moin! Oh, hallo, Anna! Welch Glanz in unserer
bescheidenen Hütte! Fängst du ab heute bei uns an?«,
witzelte er.

»Hallo, Ansgar! Nein, da muss ich dich leider enttäuschen. Ich bin lediglich auf eine Stippvisite hier. Geht es
dir gut?«

»Schade, ja, bei mir ist alles im grünen Bereich.« Er
streckte den Daumen der rechten Hand empor. »Uwe?
Nick? Könnte mal einer von euch kurz kommen? Da
draußen sitzt der Großvater von Steen Larsen und will
euch sprechen.« Er kam näher und schloss die Tür hinter sich. »Er hat irgendetwas von einer Intrige gefaselt.
Man wolle seinem Enkel die Schuld am Unfall von diesem
Kitesurfer unterjubeln, um seine sportliche Zukunft für
immer zu ruinieren. Das wolle er nicht zulassen. Wenn
ihr mich fragt, ist der alte Herr ganz schön durch den
Wind.« Ansgar verzog das Gesicht zu einer Grimasse.

»Danke, Ansgar. Wir kümmern uns gleich um ihn.
Sonst noch was?«, fragte Uwe.

»Ja. Hier, das Protokoll von Dorit Hähnel und die
dazugehörigen Untersuchungsergebnisse zum Fall Schröder. Ich habe mir erlaubt, einen Blick hineinzuwerfen. Die
Hähnel scheidet als Täterin definitiv aus, jedenfalls hat

sie Insa Schröder nicht erschossen. Die Spuren auf der Tatwaffe und im Wagen stammen nicht von ihr. Zudem weist ihre Haut keinerlei Schmauchspuren oder Ruß-partikel auf.« Mit diesen Worten überreichte er Uwe die Unterlagen.

»Okay, danke. Wäre auch zu schön gewesen, wenn wir den Fall schnell gelöst hätten.« Wie auf Kommando klingelte Uwes Handy. »Oh nee, Achtermann! Der hat mir gerade noch gefehlt!« Uwe nahm das Gespräch an und drehte sich in Richtung des Fensters.

Während Uwe dem Staatsanwalt Rede und Antwort stehen musste, wandte sich Nick mir zu. »Danke, Sweety, dass du mir das Handy gebracht hast. Ich möchte nicht unhöflich erscheinen, aber wir haben wahnsinnig viel zu tun.«

»Lasst euch nicht aufhalten, ich muss ohnehin weiter. In List gibt es offensichtlich einige Probleme bei einem Kunden, da muss ich mich unbedingt blicken lassen.«

»Klingt nach Ärger.«

»Keine Ahnung, worum es im Detail geht. Der Kunde war von Anfang an ein bisschen schwierig.«

»Na, dann wünsche ich dir viel Erfolg!« Er gab mir einen flüchtigen Kuss zum Abschied.

Ich verließ das Büro der beiden und wollte den langen Flur auf den Ausgang zugehen, als mir ein bärtiger Mann auffiel, der auf einem der Besucherstühle saß und ver-drießlich dreinblickte. Ich grüßte im Vorbeigehen, doch er erwiderte nichts, stattdessen hielt er den Blick starr auf seine Kopfbedeckung gerichtet, die er fest zwischen den knochigen Fingern hielt. Kaum stand ich draußen auf dem Parkplatz, zog ich mein Handy aus der Tasche und rief Nick an.

»Hallo, Nick, ich bin's!«

»Sweety! Ist die Sehnsucht nach mir so stark?«, fragte er mit betörender Stimme.

Ich musste lachen. »Sei nicht albern. Da sitzt ein Mann bei euch auf dem Flur.«

»Das kann schon sein. Dort sitzen öfter Menschen.«

»Das ist es nicht.«

»Was ist es dann?«

»Ich bin ziemlich sicher, dass er der Mann ist, mit dem sich Insa Schröder hinter dem Zelt gestritten hat.«

KAPITEL 22

Nach meiner Stippvisite im Polizeirevier fuhr ich mit Pepper weiter gen Norden nach List. Dort waren die Bauarbeiten an einem Neubau abgeschlossen worden, und nunmehr sollte der Garten angelegt werden. Vor einigen Wochen hatte ich deswegen dem Eigentümer, Reinhold Stägner, einen Entwurf vorgelegt, von dem er sich außerordentlich begeistert gezeigt hatte. Aufgrund dessen erschien es mir merkwürdig, dass er seine Meinung offenbar geändert haben sollte. Ein Mitarbeiter des Gartenbaubetriebes, mit dem ich eng zusammenarbeitete, hatte mich frühmorgens angerufen und dringend um meine Unterstützung gebeten. Ich hatte den Wagen kaum vor dem Grundstück auf dem Seitenstreifen abgestellt, als mir der Gartenbauer mit großen Schritten entgegengeeilt kam. Seine Verärgerung war ihm bereits aus der Ferne deutlich anzusehen.

»Moin, Anna! Gut, dass du da bist. Ich mache hier keinen Handschlag mehr. Der Typ hat an allem etwas auszusetzen. Jetzt passen ihm die Bäume nicht, die wir mitgebracht haben, obwohl das besprochen war. Außerdem behauptet er, in deinem Plan hätte nichts von Hortensien gestanden, dabei habe ich mich strikt an deinen Entwurf gehalten. Bitte sprich du mit ihm, ich habe echt keinen Nerv mehr auf diesen Hickhack! Der Kerl macht mich irre!«

»Tut mir leid, Piet, dass es Probleme gibt. Du blutest da am Arm!«

»Ach, das ist nur ein Kratzer. Sieht schlimmer aus, als es ist«, gab er gelassen zurück und besah seinen Unterarm, an dem sich eine lange rote Spur entlang zog.

»Da bin ich beruhigt.«

»Dachtest du etwa, der Typ ist handgreiflich geworden? Mit der halben Portion werde ich spielend fertig.« Er zog amüsiert einen Mundwinkel hoch.

»Das glaube ich dir gern. Ist er im Haus?«, erkundigte ich mich.

Piet Sanders nickte und deutete hinter sich zum Haus. »Der springt da hinten irgendwo im Garten rum wie Rumpelstilzchen.«

»Okay, dann rede ich gleich mit ihm. Ärgere dich nicht länger, manchen Leuten kann man es nie recht machen. Sein Unmut ist vermutlich nicht in der Qualität deiner Arbeit begründet«, versuchte ich, ihn aufzumuntern.

»Viel Glück! Du findest mich am Wagen«, erklärte er und ging an mir vorbei zu seinem Fahrzeug.

Ich ließ Pepper vorsichtshalber bei heruntergelassenen Scheiben im Wagen sitzen und begab mich allein in den Garten. Es dauerte keine Minute, bis Herr Stägner mich entdeckt und aufgeregt zu sich gewinkt hatte.

»Gott sei Dank sind Sie da, Frau Scarren!«

»Moin, Herr Stägner! Wo drückt denn der Schuh?«, lächelte ich ihm entgegen.

»Ihre Leute halten sich nicht an die Abmachung«, begann er. »Man hat doch tatsächlich versucht, mir weiszumachen, dass das hier Hortensien seien. Pah! Jedes Kind weiß, wie eine Hortensie aussieht. Sie sind rosa oder blau und diese sind weiß und sehen vollkommen anders aus«, protestierte er und bekam hektische Flecken vor lauter Aufregung.

»Herr Stägner«, versuchte ich unvoreingenommen an das Problem heranzugehen. »Ich schlage vor, wir schauen uns den Plan gemeinsam in aller Ruhe an. Bei diesen Pflanzen, von denen Sie sprechen, handelt es sich um eine spezielle Hortensienart, sogenannte Rispenhortensien. Sie sind äußerst winterhart und kommen mit fast allen Böden gut zurecht, daher habe ich sie extra ausgesucht, wir hatten darüber gesprochen«, erklärte ich sachlich und mit Bedacht.

Er sah mich überrascht an. »Sind Sie sicher?«

»Absolut sicher, Herr Stägner.« Ich musste schmunzeln.

»Wie Sie meinen. Wenn Sie schon einmal hier sind,

schauen Sie sich aber bitte das dort an.« Ich folgte ihm über die Terrasse zur gegenüberliegenden Seite des Grundstücks. »Sie wollen mir doch wohl nicht allen Ernstes erzählen, dass es sich bei diesem mickrigen Ding mit den paar Stängeln und drei Blättern dran um einen Kugelahorn handeln soll. Wo ist denn da bitteschön die Kugel? Für diesen dünnen Spargel haben Ihre Leute ein Loch gegraben, als wollten sie eine riesige Eiche pflanzen.« Mit den Händen in die Hüften gestützt, positionierte er sich vor dem Baum wie vor einer Trophäe.

Ich konnte mir nur schwer ein Schmunzeln verkneifen und räusperte mich kurzerhand. »Ich versichere Ihnen, dass sich der Baum in absehbarer Zeit zu Ihrer vollen Zufriedenheit entwickeln wird. Die Größe des Loches richtet sich immer nach dem späteren Ausmaß der Baumkrone. Glauben Sie mir, Herr Stägner, dass alles seine Richtigkeit hat. Alles wird so gemacht, wie wir es besprochen haben.«

Herr Stägner holte tief Luft, und ich rechnete jeden Augenblick mit dem nächsten Donnerwetter, doch er zeigte sich überraschend zahm. »Na, schön, Frau Scarren. Nichts liegt mir ferner, als Ihre Kompetenz in Frage zu stellen. Darüber hinaus halte ich Sie für eine seriöse Geschäftsfrau. Meinetwegen können Ihre Leute weitermachen.«

»Das freut mich, Herr Stägner. Sie werden sehen, Ihr Garten wird am Ende wunderschön werden«, säuselte ich ein wenig.

»Tut mir leid, wenn ich eben ein bisschen ungehalten war. Wissen Sie, ich habe in letzter Zeit viel um die Ohren. Ich ziehe in Erwägung, meine Firma im Ruhrgebiet zu verkaufen, was mir zugegebenermaßen sehr schwerfällt.

Ich habe sie selbst aufgebaut, aber da meine Frau und ich keine Kinder haben, gibt es keinen Nachfolger. Meine beiden Neffen haben bereits abgelehnt, und meiner einzigen Nichte möchte ich das Unternehmen unter keinen Umständen überlassen. Erstens hat sie von der Materie nicht den blassesten Schimmer und zweitens ist sie ohnehin nur auf Geld aus. Sie würde die Firma sofort verkaufen.« Er seufzte und machte eine nachdenkliche Pause. Dann sah er mich aus seinen grauen Augen an. »Haben Sie Kinder?«

»Ja, wir haben einen Sohn«, bestätigte ich und schlenderte neben ihm über die Rasenfläche zur Vorderseite des Hauses.

»Na, dann stellt sich Ihnen die Sorge nicht, wer einmal Ihre Firma weiterführt.«

»Ach, bis dahin ist noch viel Zeit, er wird erst drei. Wer weiß, was er eines Tages einmal machen möchte. Das soll er frei entscheiden können.«

»Da haben Sie auch wieder recht. Jeder sollte sich frei entfalten können.« Inzwischen hatten wir die Gartenpforte erreicht. »Haben Sie vielen Dank, Frau Scarren und entschuldigen Sie bitte die Unannehmlichkeiten«, zeigte sich Reinhold Stägner versöhnlich.

»Das geht in Ordnung. Am Ende steht immer die Kundenzufriedenheit im Vordergrund.« Mit diesen Worten verabschiedete ich mich und gab anschließend Piet und seinen Kollegen grünes Licht für die weitere Arbeit.

Im Auto sitzend, atmete ich erleichtert durch, da sich das vermeintlich schwerwiegende Problem als kleines Missverständnis herauskristallisiert hatte und es mir gelungen war, den Kunden zu besänftigen. Ich bog auf die Hauptstraße in Richtung Süden ab, als ich kurz hinter der Sylter Eismanufaktur Juna auf dem Gehweg entlangmarschieren sah. Sofort setzte ich den Blinker und hielt mit heruntergelassener Scheibe direkt neben ihr.

»Hallo, Juna! Kann ich dich mitnehmen?«

»Oh, hallo Anna! Das wäre super, dann muss ich nicht auf den Bus warten«, freute sie sich über die Mitfahrgelegenheit und stieg ein.

»Was treibt dich nach List?«, erkundigte ich mich, während ich mich in den Verkehr einordnete.

»Herr Kelsterbach hat mich zu einem Termin bei der Lister Kurverwaltung mitgenommen. Er soll eine neue Infobroschüre für Touristen kreieren. Da er anschließend einen weiteren Termin hatte, hat er mich gebeten, mit dem Bus zurück nach Westerland zu fahren. Bei der Gelegenheit habe ich mir List ein bisschen näher angesehen und bin durch einige Geschäfte gebummelt. Ich bin nicht böse darum, dass er ohne mich zurückfahren wollte, er hat heute entsetzlich schlechte Laune. Die Polizei war heute früh in der Agentur. Sie wollten mit der Hähnel sprechen. Ich glaube, es geht um den Tod von Insa Schröder. Mehr konnte ich leider nicht in Erfahrung bringen. Weißt du etwas Genaueres darüber? Dein Mann ist doch bei der Polizei.« Sie sah mich neugierig an.

»In die Ermittlungsarbeit bin ich nicht involviert«, wich ich aus, da ich mit Nick eine Vereinbarung getroffen hatte, Stillschweigen über alles zu bewahren, was er mir in Zusammenhang mit aktuellen Ermittlungen anvertraute. »Im Übrigen darf er aus ermittlungstechnischen Gründen keine Details an Dritte verraten«, setzte ich schnell nach und hoffte, Juna würde sich mit meiner Erklärung zufriedengeben. Es widerstrebte mir, ihr nicht die Wahrheit sagen zu können, da ich sie mochte.

»Dachte ich mir. Das kenne ich von meinem Vater, der lässt sich auch nie ein Sterbenswörtchen über seine Fälle entlocken. Na ja, ich hätte es nur zu gerne gewusst. Die Hähnel ist nämlich hoffnungslos in unseren Chef verknallt.« Sie kicherte und hielt sich eine Hand vor den Mund.

»Aha. Woher weißt du das? Hat sie sich dir anvertraut?«

Juna lachte. »Die ist verschlossen wie eine Auster. Nein, aber so, wie sie ihn ständig anhimmelt, ist das schwer zu übersehen. Außerdem ist sie permanent bemüht, ihm jeden Wunsch von den Augen abzulesen, und sofort zur Stelle, er braucht nur so zu machen.« Sie schnippte mit den Fingern.

Wir hatten das Ortsschild von List hinter uns gelassen, als ich im Rückspiegel einen Wagen erblickte, der sich mit rasanter Geschwindigkeit näherte und dabei immer wieder ausscherte, um die Fahrzeuge vor sich zu überholen.

»Was ist los?«, fragte Juna, die mich beobachtet hatte, und warf einen Blick in den Außenspiegel. »Der hat es aber eilig. Hier ist doch nur 70.«

»Ein paar Spinner gibt es eben überall«, erwiderte ich und konzentrierte mich wieder auf die Straße vor mir.

Plötzlich klebte das Fahrzeug uns dicht an der Stoßstange. Aufgrund der entgegenkommenden Autos war ein Überholmanöver unmöglich, denn die Straße war lediglich zweispurig und für drei Autos nebeneinander viel zu schmal. Diese Tatsache hielt den Fahrer des Wagens trotz allem nicht davon ab, unvermittelt auf die Gegenspur auszuscheren.

»Ist der verrückt geworden!«, rief Juna erschrocken. »Was hat der vor? Da kommt einer von vorne!«

Dann ging alles rasend schnell. Obwohl eines der entgegenkommenden Autos bereits von Weitem warnend aufblendete, setzte der Fahrer des schwarzen Wagens den Überholvorgang unbeeindruckt fort. Er befand sich unmittelbar neben uns, was meinen Puls rapide in die Höhe schnellen ließ. Die Situation spitzte sich dramatisch zu, als die Fahrzeuge von vorne bedrohlich näherkamen und der Wagen neben mir mich immer weiter nach rechts abdrängte. Sobald ich bremste, um ihn vorbeizulassen, verringerte er ebenfalls das Tempo. Da es keinen befestigten Seitenstreifen gab, hatte ich keine Möglichkeit auszuweichen, ohne mitten in der Heidelandschaft zu landen. Da ich bereits auf der weißen Begrenzungslinie fuhr, lenkte ich meinen Wagen ein kleines Stück nach links zurück auf die Fahrbahn, als plötzlich ein schabendes Geräusch ertönte. Der andere Wagen hatte uns seitlich erwischt.

»Will der uns umbringen? Anna! Mach was!«, kreischte Juna im nächsten Moment panisch los.

»Keine Ahnung, was der vorhat. Der ist total irre!«

Nur noch wenige Wagenlängen trennten uns vom Gegenverkehr, und ich war gezwungen, umgehend zu handeln, wenn es nicht zur Katastrophe kommen sollte.

»Festhalten!«, rief ich und trat das Gaspedal durch.

»Anna! Spinnst du?«, schrie Juna mit schreckgeweiteten Augen.

Prompt beschleunigte der Fahrer neben mir ebenfalls, und wir rasten auf den sich nähernden Gegenverkehr zu. Dann trat ich beherzt in die Bremse und riss das Lenkrad nach rechts, um in letzter Sekunde einer Kollision zu entgehen. Der dunkle Wagen nutzte die Lücke, schob sich hindurch und rauschte in vollem Tempo davon, während mein Auto einige Meter durch die Heidelandschaft rumpelte, bis ich es endgültig zum Stehen brachte. Mein Herz raste wie verrückt, meine Hände zitterten mit meinen Knien um die Wette.

»Bist du okay?«, wandte ich mich an Juna, die noch immer mit einer Hand den Türgriff fest umklammert hielt, sodass ihre Fingerknöchel weiß hervortraten.

»Ja, alles gut so weit. Ich habe mich bloß gestoßen«, brachte sie erleichtert hervor und rieb sich den rechten Oberarm. »Was war das gerade? Kanntest du diesen Irren?«

»Nein, ich habe nicht die leiseste Ahnung. Den Wagen habe ich auch noch nie gesehen, ich weiß noch nicht einmal, um welches Fabrikat es sich handelte.«

»Ich auch nicht. Die Nummer habe ich mir leider nicht gemerkt in der ganzen Aufregung. Es ging alles so schnell!«, beklagte sie. »Ich dachte wirklich, wir schaffen das nicht mehr. Das hast du gut hinbekommen, Anna.« Ein Lächeln erschien auf ihrem Gesicht.

»Danke.« Jetzt erst löste ich meine Hände vom Lenkrad, lehnte meinen Kopf mit geschlossenen Augen gegen die Kopfstütze und atmete tief durch. Ich zuckte zusammen, als es an der Seitenscheibe klopfte. Ein Mann und eine Frau standen mit erschrockenen Gesichtern neben meinem Wagen.

»Ist alles in Ordnung mit Ihnen?«, fragte mich die Frau besorgt, als ich die Wagentür öffnete. »Wir sind ein paar Autos hinter Ihnen gefahren und haben gesehen, was passiert ist. Der hätte Sie und die, die von vorne kamen, umbringen können! So ein Rowdy! Mein Mann hat gleich die Polizei verständigt.«

»Danke, wir sind glücklicherweise unverletzt geblieben«, erwiderte ich kraftlos. Genau in diesem Augenblick schoss mir ein schrecklicher Gedanke durch den Kopf: Pepper! Er saß hinten im Wagen und hatte keinen Mucks von sich gegeben. Oh Gott, war er etwa verletzt? Augenblicklich sprang ich von meinem Sitz und lief um das Auto herum und öffnete unverzüglich die Heckklappe.

KAPITEL 23

»Ich habe Ihnen schon tausendmal erklärt, dass ich weder mit dem Tod von Insa Schröder noch mit dem Unfall von diesem Börgholt etwas zu tun habe. Das gilt im Übrigen auch für meinen Enkel Steen. Lassen Sie uns endlich in Ruhe und kümmern Sie sich lieber um die wahren Täter!«, grollte Onno Larsen und schlug mit der flachen Hand auf den Tisch.

»Sie geben also zu, sich mit Insa Schröder an dem besagten Abend hinter dem Festzelt getroffen zu haben, wobei es im Verlauf des Gesprächs zum heftigen Streit

kam«, fasste Uwe, unbeirrt von Larsens Unmutsbekun-
dungen, zusammen.

»Ich gebe überhaupt nichts zu. Sie unterstellen mir
etwas!«, polterte er los.

»Herr Larsen, Sie sind gesehen worden, wie Sie sich
mit Frau Schröder gestritten haben. Also? Machen Sie es
sich und uns doch nicht unnötig schwer«, leistete Uwe
Überzeugungsarbeit.

»Sie ist mir dort zufällig über den Weg gelaufen. Die
Gelegenheit habe ich genutzt, um sie anzusprechen.
Anschließend kam es zu einer kleinen Meinungsverschiedenheit, mehr nicht. Ein handfester Streit sieht in meinen Augen anders aus«, zeigte er sich schließlich einsichtig. »Das ist jedenfalls lange kein Grund, jemanden
umzubringen. Obendrein ist es eine Frechheit, dass ich
wie ein Schwerverbrecher behandelt werde«, betonte er
und verschaffte somit seinem Ärger Luft.

»Worum ging es genau bei dieser Meinungsverschiedenheit?« Uwe zog das letzte Wort bewusst in die Länge.

»Ich habe versucht, ihr klarzumachen, dass es für ein
Sylter Unternehmen inakzeptabel ist, Fremde den Ein-
heimischen vorzuziehen. Das betrifft im Übrigen nicht
nur den Sport«, gab er den Beamten zu verstehen. Dann
lehnte er sich auf seinem Stuhl zurück und verschränkte
die Arme vor der Brust, als hätte er weiter nichts mehr
zu diesem Thema zu sagen.

»Sondern?«

»Das fragen Sie? Sehen Sie sich doch auf der Insel um!
Bald wird auch der letzte Sylter sein Zuhause an irgendwelche gierigen Investoren verschachert haben. Falls Sie
es noch nicht bemerkt haben sollten, hier findet gerade
ein regelrechter Ausverkauf statt, und niemand unter-

nimmt etwas dagegen, weil alle die blitzenden Eurozeichen in den Augen haben. So sieht das aus! Und kommen Sie mir nicht mit dem leeren Geschwätz von irgendwelchen Projekten für Einheimische. Dass ich nicht lache!« Er stieß einen verächtlichen Lacher aus.

»Herr Larsen, könnten Sie bitte beim Thema bleiben«, unterbrach Uwe ihn.

»Ich lasse mir von niemandem den Mund verbieten, weder von diesen nichtsnutzigen Politikern noch von der Polizei«, wetterte er.

Larsen war dabei, sich in Rage zu reden, als sich die Tür zum Vernehmungszimmer öffnete.

»Uwe? Könntest du bitte kurz kommen?« Nick winkte seinen Kollegen zu sich.

»Einen Moment bitte, Herr Larsen. Bin gleich zurück«, entschuldigte sich Uwe und nickte dem Kollegen zu, der sich ebenfalls im Zimmer befand.

»Ich will endlich nach Hause«, rief Onno Larsen ihm hinterher und rückte missmutig seine Mütze zurecht.

»Nick, was ist los?«

»Ich habe in Hinblick auf Onno Larsen ein bisschen geforscht und etwas Interessantes entdeckt. Onno Larsen wurde Ende letzten Jahres wegen Körperverletzung erkennungsdienstlich aufgenommen. Das Opfer hat die Anzeige jedoch später zurückgezogen, und es kam zu keiner Verurteilung.«

»Wie konnte uns das entgehen? Ich dachte, die Kollegen haben das eingehend überprüft?«, stellte Uwe die berechtigte Frage.

»Das kann ich dir nicht beantworten. Sicher ist, dass seine DNA mit der am Container in Westerland übereinstimmt«, verkündete Nick.

»Was? Das würde bedeuten, er war derjenige, der versucht hat, dort einzubrechen«, folgerte Uwe und biss sich nachdenklich auf die Unterlippe.

»Es kommt noch besser. Was glaubst du, habe ich noch gefunden?«

»Sag schon, Ratespiele liegen mir nicht besonders, schon gar nicht in Situationen wie dieser.«

»Die DNA unter Richard Münkels Fingernägeln stimmt exakt mit der von Onno Larsen überein.« Nick wartete gespannt Uwes Reaktion ab, der die Information offensichtlich erst sacken lassen musste.

»Wie bitte? Das würde ja bedeuten, dass er als Mörder von Münkel in Frage kommt«, kam Uwe zu dem Schluss.

»Nicht zwingend, aber damit ist eindeutig bewiesen, dass er mit ihm unmittelbar vor dessen Tod zumindest in Kontakt gekommen sein muss. Vielleicht hat der Butler ihn bei dem Versuch, in den Container einzubrechen, auf frischer Tat ertappt.«

»Das wäre durchaus denkbar. Ich bin gespannt, was er uns dazu zu sagen hat. Komm mit!«

»Warte, Uwe! Dr. Luhrmaier bittet dringend um Rückruf. Er hat die Untersuchungen im Fall Insa Schröder abgeschlossen«, hielt Nick ihn zurück.

»Da hat er sich wie immer ordentlich ins Zeug gelegt.«

Nick schloss die Tür hinter ihnen und wählte die Nummer des Rechtsmediziners Dr. Josef Luhrmaier.

»Danke für den Rückruf, Herr Scarren«, meldete sich umgehend seine energische Stimme.

»Hallo, Herr Dr. Luhrmaier! Der Kollege Wilmsen sitzt neben mir, ich schalte wie immer den Lautsprecher ein«, erwiderte Nick.

»Hallo, Herr Wilmsen! Nun, ich will Sie auch gar nicht lange von der Arbeit abhalten. Im vorliegenden Fall Insa Schröder handelt es sich eindeutig um Fremdeinwirkung, daher kann ein Suizid ausgeschlossen werden.«

»Das hatten wir bereits vermutet«, platzte es aus Uwe heraus.

Eine kleine Pause entstand, in der man den Mediziner tief ausatmen hörte.

»Dann können Sie ja künftig auf meine Expertise verzichten, wenn Sie alles im Vorfeld wissen«, gab Dr. Luhrmaier kühl zurück.

»Das war nicht so gemeint, bitte, fahren Sie fort«, zeigte sich Uwe reumütig, während Nick ihn vorwurfsvoll ansah.

»Das Opfer wurde eindeutig mit der sichergestellten Waffe erschossen, mit einem relativen Nahschuss, und ist in der Folge an zentralem Regulationsversagen verstorben.«

»Das heißt, der Täter war sehr dicht, als er abgedrückt hat«, vergewisserte sich Nick.

»Richtig, die Entfernung bei einem Nahschuss beträgt maximal 50 Zentimeter, eher weniger wie in diesem Fall. Das Geschoss ist an der rechten Schläfe eingedrungen und hinter dem linken Ohr ausgetreten. Der Einschusswinkel ist leicht schräg, was zu einer ovalen Defektbildung geführt hat«, erklärte Dr. Luhrmaier.

»Haben Sie irgendwelche Abwehr- oder Kampfspuren bei dem Opfer feststellen können? Sicher hat sie sich doch gewehrt«, gab Nick zu bedenken.

»Darauf wäre ich noch zu sprechen gekommen. Ich konnte ein leichtes Hämatom im Gesicht feststellen, das auf einen Schlag zurückzuführen ist. Der Täter hat mit dem Handrücken der linken Hand ihre rechte Gesichtshälfte getroffen. Unter ihren Fingernägeln konnte ich außerdem Faserspuren feststellen«, präzisierte der Rechtsmediziner.

»Dann wurde sie bewusstlos geschlagen, bevor sie erschossen wurde?« Nick sah überrascht Uwe an.

»Dafür war die Verletzung nicht stark genug. Die Heftigkeit des Schlages hätte jedoch ausreichen können, sie für einige Sekunden leicht zu benebeln. Das lässt sich nachträglich nicht sicher sagen.«

»Am Tatort befand sich Blut, entsprechend müsste der Täter ebenfalls Blut an seiner Kleidung haben«, folgerte Nick.

»So ist es. Beim Eintritt des Projektils werden Blut und Gewebepartikel zurückgeschleudert. Man nennt das ›Backspatter‹.«

»Hm, solange wir den Täter nicht haben, nützt uns das nicht viel. Er wird sich seiner Kleidung längst entledigt haben«, überlegte Uwe.

»Höchstwahrscheinlich, wenn er halbwegs intelligent ist«, fügte Dr. Luhrmaier hinzu. »Da der Täter Rechtshänder war und keine Handschuhe getragen hat, müssten sich an seiner Hand Rußpartikel befinden. Die lagern sich mehrere Tage lang in der Haut ab, egal, wie sehr man versucht, sie durch Waschen zu entfernen.«

»Gibt es noch etwas, was Sie uns sagen können?«, fragte Uwe vorsichtig nach, um nicht erneut in ein Fettnäpfchen zu stolpern.

»Nein, das wäre es für den Moment. Ein paar Laboruntersuchungen stehen noch aus, aber die ändern nichts am Ergebnis.«

»Haben Sie vielen Dank für Ihre schnelle Unterstützung«, sagte Nick.

»Gern. Der schriftliche Bericht geht Ihnen in Kürze zu. Ich wünsche einen angenehmen Tag.« Mit diesen Worten hatte er aufgelegt.

»Puh! Der hatte ja wieder eine Laune«, stellte Uwe fest.

»Man sollte es tunlichst unterlassen, ihn zu reizen.« Uwe setzte eine Unschuldsmiene auf, worauf Nick lachen musste. »Du weißt sehr genau, was ich meine.«

KAPITEL 24

Die Polizei nahm den Unfall mit dem fremden Wagen auf, mehr konnte sie nicht machen, da sich niemand von uns das Kennzeichen gemerkt hatte. Auch bei den Angaben zu der Marke des Fahrzeuges deckten sich die Zeugenaussagen nicht übereinstimmend. Nach und nach hatten sich weitere Zeugen eingefunden, um ihre Aussagen zu Protokoll zu geben. Den Schaden an meinem Wagen wollte ich in den nächsten Tagen in der Werkstatt begutachten lassen. Momentan galt meine Sorge eher unserem Hund Pepper. Er wies zwar äußerlich keine Verletzungen auf, wirkte dennoch apathisch.

Nachdem ich Juna in Westerland abgesetzt hatte, war ich mit Pepper auf direktem Weg zum Tierarzt gefahren. Wie sich herausstellte, hatte er lediglich einen Schock und eine Prellung am Hinterbein erlitten und war ansonsten unversehrt. Er bekam ein Beruhigungsmittel gespritzt und sollte sein Bein in den nächsten Tagen schonen. Der Schreck steckte mir trotz allem in den Knochen, und das Bild, was sich mir bot, als ich die Heckklappe meines Geländewagens öffnete, würde ich so schnell nicht vergessen können. Pepper lag wie reglos auf der Seite, ich befürchtete, er wäre tot. Mein Herz drohte, für den Bruchteil einer Sekunde auszusetzen, bis er endlich reagierte, den Kopf hob und mich seine treuen Augen ansahen. Vor Erleichterung und Freude kullerten mir etliche Tränen über die Wangen, und ich vergrub mein Gesicht in seinem weichen Fell. Jetzt fuhr ich mit ihm nach Hause in das Friesendorf Morsum. Dort angekommen, rief ich Nick an, um ihn über den Vorfall in Kenntnis zu setzen, bevor er es womöglich von den Kollegen hörte und sich unnötig Sorgen machte.

Keine halbe Stunde später saß ich mit Nick zusammen in der Küche, er vor einem Pott Kaffee und ich vor einer Tasse Kräutertee. Pepper lag im Wohnbereich auf seinem großen Kissen unter der Treppe und schlief tief und fest. Das Beruhigungsmittel, das er bekommen hatte, zeigte seine Wirkung.

»Anna, bist du sicher, dass es dir gut geht? Soll ich dich nicht vorsichtshalber zum Arzt bringen?«, vergewisserte sich Nick, während er mich einem prüfendem Blick unterzog und nach meiner Hand griff.

»Ja, mir geht es gut. Du brauchst dir keine Sorgen zu machen. Ehrlich!«, versuchte ich, ihn von meiner Unversehrtheit zu überzeugen.

»Du musst es wissen«, lenkte er schließlich ein. »Konntest du dir das Kennzeichen des Wagens merken oder wenigstens Teile davon?«

»Nein, tut mir leid. Dafür war ich viel zu sehr damit beschäftigt, nicht von der Straße zu fliegen.« Ich zwang mich zu einem Lächeln.

»Und die Automarke?«

Ich schüttelte bedauernd den Kopf. »Es war ein dunkler Sportwagen, an mehr kann ich mich nicht erinnern. Die sehen doch in gewisser Weise alle ähnlich aus. Auf jeden Fall war es weder ein Porsche noch ein BMW, so viel kann ich mit Gewissheit sagen. Ich bin froh, dass wir glimpflich davongekommen sind und ich ein geländegängiges Auto besitze.« Im Nachhinein musste ich ein wenig schmunzeln. »Spätestens die große Wanderdüne hätte unsere Querfeldeinfahrt durch die Heide gestoppt.«

»Das ist nicht komisch, Sweety, aber wenigstens hast du deinen Humor nicht verloren.« Nun huschte auch über Nicks Gesicht ein schwaches Lächeln. »Trotzdem kann man ein solch rücksichtsloses Verhalten nicht tolerieren. Diese Fahrer müssen zur Rechenschaft gezogen werden, nur leider werden sie zu selten auf frischer Tat erwischt. Sie im Nachhinein zur Verantwortung zu ziehen, erweist sich jedes Mal als kompliziertes und aufwendiges Unterfangen«, bemängelte Nick. »Und du bist ebenso sicher, dass du den Fahrer nicht erkannt hast?«

Seine Frage überraschte mich. »Ja, warum fragst du?«

»Hm, schade.« Er schien plötzlich tief in seine Gedanken abzutauchen.

»Denkst du, jemand hat mich bewusst ausgewählt, um mich absichtlich von der Straße zu drängen? Wer sollte das deiner Ansicht nach gewesen sein und vor allem aus welchem Grund? Ich habe mit niemandem ein Problem, das solch ein Verhalten in irgendeiner Art und Weise rechtfertigen würde.«

»Nein, das glaube ich nicht. Wenn du nähere Angaben zum Fahrer machen könntest, wäre es nur leichter, ihn ausfindig zu machen.«

Für einige Sekunden saßen wir uns schweigend und nachdenklich gegenüber.

»Was ist eigentlich aus der Sache mit dem Tagebuch von Dorit Hähnel geworden? Habt ihr sie dazu befragt?«, wechselte ich das Thema.

»Ja, sie scheidet jedoch als Täterin im Mordfall Insa Schröder definitiv aus«, seufzte Nick. »Sie hat zugegeben, Kontakt zu dem Opfer gehabt zu haben, aber umgebracht hat sie sie nicht.«

»Dorit Hähnel ist unglücklich in ihren Chef verliebt, wusstest du das?«

»Woher weißt du das?« Nick zeigte sich überrascht über meine Äußerung, dann wurde seine Miene ernst.

»Erstens habe ich das sofort gespürt, als ich in der Agentur war, und zweitens hat Juna es mir vorhin auf der Fahrt erzählt, bevor es zu dem Zwischenfall gekommen ist. Mich würde interessieren, ob sie sich mit allen

Frauen getroffen hat, mit denen Kelsterbach was hatte. Da war doch was zwischen Insa und ihm, oder?«

»Anna, hör mir zu: Halte dich bitte aus diesen Angelegenheiten raus. Zwei Menschen sind kurz hintereinander ermordet worden, der Anschlag auf Kilian Börgholt konnte in letzter Sekunde verhindert werden. Noch wissen wir nicht, wer dafür verantwortlich ist. Es ist zwar naheliegend, aber nicht bewiesen, dass die Taten zusammenhängen. Ich möchte unter keinen Umständen, dass du in die Schusslinie gerätst. Denk bitte an Christopher.«

»Natürlich. Ihr glaubt, da besteht eine Verbindung zwischen den Taten?«, hakte ich nach.

»Anna!« Er stellte seine Tasse lautstark auf dem Tisch ab.

»Versprochen, ich halte mich raus«, schob ich schnell hinterher, als mich sein verärgerter Blick traf.

»Bitte halte Juna aus der Sache raus und erzähle ihr nach Möglichkeit nichts. Staatsanwalt Achtermann macht Uwe die Hölle heiß, sollte ihr auch nur ein Haar gekrümmt werden. Mischt euch unter keinen Umständen ein! Okay?« Seine dunklen Augen ruhten eindringlich auf mir.

Ich nickte, worauf sich Nicks Gesichtszüge merklich entspannten. »Dann hätten wir das geklärt.« Dann wanderte sein Blick zur Küchenuhr über der Tür. »So, ich muss zurück aufs Revier. Wir sehen uns heute Abend.« Bevor er wegging, kam er zu mir, umrahmte mein Gesicht mit seinen Händen und küsste mich zärtlich. »Tut mir leid, wenn ich eben ein bisschen ruppig zu dir war, aber ich möchte nicht, dass dir etwas zustößt.«

»Ich weiß, aber deine Sorgen sind unbegründet. Ich passe schon auf mich auf.«

KAPITEL 25

»Nimmst du Onno Larsen die Geschichte ab, die er uns aufgetischt hat?«, fragte Uwe, als Nick und er auf dem Weg zu Gunnar Schröder waren.

»Dass er Richard Münkel erwischt haben will, wie er in den Container eingebrochen ist?« Uwe nickte. »Klingt plausibel und deckt sich mit unserer Theorie. Ebenso könnte es genau andersherum gewesen sein, und Larsen wurde von Münkel beim Einbrechen erwischt.«

»Jedenfalls clever von ihm, Münkel des Einbruchs zu bezichtigen, da dieser zu der Anschuldigung keine Stellung mehr beziehen kann«, knurrte Uwe.

»Fassen wir mal zusammen: Münkel ist leidenschaftlicher Spieler und braucht ständig Geld, um seine Spielschulden zu bezahlen«, begann Nick.

»Bei dem Thema fällt mir ein: Hat sich eigentlich der Kollege aus Hamburg bezüglich der Casinosache inzwischen bei dir gemeldet?«, unterbrach Uwe seinen Freund.

»Bislang nicht, nach Aussage der Sekretärin befindet er sich noch im Urlaub. Leider konnte mir niemand anderes in der Sache behilflich sein. Wir müssen uns noch ein paar Tage in Geduld üben.«

»Schade. Entschuldige die Unterbrechung, rede bitte weiter, Nick!«

»Münkel bricht in den Container ein, um wertvolles Equipment zu stehlen, um es später zu verkaufen. Dabei wird er von Onno Larsen, der von einem Kneipenbesuch angetrunken unterwegs ist, auf frischer Tat ertappt. Daraufhin kommt es zu einem Handgemenge, bei der Münkel Larsen verletzt. Das belegt Larsens DNA unter Münkels Fingernägeln. Die Kratzspuren am Unterarm sind deutlich zu erkennen.«

»Das deckt sich bislang mit Larsens Aussage«, bestätigte Uwe nachdenklich. »Für mich ist er auch sein Mörder.«

»Mir stellt sich allerdings eine Frage: Warum sollte Larsen ihn umgebracht und bis nach Hörnum geschafft haben, um ihn ausgerechnet dort im Hafenbecken zu entsorgen? Das ergibt keinen Sinn. Vor allem stand Onno Larsen nach eigenen Angaben unter erheblichem Alkoholeinfluss. Der Kneipenwirt hat das Ansgar gegenüber bestätigt, als er nachgefragt hat.«

»Das beweist gar nichts. Selbst mit besoffenem Kopp kann man jemandem das Genick brechen«, widersprach Uwe übellaunig. »Vielleicht haben sie hinsichtlich des Einbruchs einen Deal gemacht, und Münkel hat ihn in seinem Wagen nach Hörnum mitgenommen.«

»In dieser Hinsicht muss ich dir widersprechen, Uwe, denn dann hätten wir Larsens Spuren in dem Wagen finden müssen, aber Fehlanzeige«, widerlegte Nick die Theorie seines Freundes. »Außerdem beharrt Larsen weiterhin darauf, Münkel niemals zuvor gesehen zu haben, was ich ihm sogar abnehme. Münkel verkehrte in ganz anderen Kreisen, und sonstige etwaige Gemeinsamkeiten kann ich nicht erkennen.«

»Es ist zum Verrücktwerden! Während wir im Nebel stochern, ist der wahre Täter vermutlich längst auf dem Festland und wiegt sich in Sicherheit.« Uwe gab einen tiefen Seufzer von sich.

»Es gibt noch eine weitere Variante«, fuhr Nick fort, worauf Uwes Augenbrauen in die Höhe schnellten. »Onno Larsen wird von Münkel dabei beobachtet, wie er sich an der Ausrüstung von Kilian Börgholt zu schaffen macht, um auf diese Weise den ärgsten Konkurrenten seines Enkels am Sieg zu hindern. Zuzutrauen wäre es ihm, so sauer wie der ist. Daraufhin kommt es zum Streit, im Zuge dessen Münkel von Larsen angegriffen wird und seinen Angreifer am Arm verletzt. Larsen zeigt sich anschließend versöhnlich, lockt Münkel unter einem Vorwand nach Hörnum und wirft ihn ins Hafenbecken, nachdem er ihm das Genick gebrochen hat. Somit will er seinen unliebsamen Zeugen loswerden. Da steht allerdings noch immer die Alkoholfrage im Raum. Wie viel hatte er wirklich intus?«

»Das lässt sich im Nachhinein nicht mehr feststellen. Aber spinnen wir den Gedanken mal weiter: Später wird Larsen von Insa Schröder zur Rede gestellt, weil sie ihn zufällig dabei beobachtet hat. Es kommt erneut zum Streit, Larsen fackelt nicht lange und erschießt sie bei der nächstbesten Gelegenheit«, führte Uwe die Überlegungen seines Kollegen weiter.

»Auch wenn dies auf den ersten Blick logisch klingt, diese Zufälle erscheinen mir ein bisschen zu unwahrscheinlich und konstruiert, findest du nicht? Warum sollte sich Insa Schröder mitten in der Nacht dort aufgehalten haben? Woher stammen die Spuren in Insa Schröders Wagen und am Container, die bislang nicht zugeordnet werden konnten? Hinter den Morden steckt jemand, den wir bislang nicht auf dem Schirm haben.«

»Hast du einen Verdacht?«, hakte Uwe nach.

»Nein, in meinen Augen geht derjenige nicht sonderlich planvoll vor, sondern eher unüberlegt. Er agiert aus der Situation heraus. Hätte der Täter sein Vorgehen akribisch geplant, hätte er am Container keine Spuren hinterlassen, und Münkels Wagen hätte nicht offen mit steckendem Schlüssel auf dem Parkplatz gestanden, sodass es früher oder später auffallen musste.«

»Du gehst in beiden Mordfällen von demselben Täter aus, sehe ich das richtig?«, vergewisserte sich Uwe.

»Ja, das hängt zusammen, davon bin ich mittlerweile überzeugt.«

»Okay, das ist ein Ansatz, den ich auch für wahrscheinlich halte«, bestätigte Uwe den Gedanken seines Kollegen. »Und dann haben wir noch den Surfunfall. Gibt's dazu inzwischen etwas Neues?«

»Da hoffe ich, dass wir heute den abschließenden Bericht bekommen. Dann nähern wir uns hoffentlich der Lösung. Onno Larsen wird es jedenfalls nicht schaden, eine Nacht bei uns zu bleiben. Vielleicht fällt ihm ja doch noch was ein.«

»Das wäre in der Tat wünschenswert. So, wir sind da. Schröder scheint zu Hause zu sein, da steht sein Wagen.«

»Was veranlasst Sie zu der Annahme, meine Frau hätte eine Affäre mit Arno Kelsterbach!«, zeigte sich Gunnar Schröder in höchstem Maße empört, als die beiden Beamten ihn mit dieser Tatsache konfrontierten.

»Da wir davon ausgehen, dass Ihnen an der Aufklärung des Mordes an Ihrer Frau ebenso viel gelegen ist wie uns, schlage ich vor, Sie spielen ab jetzt mit offenen Karten, Herr Schröder«, machte Uwe daraufhin unmissverständlich deutlich. Schröder schnappte nach Luft, verkniff sich jedoch einen Kommentar und ließ Uwe weitersprechen.

»Wir wissen mittlerweile, dass Ihre Frau in der Vergangenheit die eine oder andere Affäre hatte. Dass Ihnen dieser Umstand unangenehm ist, können wir nachvollziehen, trotzdem bitte ich Sie, uns diesbezüglich reinen Wein einzuschenken.«

»Also schön«, gab Gunnar Schröder nach anfänglichem Zögern nach. »Was wollen Sie wissen?«

»Seit wann wussten Sie von der Affäre mit Arno Kelsterbach?«, begann Nick.

»Seit ungefähr drei Wochen. Ich habe die beiden zufällig zusammen gesehen, als ich in der Stadt war«, erklärte er zähneknirschend. Es war klar zu erkennen, dass ihm diese Art von Unterhaltung widerstrebte.

»Haben Sie Ihre Frau daraufhin angesprochen?«, erkundigte sich Uwe.

»Nein«, betonte er prompt, lehnte sich in seinem Stuhl zurück und überschlug das linke Bein über das rechte. »Insa war ein äußerst lebendiger Mensch, geradezu sprunghaft. Der stetige Reiz, Menschen für sich zu gewinnen, gelang ihn in Perfektion.« Er schnippte mit den Fingern einen kleinen Käfer weg, der soeben sein Knie als Landeplatz auserkoren hatte. »Kelsterbach hat sie durch die Vorbereitungen im Rahmen des Kitesurf-Cups näher kennengelernt. Er war nichts weiter als ein netter Zeitvertrieb für sie. Insa wäre seiner ohnehin schnell überdrüssig geworden, denn er bedeutete ihr nichts.«

»Was macht Sie so sicher, dass sich Ihre Frau nicht verliebt haben könnte?«, hakte Nick nach.

Gunnar Schröder begann augenblicklich zu lachen. »Entschuldigen Sie, aber ich kenne meine Frau lange und gut genug, um das ausschließen zu können. Ihre außerehelichen Abenteuer glichen mehr einem wiederkehrenden Spiel und haben mit Liebe absolut nichts zu tun«, stellte er klar.

»Hat sie mit Richard Münkel auch nur gespielt?«, wagte Nick einen Schuss ins Blaue.

Für den Bruchteil einer Sekunde schien Gunnar Schröders gleichmütige Fassade zu bröckeln, doch gleich darauf fand er zu seiner kontrollierten Art zurück, und ein nahezu gnädiges Lächeln umspielte seinen Mund. »Ach, Herr Kommissar, ich bitte Sie! Ein Butler.« Er ließ einige Sekunden verstreichen, als würde er erst über eine passende Antwort nachdenken müssen. »Ein gewisses Niveau hat meine Frau bei ihren Eskapaden normalerweise nie unterschritten. Richard Münkel war eine Ausnahme und gehörte ebenso zu ihrem Spiel wie die anderen auch.«

»Haben Sie ihn deshalb entlassen?«, konterte Uwe.

Nick musste sich zwingen, in Anbetracht von Schröders Überheblichkeit nicht die Beherrschung zu verlieren.

»Den Grund für seine Entlassung hatten meine Frau und ich Ihnen bereits bei Ihrem ersten Besuch mitgeteilt, wenn ich mich recht erinnere.«

»Ich hätte es trotzdem gern noch einmal von Ihnen gehört«, beharrte Uwe auf einer Antwort.

»Wie ich damals bereits erwähnte, waren allein finanzielle Gründe ausschlaggebend für die Beendigung dieses Arbeitsverhältnisses.«

»Die mittlerweile durch eine Erbschaft Ihrer Frau der Vergangenheit angehören. Nunmehr sind Sie Alleinerbe, oder?«, platzte es aus Nick heraus.

»Ich verstehe nicht, worauf sich diese Äußerung bezieht. Wenn Sie damit andeuten wollen, ich hätte deswegen meine Frau erschossen, befinden Sie sich leider auf dem Holzweg, junger Mann!« Gunnar Schröders Ton verschärfte sich bedrohlich.

»Ich deute überhaupt nichts an. Sie haben die Affäre zwischen Richard Münkel und Ihrer Frau bislang mit keiner Silbe erwähnt. Ich frage mich, warum nicht? Weil es Ihnen peinlich war, dass Ihre Frau Sie mit einem Angestellten betrogen hat? Hatten Sie Angst, am Ende zum Gespött Ihrer Geschäftsfreunde zu werden?« Nick war sich der provozierenden Wirkung seiner Äußerung durchaus bewusst und überging Uwes warnendes Räuspern geflissentlich.

Gunnar Schröder lief puterrot an, ob aus reiner Wut oder purem Schamgefühl war nicht eindeutig zu erkennen. Uwes mahnendem Blick zum Trotz fuhr Nick fort: »Falls Sie es vergessen haben sollten, fiel auch Richard Münkel einem Gewaltverbrechen zum Opfer. Noch wissen wir nicht, wer für seinen Tod verantwortlich ist. Gut möglich, dass es sich dabei um dieselbe Person handelt, die auch Ihre Frau getötet hat. Zwei Menschen mussten sterben. Hätten Sie uns eher von dem Verhältnis zwischen den beiden erzählt, hätte das vielleicht verhindert werden können.« Nick war sich der Tragweite seiner Worte bewusst, aber er hoffte, auf diese Weise Schröder dazu zu bringen, die Wahrheit zu sagen.

Gunnar Schröder fehlten für einen kurzen Moment die passenden Worte, stattdessen schnappte er mehrmals nach Luft und sah die beiden Beamten abwechselnd fassungslos an.

»Ich wollte das nicht«, brachte er schließlich hervor und wandte den Blick ab in den weitläufigen Garten. Nicks Worte schienen Wirkung zu zeigen.

»Was genau wollten Sie nicht, Herr Schröder?«, übernahm Uwe die Gesprächsführung, während Nick den Ehemann genau beobachtete.

»Sie hat mich mit ihrem Verhalten vor unseren Freunden und Geschäftspartnern komplett lächerlich dastehen lassen. Eine Affäre mit dem eigenen Butler! Das hätte ich ihr nicht zugetraut.« Er lachte bitter auf und drehte nervös die Armbanduhr an seinem Handgelenk hin und her. »Können Sie sich vorstellen, wie demütigend das für mich war?« Er umfasste mit zwei Fingern die Nasenwurzel und schloss die Augen. Für einen Moment drohte seine Selbstbeherrschung ins Wanken zu geraten, bevor er sich wieder fing und seinen Körper straffte, als hätte er neue Energie getankt.

Weder Nick noch Uwe antworteten auf seine Frage. Dann fuhr Gunnar Schröder bedächtiger fort, als würde ihm gerade bewusst werden, dass er sich mit seiner Aussage den Beamten gegenüber unter Umständen selbst belasten könnte.

»Ja, sie hatte hier und da eine kurze Liaison, über die ich im Allgemeinen großzügig hinweggesehen habe. Das kommt in den besten Ehen vor.« Sein Lachen misslang. »Insa war eine außergewöhnliche Frau«, sprach er weiter. In seiner Stimme klang ein beinahe melancholischer Unterton mit, als schwelge er in längst vergangenen Zeiten. »Mit ihrer Schönheit, ihrer Intelligenz sowie dem Witz und Charme eroberte sie die Herzen im Sturm. Ich habe alles in meiner Macht Stehende getan, meiner Frau ein angenehmes Leben zu bieten, denn ich habe sie abgöttisch geliebt. Manchmal konnte ich es ihr nicht einmal verübeln, dass sie sich nach einem Abenteuer sehnte, was – so nehme ich an – vor allem in unserem Altersunterschied begründet lag«, räumte er ein. Dann machte er eine Pause und atmete tief aus. »Das bedeutet aber lange noch nicht, dass ich meine Frau erschossen habe. Den Weg hätten Sie sich getrost sparen können, meine Herren«, erklärte er mit energischer Entschiedenheit, als wäre er schlagartig in die Realität zurückgekehrt.

»Was haben Sie stattdessen unternommen?«, bohrte Nick weiter, dem der plötzliche sentimentale Exkurs des Ehemanns seltsam vorkam.

»Ich kann Ihnen nicht folgen?«

»Was Sie gegen die Untreue Ihrer Frau unternommen haben, würde ich gern wissen. Ich kann mir nicht vorstellen, dass Sie sich das haben gefallen lassen. Haben Sie Richard Münkel zur Rede gestellt, als Sie von der Sache mit Ihrer Frau erfahren haben?« Nick war nicht bereit, sich von Gunnar Schröder mit leeren Phrasen abspeisen zu lassen.

Seine deutlichen Worte trafen bei seinem Gesprächspartner erkennbar einen wunden Punkt, denn er fixierte ihn für einen kurzen Moment mit leicht zusammengekniffenen Augen, bevor er zu einer Antwort ansetzte. »Ich war überzeugt, die Sache ließe sich mit Geld regeln. Jeder ist käuflich«, gab er überraschend offen zu.

»Mit Geld?«, wiederholte Uwe.

»Ja, wie gesagt, jeder ist käuflich. Es kommt bloß auf die Höhe der Summe an. In dieser Hinsicht stimmen Sie mir sicher zu, oder?«

»Und von welcher Höhe sprechen Sie in diesem Fall?« Da Uwe nicht wusste, wie er Schröders Aussage in der jetzigen Situation zu deuten hatte, überging er sie geflissentlich. Glaubte dieser Mann, er könne sie bestechen? Uwe nahm sich vor, diese Bemerkung im Hinterkopf zu behalten.

»Ich habe Münkel 10.000 Euro angeboten, im Gegenzug sollte er die Finger von meiner Frau lassen und sich einen neuen Job suchen«, ließ er die Beamten wissen.

»Das ist eine Menge Geld. Hat er sich auf den Deal eingelassen?«

»Natürlich, der brauchte jeden Cent. Für Geld hätte der alles gemacht.« Eine unverkennbare Portion Verachtung schwang in seinen Worten mit.

»Wie kommen Sie zu der Annahme?«, hakte Uwe nach.

»Er hat hin und wieder nach einer Gehaltserhöhung gefragt. Angeblich brauchte er das Geld für das Pflegeheim seiner Mutter«, erklärte Gunnar Schröder.

»Und? Haben Sie einer Erhöhung zugestimmt?«

»Herr Münkel hat eine seiner Tätigkeit entsprechende Vergütung erhalten, damit war das Thema für mich erledigt. Meine Frau hat das im Übrigen genauso gesehen. Das wäre doch sicher Ihre nächste Frage gewesen.«

»Danke«, sagte Uwe lediglich.

»Wusste Ihre Frau von dieser Vereinbarung, die Sie mit Richard Münkel getroffen haben?«, kam Nick auf das vorangegangene Thema zu sprechen.

»Natürlich nicht. Im Nachhinein betrachtet hätte ich mir das allerdings sparen können, Insa hatte ohnehin längst das Interesse an ihm verloren, wie sich herausgestellt hatte.« Die Bitterkeit in seiner Stimme, gepaart mit Spott, war nicht zu überhören.

»Wie haben Sie ihm die Summe zukommen lassen? Ich nehme an, nicht per Überweisung«, wollte Nick wissen.

»Das Geld sollte er in monatlichen Raten erhalten, in bar. Nicht alles auf einmal. Und auch erst dann, nachdem er sich einige Zeit von meiner Frau ferngehalten hat.« In Anbetracht der überraschten Gesichter seiner beiden

Gesprächspartner fügte er schnell hinzu: »Ich wollte sichergehen, dass er mich nicht an der Nase herumführt, und er sein Versprechen einhält. Das verstehen Sie sicher.«

»Als eine Art wohldosierte Belohnung«, rutschte es Nick heraus.

»Wenn Sie so wollen. Schließlich finde ich mein Geld nicht auf der Straße.«

»Sie erwähnten, er sollte das Geld monatlich bekommen. Verstehe ich das richtig, er hatte von der Summe bislang noch keinen Cent erhalten?«, fragte Uwe nach, um sich zu vergewissern, ihn korrekt verstanden zu haben.

»Ja, denn nun ist er ja tot.«

»Was denkst du?«, erkundigte sich Uwe bei Nick, der schweigsam neben ihm im Wagen saß.

»Ich kann den Kerl nicht ausstehen. Er ist kaltschnäuzig, berechnend und überheblich. Diese sentimentale Einlage nehme ich ihm nicht ab, das war bloß Theater. Ganz ehrlich? Dem traue ich durchaus zu, seine Frau erschossen zu haben«, machte Nick seinen Standpunkt deutlich, während er sein Handy auf eingegangene Nachrichten überprüfte.

»Ich habe mich auch etwas über sein sprunghaftes Verhalten gewundert. Als seine Frau noch lebte, hatte es den Anschein, als führten sie eine harmonische und friedvolle Ehe. So entspannt, wie er sich zunächst gegeben hat, war er am Ende allerdings nicht. Tja, wer lässt sich schon gerne Hörner aufsetzen.«

»Mehr Schein als Sein – wie so oft. Von wegen, sie hätten ein ehrliches und offenes Verhältnis miteinander gehabt. Scheinbar gab es bei der Definition von Offenheit eine kleine Unstimmigkeit zwischen beiden, was ihn sogar dazu bewogen hat, Geld zu zahlen, um seinen Nebenbuhler loszuwerden. Das musste ganz ordentlich an seinem Ego gekratzt haben. In erster Linie war er um seinen Ruf besorgt, wenn du mich fragst. Auf jeden Fall wissen wir jetzt, dass das Geld in Münkels Wohnung nicht von Gunnar Schröder stammen kann, da es zum Zeitpunkt seines Todes zu keiner Zahlung gekommen ist. Die Frage lautet nun: Woher stammt die Summe dann, wenn nicht von Schröder?«

»Vielleicht hat er uns doch nicht alles gesagt? Denkbar wäre immerhin, dass er für Münkels Tod verantwortlich ist«, zog Uwe in Erwägung.

»Etwa um Geld zu sparen? Das sähe ihm ähnlich.« Nick stieß einen unterdrückten Lacher aus.

»Warum nicht? Das wäre zumindest ein willkommener Nebeneffekt. Nehmen wir an, Münkel könnte zu gierig geworden sein und hat eine höhere Summe gefordert. Als ehemaliger Angestellter wusste er, wie wichtig Schröder sein gesellschaftlicher Ruf ist, und hat ihn schlichtweg erpresst. In meinen Augen hat Schröder ein starkes Motiv für die Tat.«

»Nein, er war sich seiner Sache sehr sicher, Münkel mit Geld ruhigstellen zu können«, widersprach Nick.

»Du denkst dabei an die Geschichte mit der Mutter im Pflegeheim? Das ist gelogen, seine Eltern leben beide schon lange nicht mehr.«

»Ich bezweifle, dass Schröder ihm die Geschichte abgenommen hat. Er wusste, dass Münkel lügt«, betonte Nick.

»Warum?«

»Würdest du einen Angestellten, der so tiefe Einblicke in deine Privatsphäre hat, nicht auch auf Herz und Nieren überprüfen, bevor du ihn in dein Haus lässt?«

»Hm. Ich bin ja auch Polizist.« Uwe grinste.

»Und Schröder ist Geschäftsmann. Der wollte genau wissen, wen er sich ins Haus holt, glaub mir. Ich denke eher, dass er von der Spielleidenschaft gewusst oder zumindest geahnt hat, woher die finanziellen Schwierigkeiten kommen. Mit seinem Tod hat er nichts zu tun. Außerdem spricht die Tatsache gegen ihn als potenziellen Täter, da er ein absolut wasserdichtes Alibi für die Tatzeit aufweisen kann. Das haben die Kollegen überprüft.«

»Wenn sowohl Onno Larsen als auch Gunnar Schröder als Täter ausscheiden, wer kommt dann infrage?« Uwe stand auf dem Abbieger und musste den Gegenverkehr sowie eine Gruppe Radfahrer passieren lassen. »Herrgott, wird das heute noch was!«, schimpfte er ungehalten und trommelte ungeduldig mit den Fingern auf dem Lenkrad.

»Hey, was ist los mit dir? Quält dich mal wieder unbändiger Hunger?« Nick verpasste seinem Kollegen einen spielerischen Stoß gegen den Oberarm.

»Wenn es nur das wäre.« Als er Nicks fragenden Ausdruck sah, setzte er nach: »Es geht um Tina. Seit sie zur Kur ist, hat sie sich verändert.«

»Inwiefern?«

»Sie meldet sich kaum, und wenn sie es tut, dann sprechen wir nur sehr kurz miteinander. Ich …« Uwe verstummte mitten im Satz. »Ich werde das Gefühl nicht los, dass es da jemanden gibt.«

Nick zog überrascht die Augenbrauen hoch. »Einen anderen Mann? Nein, Uwe, das kann ich mir beim besten Willen nicht vorstellen. Das würde Tina nicht tun.«

»Warum verhält sie sich dann so merkwürdig? Der sogenannte Kurschatten ist schließlich keine reine Märchengestalt. Man hört immer wieder davon«, entgegnete Uwe mit einer Grabesmiene.

Nick musste unwillkürlich lachen, obwohl ihm sein Freund fast ein bisschen leidtat. »Deine Fantasie geht gerade gehörig mit dir durch, mein Lieber, das ist alles. Ich bin überzeugt, deine Bedenken sind absolut unnötig. Vertraust du denn deiner Frau so wenig?«

»Nein, ich vertraue ihr.«

»Na also. Und jetzt gehen wir was essen. Du wirst sehen, mit vollem Magen sieht die Welt gleich ganz anders aus.«

»Ich glaube, ich habe gar keinen Appetit.«

»Jetzt mache ich mir aber ernsthaft Sorgen um dich.«

KAPITEL 26

Vollkommen in meine Arbeit vertieft, schreckte ich hoch, als es unerwartet an der Tür klingelte und Pepper bellte. Hastig lief ich die Stufen der Holztreppe nach unten.

»Hallo, Juna! Alles in Ordnung?«, stellte ich beim Anblick der jungen Frau fest.

»Anna! Gut, dass du zu Hause bist. Ich muss unbedingt mit dir reden. Steens Großvater wurde verhaftet. Er soll jemanden ermordet haben, aber das ist nicht wahr! Du musst unbedingt mit deinem Mann sprechen, damit sich das Missverständnis aufklärt«, sprudelten die Worte aus Juna heraus.

»Komm erst mal rein, dann erzählst du in Ruhe, was vorgefallen ist«, forderte ich sie auf und schob sie behutsam vor mir her in die Küche.

Nachdem sie einige Schlucke von dem Tee getrunken hatte, den ich für uns aufgesetzt hatte, erholte sie sich allmählich von der Aufregung.

»Wenn keine Beweise gegen Steens Großvater vorliegen, werden sie ihn laufen lassen müssen. Niemand kann ohne ersichtlichen Grund festgehalten werden«, redete ich beruhigend auf sie ein.

»Kannst du nicht trotzdem mit Nick reden?« Juna sah mich flehend an. »Steen macht sich große Sorgen um seinen Opa. Seitdem seine Oma nicht mehr lebt, hat er sich zusehends verändert, hat Steen gesagt. Er trinkt öfter und hat sich dadurch schon einigen Ärger eingehandelt. Aber er bringt deswegen doch niemanden um.«

»Wenn du dich besser fühlst, werde ich mit Nick sprechen. Ich bin überzeugt, dass Steens Opa bald auf freiem Fuß sein wird, sofern er unschuldig ist.«

»Danke, Anna. Und bitte entschuldige, dass ich hereingeplatzt bin. Ich wusste nicht, an wen ich mich wenden soll. Matthias Achtermann würde gleich eine riesige Welle schlagen, wenn ich den fragen würde.« Sie holte mit den Armen aus und rollte dabei mit den Augen.

»Kein Problem.« Ich schmunzelte. »Du hast dich in Steen verliebt, habe ich recht?«

Sie sah von ihrer Tasse auf, und eine leichte Röte überzog ihr Gesicht, bevor sie zustimmend nickte. »Ja, sehr sogar. Und er mag mich auch«, setzte sie verlegen nach.

»Das ist doch schön. Er sieht ja auch zum Anbeißen aus.« Wir mussten beide lachen.

In diesem Moment hörte ich, wie sich die Haustür öffnete. Pepper sprang auf und flitzte los.

»Sweety?«, erklang sogleich Nicks Stimme.

»In der Küche!«

»Oh, wir haben Besuch. Hallo, Juna! Wie geht es dir? Was macht die Arbeit in der Agentur?«

»Hallo, Nick! Mir geht es ganz gut, und die Arbeit macht Spaß. Ich will auch nicht länger stören und muss los.« Juna stand schwungvoll von ihrem Stuhl auf.

»Meinetwegen musst du nicht gehen. Du kannst gern zum Abendessen bleiben, oder, Anna?«, bot Nick an und sah zu mir.

»Klar, sehr gerne«, betonte ich.

»Das ist wirklich nett von euch, aber ich habe noch eine Verabredung.« Sie verzog entschuldigend den Mund. »Also, dann bis morgen, Anna. Tschüss, Nick!«

Nachdem ich Juna zum Ausgang begleitet hatte, kehrte

ich zu Nick in die Küche zurück, der sich derweil der Zubereitung des Abendessens gewidmet hatte.

»Trifft sie sich mit Steen Larsen?«, fragte er.

»Scheint die ganz große Liebe zu sein«, bejahte ich und nahm eine Flasche aus dem Weinkühlschrank an der Wand.

»Wir werden seinen Großvater morgen gehen lassen. Das wäre doch deine nächste Frage gewesen, oder?« Nick schenkte mir einen belustigten Blick über die Schulter.

»Woher weißt du das?«

»Weil ich dich ziemlich gut kenne«, gab er zurück. »Das war doch der Grund, weshalb sie hier war.«

»Das stimmt. Ich habe Juna versprochen, dich diesbezüglich anzusprechen.«

Nick nahm mir die Flasche ab, öffnete sie und reichte mir ein Glas.

»Denkt ihr tatsächlich, der alte Larsen hat etwas mit den Todesfällen zu tun?« Ich schwenkte das Glas in meiner Hand und führte es zum Mund. Das sanfte Aroma reifer Beeren umschmeichelte meinen Gaumen. »Lecker!«

»Die Fakten sprechen nicht eindeutig dafür, dass es sich bei ihm um den Täter handelt. Es bestehen ein paar Ungereimtheiten, die allerdings nicht ausreichen, um ihn länger als nötig festzuhalten. Uwe hat vorhin einen Durchsuchungsbefehl für sein Haus bei Achtermann erwirkt. Bislang fehlt noch immer jede Spur von Insa Schröders Laptop. Das Gleiche gilt für ihr Handy.«

»Glaubt ihr, ihr findet beides bei Onno oder Steen Larsen?«

Nick zuckte mit den Schultern. »Irgendwo müssen wir ansetzen. Möglicherweise liegen die Sachen längst auf dem Grund der Nordsee oder in irgendeiner Mülltonne. Wir können ja schlecht jeden Abfallbehälter auf Sylt durchwühlen.« Nick begann, eine Zwiebel klein zu hacken.

»Oder der wahre Täter hat ihn bei sich. Wäre doch möglich, dass sich darauf Beweise befinden«, warf ich ein.

»Beweise wofür?« Nick rieb sich mit dem Handrücken über die tränenden Augen.

»Das weiß ich leider nicht. Warum wurde sie umgebracht? Irgendeinen Grund muss es schließlich geben, weshalb sie jemand auf diese Weise loswerden wollte. Vielleicht war sie dubiosen Machenschaften auf die Spur gekommen?«, kam es mir in den Sinn.

»Geht da gerade jemand auf Verbrecherjagd, Miss Marple?« Nick setzte ein schiefes Grinsen auf. »Kannst du mir bitte den kleinen Topf auf den Herd stellen? Mit einem Schuss Olivenöl.«

»Du brauchst dich nicht über mich lustig zu machen, Nick, das meine ich durchaus ernst«, protestierte ich und tat wie mir geheißen. »Es könnte doch sein, dass sie etwas herausgefunden hat, was ihr am Ende zum Verhängnis geworden ist. Hat Dorit Hähnel diesbezüglich eine Andeutung gemacht? Ansonsten könnte ich versuchen, etwas herauszubekommen, wenn ich das nächste Mal in der Agentur bin, so von Frau zu Frau. Was meinst du?«, schlug ich vor, worauf mich umgehend Nicks strafender Blick traf.

»Anna! Ich dachte, ich hätte mich klar und deutlich ausgedrückt und wir hätten eine Abmachung getroffen. Ich möchte nämlich nicht, dass du in irgendetwas hineingezogen wirst.« Er tippte mit seinem Zeigefinger auf meine Brust.

»Ja, entschuldige. Ich werde nichts unternehmen, versprochen.« Ich beobachtete ihn, wie er mit Töpfen, Schalen und Messern hantierte, Gemüse wusch und Fleisch in einer Pfanne anbriet. »Du wirkst müde«, stellte ich fest.

»Das bin ich auch. Die Fälle kosten viel Kraft. Zudem mache ich mir Gedanken wegen Uwe. Heute ist das eingetreten, was ich nie im Leben für möglich gehalten hätte.«

»Er macht beim nächsten Syltlauf mit«, frotzelte ich.

»Nein, er hatte keinen Hunger.«

»Oh, dann muss es sehr ernst sein. Glaubt er nach wie vor, dass Tina ihn mit einem anderen Mann betrügt?«

»Jedenfalls scheint ihn das Thema nicht loszulassen. Ich habe versucht, ihm klarzumachen, dass er auf dem Holzweg ist, aber er beißt sich regelrecht an der Vorstellung fest. Jetzt erst recht, da er gehört hat, dass Insa Schröder diverse Affären hatte.«

»Das kann man doch nicht vergleichen. Wenn du willst, kann ich morgen Tina anrufen und vorsichtig nachhaken, obwohl ich überzeugt bin, dass Uwe sich irrt«, bot ich an.

»Gar keine schlechte Idee. Dann würde es Uwe besser gehen, und er kann sich wieder uneingeschränkt auf die Arbeit konzentrieren.«

KAPITEL 27

Als Nick kurz nach acht Uhr das Büro betrat, war zu seinem Erstaunen Uwes Platz verwaist. In der Regel war Uwe vor ihm da. Während der Kaffee mit einem Röcheln durch die Maschine lief und einen angenehmen Duft im gesamten Raum verbreitete, schaltete Nick seinen Rechner ein und machte sich anschließend daran, den Abschlussbericht der Kriminaltechnik zum Fall von Kilian Börgholt durchzugehen. Nach einer halben Stunde sah er erneut auf die Uhr. Von Uwe war weit und breit nichts zu sehen. Nick griff zu seinem Handy und wählte Uwes Nummer, als die Tür aufging und der Vermisste hereingeschlurft kam.

»Da bist du ja. Ich habe mir langsam Sorgen gemacht, wo du steckst. Alles okay?«

»Ich hatte recht«, verkündete Uwe mit leidvoller Miene.

»Womit?«

»Es ist aus, Tina hat einen anderen.« Er ließ sich auf seinen Stuhl fallen, stützte sich auf die Ellenbogen und vergrub das Gesicht in den Händen.

»Hat sie dir das selbst gesagt?«

Uwe hob den Kopf und blickte zu Nick. Dunkle Schatten lagen um seine Augen, er sah wirklich nicht gut aus, befand Nick, als er seinen Kollegen näher betrachtete.

»Ich habe sie gestern Abend angerufen. Im dritten Anlauf habe ich sie endlich erwischt. Sie hat gesagt, wir müssten miteinander sprechen, wenn sie zurück ist. Damit ist die Sache klar, mehr braucht sie ja wohl nicht zu sagen.« Er stieß einen Seufzer aus, während Nick fragend die Augenbrauen hochzog.

»Das kann alles Mögliche bedeuten und beweist gar nichts.«

»Das ist nett von dir, dass du mich aufmuntern willst, Nick, aber es ist zwecklos. Mir kann niemand helfen, da muss ich allein mit fertig werden. Dass es einmal so weit kommen würde, hätte ich nie für möglich gehalten. Ich liebe Tina, ein Leben ohne sie kann und will ich mir nicht vorstellen.«

»Nun mal nicht gleich den Teufel an die Wand und warte erst mal ab. Vor allem suhle dich nicht in Selbstmitleid.«

»Das sagst ausgerechnet du? Ich kann mich gut erinnern, als du dich in dein Schneckenhaus verkrochen hast«, konfrontierte Uwe ihn mit seiner Vergangenheit.

»Das war etwas komplett anderes und mit deiner Situation nicht zu vergleichen. Das weißt du auch«, konterte Nick.

»Entschuldige, das war nicht fair von mir.«

Einen Moment lang saßen sich die beiden Männer in ratlosem Schweigen gegenüber. Dann ergriff Uwe das Wort und deutete auf die Unterlagen, die auf Nicks Schreibtisch ausgebreitet lagen. »Was ist das?«

»Der Bericht der Kriminaltechnik zur Börgholt-Sache.«

»Und? Neue Erkenntnisse?«

»Auslöser für den Unfall war eine Manipulation an der Ausrüstung.«

»Das ist nicht neu. Ich hatte ein bisschen mehr erwartet.« Uwes Laune befand sich nach wie vor auf dem Tiefpunkt.

»Wer auch immer Hand angelegt hat, hat billigend in Kauf genommen, dass der Fahrer sich schwer oder sogar tödlich verletzt. Dieser Jemand kannte sich mit der Materie bestens aus.«

»Geht es etwas genauer?«

»Die Untersuchungen haben ergeben, dass die Steuerleinen, die an der Lenkstange, der sogenannten Bar, befestigt sind, vorsätzlich angeritzt wurden und gerissen sind. Das hatte zur Folge, dass sich der Kite nicht mehr steuern ließ und zu trudeln begann. In der Fachsprache nennt man das ›loopen‹. Dieses Phänomen bestätigen auch die uns vorliegenden Zeugenaussagen.«

»Und warum hat Börgholt den Schirm dann nicht einfach losgelassen? Für diesen Fall muss es doch eine Lösung geben«, wandte Uwe ein.

»Da hast du recht, für diese Fälle gibt es Sicherheitsmechanismen. Einer davon ist das Quick Release. Damit kann sich der Kitesurfer vom Trapez lösen und ist dann nur noch über die Safety leash mit dem Schirm verbunden.«

»Was war damit?«

»Laut dieses Berichtes wurde das Quick Release mit Silikon bearbeitet, sodass es sich nicht mehr öffnen ließ. Das war unmöglich auf den ersten Blick zu erkennen. Da hat sich jemand richtig Mühe gegeben.«

Uwe stieß einen leisen Pfiff aus. »Und kannte sich offensichtlich bestens aus. Also doch ein Konkurrent?«

»Oder ein Teammitglied. Das würde in meinen Augen eher einen Sinn geben, denn normalerweise wird die Ausrüstung vor jedem Start auf ihre Funktionstüchtigkeit überprüft.«

»Scheint, als ob du dich ebenfalls auf dem Gebiet auskennst?«

»An Wettbewerben habe ich nie teilgenommen, aber früher bin ich oft stundenlang auf dem Wasser gewesen, um den Kopf freizubekommen. Heute, wo ich das Meer direkt vor der Nase habe, fehlt mir die Zeit. Eins habe ich jedoch gelernt, die Sicherheit darf niemals vernachlässigt werden. Kitesurfen ist kein ungefährlicher Sport.«

»Du nimmst an, Kilian Börgholt hat den Sicherheitscheck jemandem aus seinem Team überlassen?«, folgerte Uwe nachdenklich.

»Vermutlich. Oder jemand anderem, dem er blind vertraut hat. Wir sollten ihm dringend einen Besuch im Krankenhaus abstatten.«

»Guten Tag, Frau Scarren! Herr Kelsterbach ist nicht da, falls Sie ihn sprechen wollten«, begrüßte mich Dorit Hähnel schnippisch. Sie trug ihr Haar heute zu einem strengen Knoten im Nacken gebunden und eine geblümte Bluse zu einem weißen Rock.

»Hallo, Frau Hähnel! Nein, ich wollte nicht zu Ihrem Chef, sondern Juna Skjellberg abholen. Ist sie da?«, entgegnete ich ihr freundlich.

»Sie muss jeden Moment aus einer Besprechung kommen«, teilte sie daraufhin mit und mied dabei jeglichen Blickkontakt.

»Danke, dann warte ich.«

Sie nickte und ließ ihre Finger in atemberaubendem Tempo über die Tastatur ihres Computers fliegen. Überraschend stürmte Arno Kelsterbach aus seinem Büro am Empfang vorbei in Richtung Ausgang.

»Ich bin in einer Stunde zurück, Hähnchen!«, teilte er seiner Sekretärin im Vorbeigehen mit, ohne dass er Notiz von mir nahm, und stürmte aus der Agentur. Weshalb hatte Dorit Hähnel gelogen?

»Er wollte nicht gestört werden«, beantwortete sie mit einem Achselzucken meine Frage, als könne sie meine Gedanken lesen.

Nachdem ich mir die kurze Wartezeit mit dem Blättern in einer Sportzeitschrift vertrieben hatte, flog eine Bürotür auf und eine Handvoll Mitarbeiter kam heraus, deren laute Stimmen der angenehmen Ruhe im Empfangsbereich ein Ende bereitete. Unter ihnen erkannte ich Juna, die mich sogleich erblickte und fröhlich lachend auf mich zukam.

»Frau Hähnel war heute äußerst wortkarg«, stellte ich auf dem Weg zum Auto fest.

»Das ist freundlich formuliert, sie ist die letzten Tage unausstehlich. Im Grunde tut sie mir auch ein wenig leid«, erwiderte Juna.

»Gibt es dafür einen speziellen Grund?«

»Seitdem die Polizei hier war und mit ihr gesprochen hat, weiß wirklich jeder in der Agentur, dass sie bis über beide Ohren in Kelsterbach verknallt ist. Bislang hat sie das prima verbergen können, aber nun ist es raus.«

»Und wie geht er damit um?«

»Der Chef behandelt sie nicht sonderlich freundlich. Ich finde sogar, er ist ganz schön ruppig zu ihr und scheucht sie ständig durch die Gegend. Mit mir könnte er nicht dermaßen umspringen, das würde ich mir nicht gefallen lassen. Sie hat ihm schließlich nichts getan«, betonte Juna.

»Das ist wirklich nicht die feine Art, da stimme ich dir zu. Zumal er doch um ihre Gefühle für ihn weiß. Er sollte wenigstens ein klärendes Gespräch führen, finde ich.« Wir nahmen in meinem Wagen Platz.

»Hast du Pepper nicht dabei?«, fragte Juna überrascht, als sie sich nach hinten umdrehte.

»Nein, ihm geht es heute nicht gut. Wahrscheinlich hat er etwas Falsches gefressen, sein Magen rebelliert gehörig. Daher habe ich ihn lieber zu Hause gelassen, da kann er sich ausruhen. Was willst du eigentlich in List?«, erkundigte ich mich und startete den Motor.

»Aufgrund der Flaute finden heute keine Wettbewerbe bei den Kitern statt. Steen hat angeboten, mir ein paar Grundlagen des Kitesurfens beizubringen. Dafür benötigt man nicht unbedingt Wind, daher treffen wir uns nachher am Königshafen an der Surfschule«, erklärte Juna mit strahlenden Augen.

»Aha, du willst also Kitesurfen lernen.« Ich konnte nur schwer ein Schmunzeln unterdrücken. Was man doch alles anstellte, wenn man frisch verliebt war, kam es mir in den Sinn. »Auf dem Weg müssten wir allerdings einen kurzen Zwischenstopp in Kampen einlegen, um bei einem Kunden eine Skizze vorbeizubringen. Ich habe es Herrn Holstermann versprochen.«

»Holstermann? Ich glaube, der war vorhin in der Agentur, wenn ich mich nicht getäuscht habe«, entgegnete Juna.

»Weißt du, was er dort wollte?«

»Nein. Warum fragst du?«

»Ach, nur so. Ich habe ihn und Kelsterbach neulich im Bistro ›Badezeit‹ zusammen gesehen«, erinnerte ich mich an die hitzige Diskussion, die die beiden geführt hatten.

»Holstermann ist nicht nur ein Kunde, die beiden sind eng befreundet, habe ich von einer Kollegin gehört, die mal was mit diesem Holstermann hatte. Na ja, attraktiv ist er ja, aber nicht mein Typ und ohnehin viel zu alt für mich«, betonte sie.

»Ganz schön was los bei euch«, stellte ich amüsiert fest.

Wir verließen Westerland, bogen an der Ampelkreuzung an der Hundefreilauffläche links ab und fuhren die L24 weiter in Richtung Norden. Kurz vor dem Kreisel in Wenningstedt hatte sich ein Stau gebildet, weshalb es lediglich im Schritttempo vorwärtsging.

»Da ist richtig viel los«, stellte Juna mit Blick auf den Parkplatz des Delikatessenladens »Feinkost Meyer« fest. »Ist der Laden nicht sehr teuer?«

»Es handelt sich eben nicht um einen Discounter. Dafür bekommst du dort ausgefallene und leckere Sachen. Im Urlaub achtet der eine oder andere nicht so genau aufs Geld«, erwiderte ich mit einem Schulterzucken.

Nachdem es endlich voranging, passierten wir das Ortsschild von Kampen und fuhren ein Stück die Hauptstraße entlang, bis ich in eine der Seitenstraßen abbog.

»Dort drüben ist es«, sagte ich und zeigte auf das Haus am Ende der Sackgasse.

»Nicht schlecht! Das würde mir auch gefallen«, bemerkte Juna anerkennend.

»Ja, ein schönes Haus mit einem großzügigen Grundstück«, stimmte ich ihr zu. »Allerdings kann ich hier nicht parken, da hinten stehen schon zwei, und dann diese Baustelle, die das letzte Mal noch nicht da war«, stellte ich fest.

Ich wendete und fuhr in die Nebenstraße, wo ich auf dem mit Gras bewachsenen Seitenstreifen hielt, denn ausgewiesene Parkmöglichkeiten gab es nicht. »Willst du mitkommen oder im Auto auf mich warten?«

»Klar, komme ich mit! Die Hütte muss ich unbedingt von innen sehen.« Sie öffnete die Wagentür und stieg aus. »Weiß er, dass du kommst?«

»Nein, ich habe ihm für heute den Plan zugesichert, und seine Sekretärin hat mir gesagt, er würde heute von zu Hause aus arbeiten«, entgegnete ich und betätigte den Klingelknopf.

»Hm, er scheint nicht daheim zu sein, obwohl da ein Auto in der Einfahrt steht«, bemerkte Juna, als die Tür nicht geöffnet wurde und sich im Inneren des Hauses nichts rührte.

»Bestimmt hat er das Klingeln nicht gehört«, vermutete ich und drückte ein zweites Mal auf den Knopf. Doch nichts geschah. »Wahrscheinlich ist er bei dem schönen Wetter im Garten.«

»Dann lass uns rumgehen«, schlug Juna vor und machte sich entschlossen auf zur Hinterseite des Hauses.

»Halt, warte! Wir können doch nicht einfach durch den Garten gehen«, versuchte ich, sie von ihrem Vorhaben abzubringen, allerdings ohne Erfolg, da sie bereits um die Hausecke bog. Mit einem Stöhnen folgte ich ihr kurzerhand, obwohl mir das Eindringen in die Privatsphäre fremder Leute zutiefst widerstrebte.

Die Terrassentür stand offen, aber von Gerrit Holstermann war weder etwas zu sehen noch zu hören. Auf einem massiven Gartentisch aus Teakholz stand ein aufgeklappter Laptop, daneben befand sich ein Kaffeebecher. Offensichtlich handelte es sich nicht bloß um eine billige Ausrede der Sekretärin, sondern der Hausbewohner verrichtete seine Arbeit tatsächlich von hier aus.

»Er ist auf jeden Fall hier, wahrscheinlich hält er sich irgendwo im Haus auf. Komm, lass uns nach vorne gehen und erneut klingeln«, versuchte ich Juna zum Gehen zu bewegen, da ich mich zunehmend unwohler in meiner Haut fühlte.

»Warum warten wir nicht auf der Terrasse auf ihn?«, begegnete Juna mir mit Unverständnis.

»Nein. Das ist unseriös«, fiel mir keine bessere Erklärung ein. »Im Übrigen möchte ich keine Anzeige wegen Hausfriedensbruch riskieren, und jetzt Ende der Diskussion, komm!«, forderte ich sie energisch auf und fasste sie am Arm, um sie mit mir zu ziehen.

»Jetzt übertreibst du aber, Anna«, protestierte sie und folgte mir widerwillig.

Als wir gerade den Rückzug antreten wollten, war das Motorengeräusch eines Autos zu hören, und kurz darauf ertönte die Türklingel. Intuitiv blieb ich stehen und konnte Schritte im Hausinneren hören.

»Warte«, flüsterte ich, »da kommt jemand. Lass uns kurz warten und dann nach vorne gehen.«

Jetzt wurde die Haustür geöffnet, und ich konnte deutlich Holstermanns Stimme erkennen. Der Besucher war der Stimme nach ebenfalls männlich, und im Näherkommen erkannte ich auch diese. Sie gehörte Arno Kelsterbach.

»Das ist mein Chef! Was will der denn hier?«, raunte Juna mir zu.

»Woher soll ich das wissen?«, gab ich zurück.

»Sie kommen raus auf die Terrasse. Schnell zur Haustür!«, drängte Juna. Um nicht gesehen zu werden, blieb ich neben dem nächsten Fenster stehen und wartete darauf, dass die beiden das Wohnzimmer passierten. »Anna! Was ist denn plötzlich? Ich denke, du willst nicht erwischt werden.«

»Nur einen Moment, bis die beiden vorbei sind«, zischte ich.

Ich hörte Juna leise neben mir aufstöhnen. Dicht an

die Hauswand gelehnt, sah ich durch ein Fenster, wie die beiden Männer vom Wohnzimmer raus auf die Terrasse gingen. Da das Fenster auf Kipp stand, konnte ich sie sowohl hören als auch sehen. Arno Kelsterbach zog einen Laptop aus einer Filztasche und legte ihn auf den Tisch. Es handelte sich dabei um ein äußerst flaches Modell in der Farbe Rosé metallic.

»Bist du von allen guten Geistern verlassen? Warum schleppst du das doofe Ding weiter mit dir herum?«, reagierte Holstermann ausgesprochen verärgert.

Kelsterbach erwiderte daraufhin etwas, das ich nicht verstehen konnte, da er mir den Rücken zudrehte.

»Worum geht es?«, flüsterte Juna.

»Sei leise, ich verstehe sonst nichts!«

»Ich dachte, ich hätte mich klar und deutlich ausgedrückt, Arno. Das Ding sollte verschwinden!«, hörte ich Holstermann sagen, und schlagartig traf mich eine Erkenntnis, die mir umgehend das Blut in den Adern gefrieren ließ.

KAPITEL 28

Auf dem Gang zu Kilian Börgholts Krankenzimmer begegneten Uwe und Nick einem bekannten Gesicht, Steen Larsen.

»Moin, Herr Larsen«, sprach Uwe ihn an. »Was führt Sie her? Ein Krankenbesuch?«

»Moin. Ja, ich war eben bei Kilian«, erwiderte er.

»Darüber hat er sich sicherlich gefreut, nehme ich an.«

Der junge Mann nickte und trat unruhig von einem Fuß auf den anderen, während er die Hände tief in den Hosentaschen seiner Cargohose vergraben hatte. »Wollten Sie zu mir?«, fragte er und ließ seinen Blick nervös zwischen Uwe und Nick hin und her wandern, da keiner von beiden etwas von sich gab. »Ist es wegen meines Großvaters? Er hat viel durchmachen müssen und will mir nur helfen, weil er weiß, wie viel mir das Surfen bedeutet. Mit dem Unfall hat er nichts zu tun. Und ich auch nicht. Ehrlich.«

»Nein, wir sind nicht wegen Ihnen hier«, ließ Nick ihn wissen, worauf sich Steens Gesichtszüge deutlich entspannten.

»Dann kann ich gehen?«

»Selbstverständlich, lassen Sie sich nicht aufhalten.«

»Danke.«

Uwe sah ihm mit gemischten Gefühlen nach, wie er um die nächste Ecke verschwand. »Er war ziemlich nervös. Schlechtes Gewissen?«

»Eher Sorge um seinen Großvater. Er hat mit der Sache nichts zu tun«, hielt Nick dagegen.

»Ich bin mir da nicht so sicher«, brummte Uwe.

Als sie das Krankenzimmer betraten, lag Kilian Börgholt mit geschlossenen Augen im Bett, als schliefe er. Sein Hals war mit einer Art Halskrause fixiert, mehrere Hautabschürfungen und blaue Flecken zierten sein Gesicht. Erst die kleinen Kopfhörer in seinen Ohren und das Handy auf der Bettdecke ließen erahnen, dass er nicht schlief, sondern vermutlich Musik hörte. Die beiden Polizisten traten näher an sein Bett.

Nick räusperte sich, um ihn nicht zu erschrecken. »Herr Börgholt?« Daraufhin öffnete der junge Mann die Augen. »Wir sind von der Kripo und würden gern mit Ihnen sprechen.«

Sogleich legte der Angesprochene die Kopfhörer und das Handy beiseite. »Ich habe bereits alles gesagt, was ich weiß.«

»Steen Larsen war bei Ihnen, wir haben ihn eben draußen auf dem Flur getroffen«, bemerkte Uwe.

»Ja, er wollte sehen, wie es mir geht. Warum interessiert Sie das?«

»Reine Neugierde«, gab Uwe zurück.

»Mittlerweile haben sich neue Erkenntnisse ergeben. Um es kurz zu machen«, fasste Nick zusammen, »Ihre Ausrüstung wurde manipuliert.«

»Wie bitte? Wollen Sie damit andeuten, jemand hat absichtlich dafür gesorgt, dass ich mir möglichst das Genick breche?« Er starrte die Beamten fassungslos an. »Das ist nicht wahr, oder?«

»Doch, davon ist leider auszugehen. Jemand hat sich sowohl am Sicherheitsmechanismus als auch an den

Steuerleinen zu schaffen gemacht. Das haben die abschließenden Untersuchungen der Kriminaltechniker eindeutig belegt. Überlegen Sie bitte ganz genau, wie es zu dem Unfall gekommen ist.«

»Ich weiß nur noch, dass sich der Schirm nicht mehr lenken ließ und wie wild zu trudeln begann. Der Quick Release ließ sich nicht öffnen, egal, wie oft ich es probiert habe. Ich bin diesen verdammten Schirm nicht losgeworden.«

»Der Sicherheitsmechanismus konnte nicht auslösen, da er mit Silikon unbrauchbar gemacht wurde. Die Substanz wurde fein säuberlich injiziert«, bestätigte Nick.

»Was? Wer tut so etwas und warum?« Kilian Börgholt sah die Beamten fassungslos an.

»Genau das hatten wir gehofft, von Ihnen zu erfahren. Haben Sie einen konkreten Verdacht?«, hakte Uwe nach.

»Haben Sie denn Ihre Ausrüstung vor dem Start nicht eingehend überprüft?«, erkundigte sich Nick.

»Doch ein paar Stunden zuvor habe ich alles gecheckt und zurechtgelegt«, bestätigte der junge Mann und starrte vor sich auf die Bettdecke. Ihm war der Schock über diese Nachricht deutlich anzusehen.

»Gab es im Vorfeld Drohungen oder ähnliche Vorkommnisse, die darauf schließen lassen, dass Ihnen jemand schaden wollte? Herrschte Streit unter den Fahrern abseits des normalen Konkurrenzverhaltens?« Der junge Kitesurfer wirkte nach wie vor fassungslos. »Wie ist beispielsweise Ihr Verhältnis zu Steen Larsen?«, verfolgte Uwe hartnäckig seinen Kurs.

»Steen? Sie glauben ernsthaft, er hat mit der Sache zu tun? Sorry, da liegen Sie voll daneben. Er hat mir letztendlich geholfen, haben Sie das vergessen? Ohne ihn wäre ich …« Er beendete den Satz nicht und schluckte.

»Er ist trotz allem Ihr ärgster Konkurrent«, legte Uwe nach.

»Fühlte sich eines Ihrer Teammitglieder unzufrieden oder benachteiligt?«, versuchte Nick, das Gespräch in eine andere Richtung zu lenken und schenkte seinem Kollegen einen verständnislosen Blick.

»Nein, da fällt mir niemand ein. Und was Steen angeht, wir werden vermutlich nie die besten Freunde werden, aber so was macht er nicht. Niemals! Für ihn ist Kitesurfen nicht nur ein Sport, sondern eine Lebenseinstellung. Ich würde sogar so weit gehen zu sagen, es ist sein Leben. Aber das können Sie vermutlich nicht verstehen.«

»Und für Sie? Wie sehen Sie das?«, wollte Uwe wissen.

Kilian überlegte erst einige Sekunden, bevor er auf die Frage antwortete. »Im Sport wird es immer andere geben, die besser sind als man selbst. Das macht am Ende den Reiz eines Wettkampfs aus und sorgt für die nötige Motivation, alles zu geben.« Er versuchte, sich in seinem Bett ein wenig aufzurichten und verzog dabei schmerzhaft das Gesicht. »Danke, geht schon«, lehnte er dankend ab, als Nick ihm zu Hilfe kommen wollte. »Für mich ist Kitesurfen eine Leidenschaft, eine sportliche Herausforderung, aber eben nicht alles im Leben. Da bin ich anders als Steen. Ich war vielleicht nicht immer sehr fair zu Steen, aber wenn Sie ihn verdächtigen, mit der Sache etwas zu tun zu haben, sind Sie absolut auf dem Holzweg.«

»Danke für Ihre Offenheit und Unterstützung. Wir wünschen Ihnen weiterhin gute Besserung«, beendete Nick das Gespräch und zog Uwe unauffällig mit sich.

»Was sollte das eben, Uwe? Wir wissen beide, dass nichts für Steen Larsen als Täter spricht.«

»Tut mir leid, Nick. Ich werde das Gefühl nicht los, dass er in der Sache mit drinhängt.«

»Von Gefühlen können wir uns bei unseren Ermittlungen nicht leiten lassen, das hast du mir oft genug gepredigt«, erwiderte Nick ungewöhnlich scharf. »Kann es sein, dass du wegen Tina nicht ganz bei der Sache bist?«

Uwe stöhnte und rieb sich mit der Hand über den Bart. »Ja, wahrscheinlich hast du recht. Meine Gedanken kreisen ständig um unser letztes Telefonat. Diese Ungewissheit raubt mir noch den letzten Nerv. Ich habe Schiss, Nick.«

»Worauf wartest du dann noch? Ruf sie an und sprich Klartext. Dann hat das Rätseln endlich ein Ende. Du bist ja in hungrigem Zustand erträglicher.«

KAPITEL 29

Angespannt lauschend, verfolgte ich die Unterhaltung der beiden Männer auf der Terrasse. Kelsterbach tigerte nervös hin und her, während Holstermann in einem der Korbstühle saß und sich einen Drink eingeschenkt hatte. Er setzte das Glas an und kippte die braune Flüssigkeit auf einmal hinunter. Dann schenkte er sich erneut ein.

»Sind irgendwelche Dateien drauf? Hast du nachgesehen?«, wollte Gerrit Holstermann wissen, klappte den Laptop auf und schaltete ihn ein.

»Nein, weil er passwortgeschützt ist«, gab Arno Kelsterbach zurück. »Glaubst du denn, dass dort etwas Interessantes drauf sein könnte?«

»Davon kannst du ausgehen. Insa geht in allem, was sie tut, sehr sorgfältig vor. Solange die Daten sich ausschließlich auf dem Laptop befinden, ist es mir egal. Der Laptop gehört bald ebenso der Vergangenheit an wie Insa.«

Mir lief bei seinen Worten ein eiskalter Schauer über den Rücken.

»Du meinst wohl eher, was sie tat. Sie ist tot«, korrigierte Kelsterbach seinen Freund.

»Beruhig dich. Fest steht, das Teil muss auf Nimmerwiedersehen verschwinden. Die Polizei sollte ihn besser nicht in die Finger bekommen, das könnte sie mitunter auf komische Ideen bringen.« Er lachte heiser.

»Ich hätte mich von dir nicht in die Sache reinziehen lassen sollen«, erklärte Kelsterbach und lief rastlos auf und ab.

»Für Reue ist es nun zu spät, mein Lieber. Du hängst tiefer drin, als dir lieb sein dürfte«, erhielt er als Antwort.

»Wenn man es genau nimmt, habe ich mir nichts zuschulden kommen lassen«, überlegte Kelsterbach.

Gerrit Holstermann stand ruckartig von seinem Platz auf und machte zwei Schritte auf seinen Freund zu, der augenblicklich erschrocken zurückwich. »Ach, tatsächlich? Das sehe ich allerdings anders. Du solltest lediglich ein bisschen spionieren, aber du musstest ja unbedingt den Charmeur spielen und sie gleich flachlegen.« Die letzten Worte spuckte er seinem Gegenüber förmlich vor die Füße. »Darum hat dich niemand gebeten. Du kannst von Glück reden, dass Gunnar davon nichts mitbekommen hat, sonst hätte er dich wohl kaum mit der Werbekampagne betraut. Ohne Aufträge kannst du deinen Laden dichtmachen.«

»Das sagt der Richtige! Wer wollte denn um jeden Preis Informationen von ihr haben? Du hast ja gleich kurzen Prozess gemacht.« Er deutete mit der Hand eine Schnittbewegung über seine Kehle an.

»Was hat das alles zu bedeuten?«, hörte ich Juna neben mir ängstlich flüstern.

Ich bedeutete ihr, leise zu sein. Dann lenkte ich meine Aufmerksamkeit wieder auf die Unterhaltung der beiden Männer. Genau genommen hatte ich genug gehört und sollte schnellstmöglich diesen Ort verlassen, um uns nicht in Gefahr zu bringen, doch aus einem mir unerklärlichen Grund hatte mich mein Fluchtinstinkt verlassen, und die Neugierde behielt die Oberhand.

»Was willst du jetzt machen? Etwa zur Polizei gehen?« Holstermann verfiel in lautes Lachen. Dann baute er sich gefährlich nah vor Kelsterbach auf und bohrte seinen Zeigefinger in dessen Brust. »Du hältst schön die Klappe, sonst gehst du mit hoch.«

»Du kannst mir nicht drohen«, gab Kelsterbach trotzig zurück.

»Und ob ich das kann. An deiner Stelle würde ich es nicht darauf ankommen lassen. Ein Anruf bei der Bank und du bist erledigt.«

»Das wagst du nicht!«

»Sei dir nicht allzu sicher.«

»Ende ich dann ebenfalls im Hafenbecken?«, fragte Kelsterbach provokant.

Mir wurde schlagartig heiß. »Ich glaube, wir haben genug gehört. Lass uns schnell von hier verschwinden«, forderte ich Juna auf.

Als wir uns unbemerkt davonstehlen wollten, erklang plötzlich ein ohrenbetäubendes Scheppern.

»Scheiße!«, fluchte Juna und sah mich verzweifelt an.

Sie war gegen einen leeren Metalleimer gestoßen, der unter dem Wasserhahn an der Hauswand stand und umgefallen war.

Schnell wanderte mein Blick zu den beiden Männern, denen das Scheppern natürlich nicht entgangen war. Sie unterbrachen ihre Unterhaltung und sahen in unsere Richtung.

»Los!« Ich griff nach Junas Hand und zog sie mit mir. Der Weg bis zu meinem Auto war zu weit, daher hielt ich nach dem nächstbesten Versteck Ausschau. Da! Der Anbau des Carports zwischen einem Stapel Kaminholz, Mülltonnen und gestapelten Getränkekästen erschien mir als vorläufiges Versteck geeignet.

Mit klopfendem Herzen wagte ich einen Blick zum Haus und rechnete jeden Moment mit dem Auftauchen der beiden Männer. Ich wurde nicht enttäuscht. Gerrit Holstermann kam als Erster mit raumgreifenden Schritten um die Ecke, dicht gefolgt von Arno Kelsterbach. »Runter!«, befahl ich, worauf sich Juna dicht neben mich hockte und den Kopf einzog.

»Hier ist niemand zu sehen!«, stellte Kelsterbach fest und sah sich um. »Den Eimer hat bestimmt eine neugierige Katze umgestoßen. Lass uns zurückgehen.«

»Eine Katze? Hier gibt es keine freilaufenden Katzen in der Gegend«, gab Holstermann misstrauisch zurück und kam unserem Versteck bedrohlich nahe.

Mittlerweile stand er nur knapp zwei Meter vom Carport entfernt. Ich wagte kaum zu atmen und hoffte, er würde seine Suche einstellen, als plötzlich sein Handy klingelte. Er sah prüfend auf das Display und nahm das Gespräch an. Für den Bruchteil einer Sekunde verspürte ich Erleichterung und hoffte inständig, er würde sich zurück zur Terrassenseite bewegen, aber diesen Gefallen tat er uns nicht – im Gegenteil. Er wanderte während des Gesprächs neben dem Carport auf und ab. Ich blickte zu Juna, die wie ein ängstliches Bündel neben mir kauerte. Ich schenkte ihr ein zuversichtliches Lächeln und richtete anschließend mein Augenmerk auf Gerrit Holstermann. Er hatte soeben das Gespräch beendet und verstaute das Handy in seiner Hosentasche.

»Alles okay?«, erkundigte sich Kelsterbach, der an der Hauswand lehnte und auf seinen Freund wartete.

»Ja, nicht so wichtig«, winkte Holstermann mürrisch ab.

»An deinem Haus läuft übrigens eine Ameisenstraße lang«, verkündete Arno Kelsterbach und tippte mit der Fußspitze auf das Kopfsteinpflaster entlang der Hauswand.

»Wen interessieren diese verdammten Viecher? Ich glaube, da gibt es momentan Wichtigeres«, gab er zurück.

Erleichtert atmete ich auf, da er seine Suche nach dem Verursacher im Falle des umgefallenen Eimers offensichtlich eingestellt hatte. Einen Moment lang verharrten Juna und ich mucksmäuschenstill in unserem Versteck.

»Ich glaube, die Luft ist rein. Lass uns abhauen«, flüsterte ich Juna zu. Als ich mich zu ihr drehte, starrte sie mich mit aufgerissenen Augen an. »Was hast du?«

Stumm deutete sie auf den Wagen, der unter dem Carport stand. Er war mir in der Hektik gar nicht aufgefallen. Ein schwarzer Aston Martin. Und dann sah ich den zerschrammten rechten Kotflügel, und mir wurde übel. Holstermann hatte uns von der Straße abgedrängt. Warum? In meinem Kopf begannen die Gedanken wild durcheinander zu schwirren. Ich bekam Panik. Wir mussten augenblicklich weg von diesem Ort.

Ich gab Juna ein Zeichen, und wir erhoben uns. Von den beiden Männern war nichts zu sehen, sie hatten sich offenbar zur Hinterseite des Hauses zurückgezogen. Als wir gerade das Versteck verlassen wollten, stieß Juna unmittelbar hinter mir einen kurzen spitzen Schrei aus. Ich fuhr erschrocken herum.

»Da war eine Maus!« Sie zeigte zwischen die Mülltonnen.

»Juna! Reiß dich zusammen! Oder willst du, dass man uns entdeckt?«

»Zu spät!«, erklang in diesem Augenblick eine Männerstimme.

Gerrit Holstermann stand mit einem gleichermaßen selbstgefälligen wie überraschten Gesichtsausdruck unmittelbar vor uns. Mir blieb vor lauter Schreck jeglicher Erklärungsversuch für unsere Anwesenheit im Hals stecken.

»Sieh an. Anna Scarren, welch eine Überraschung«, sagte er. »Was führt Sie zu mir?«

»Hallo, Herr Holstermann! Ich wollte Ihnen die Skizze vorbeibringen, wir sprachen darüber. Ihre Sekretärin sagte am Telefon, Sie seien zu Hause zu erreichen«, versuchte ich, uns aus der misslichen Lage zu retten. Immerhin entsprach dies im Grundsatz der Wahrheit.

»Soso. Und da haben Sie mich zunächst im Carport vermutet?« Ein amüsiertes Grinsen umspielte seine Mundwinkel, und erst in diesem Moment entdeckte ich die kleine Überwachungskamera, die an einem der Querbalken angebracht war. Vermutlich waren überall im und rund um das Haus solche Kameras angebracht, und er hätte uns bereits wesentlich früher bemerken können.

»Wir haben geklingelt, aber es hat niemand geöffnet, da dachten wir, Sie sind vielleicht im Garten«, schloss sich Juna mit einem Rechtfertigungsversuch ihrerseits an.

»Arno! Sieh mal, wir haben Damenbesuch.« Holstermann winkte Kelsterbach zu sich, der neugierig um die Ecke spähte.

»Ach, was für eine nette Überraschung«, begegnete uns Kelsterbach mit einem steifen Lächeln, das alles andere als wohlwollend war.

»Tja, da hast du deine beiden Kätzchen. Was machen wir jetzt mit den beiden?«, richtete Gerrit Holstermann seine Frage an den Agenturchef.

»Ich schlage vor, wir verschieben unseren Termin auf ein anderes Mal, wenn Sie nicht gerade anderweitig Besuch haben. So eilig ist es nicht. Ich lasse Ihnen den Plan einfach hier«, erwiderte ich betont freundlich und bemühte mich, mir meine zunehmende Nervosität nicht anmerken zu lassen. »Komm, Juna, wir wollen die Herren nicht länger stören.«

Wenn ich annahm, damit wäre die Sache ausgestanden und Holstermann würde uns einfach gehen lassen, irrte ich mich gewaltig. Auf Gerrit Holstermanns Gesicht erschien zunächst ein wohlwollendes Lächeln, dann stellte er sich uns mit verschränkten Armen direkt in den Weg.

»Warum so eilig? Wenn Sie sich schon die Mühe gemacht haben, mich aufzusuchen, muss sich der Aufwand auch lohnen. Kommen Sie, sprechen wir auf der Terrasse weiter.« Mit einer freundlichen, aber bestimmten Geste dirigierte er uns zur Rückseite des Hauses.

»Was hat er vor?«, wisperte Juna neben mir.

»Abwarten«, raunte ich ihr zu. Mich beschlich zunehmend das ungute Gefühl, Holstermann würde uns nicht glauben. Er war nicht dumm und ahnte, dass wir das Gespräch zwischen ihm und seinem Freund wenigstens zum Teil mitbekommen hatten. In meinem Kopf arbeitete es fieberhaft an einem Fluchtplan, bislang jedoch ohne Ergebnis. Ich hoffte inständig, Juna würde aus purer Furcht nicht die Nerven verlieren. Als wir auf der Terrasse standen, fiel mein Blick automatisch auf den Laptop, der noch immer auf dem Tisch lag, und meine Kehle schnürte sich zu. Wenn ich die beiden richtig verstanden hatte, handelte es sich dabei um den verschwundenen Laptop von Insa Schröder, nachdem die Polizei krampfhaft suchte.

»Bitte, Frau Scarren, nehmen Sie Platz. Ich bin äußerst gespannt auf Ihre Vorschläge«, forderte Gerrit Holstermann mich auf, ihm meinen Entwurf zu zeigen.

Wie konnte man dermaßen abgebrüht sein, fragte ich mich. Handelte es sich um ein Ablenkungsmanöver? Wollte er Zeit schinden? Oder was plante er tatsächlich? Während er mich erwartungsvoll ansah, wirkte Arno Kelsterbach zunehmend angespannter. Er tigerte weiterhin ständig auf und ab und knetete dabei seine Hände. Sein unruhiger Blick verriet, dass er krampfhaft einen Ausweg aus der Situation suchte. Ich kam Holstermanns Aufforderung nach und holte die Mappe mit den Skizzen aus meiner Tasche. Dabei fiel mein Blick auf den Autoschlüssel.

»So, das sind alle Unterlagen«, verkündete ich mit fester Stimme, legte die Mappe mit einer Hand auf den Tisch und schlug sie auf. Mit der anderen steckte ich Juna schnell den Autoschlüssel zu. Sie verstand und ließ ihn umgehend in der Hosentasche verschwinden. »Sehen Sie, ich habe Ihnen zwei verschiedene Vorschläge zusammengestellt. Sie können sich alles in Ruhe ansehen und mir dann Bescheid geben, für welchen der beiden Sie sich entschieden haben. Änderungswünsche nehme ich selbstverständlich entgegen, falls Ihnen beide nicht zusagen sollten«, versuchte ich, so entspannt wie möglich zu klingen, obwohl es in meinem Inneren gänzlich anders aussah. Ich fasste mir an die Stirn. »Ach herrje! Jetzt habe ich doch etwas vergessen! Das haben wir gleich, ein Anruf genügt«, erklärte ich heiter und begann, in meiner Tasche nach meinem Telefon zu wühlen. Kaum hielt ich es in der Hand, griff Holstermann danach.

»Netter Versuch, aber Sie rufen nirgendwo an«, erklärte er mit eisiger Stimme, die meine Gesichtszüge für einen Moment einfrieren ließ. »Sie werden uns auf eine kleine Reise begleiten. Alle beide.«

»Bist du verrückt? Was hast du vor?«, meldete sich Kelsterbach zu Wort, der sich die ganze Zeit über in Schweigen gehüllt hatte.

»Stell keine Fragen und hilf mir«, blaffte Holstermann zurück.

»Das kannst du vergessen! Ich habe keine Lust mehr auf deine Spielchen. Wegen dir gehe ich nicht in den Knast!«

»Du hilfst mir jetzt, sonst bist du schneller dort, als du denkst. Los, schnapp dir die Kleine!«, befahl er und deutete auf Juna.

Mich durchfuhr ein heftiger Schmerz, als Holstermann mir unerwartet den Arm auf den Rücken drehte. Mit dieser Brutalität hatte ich nicht gerechnet.

»Lauf, Juna!«, schrie ich, da Kelsterbach offensichtlich Skrupel zu haben schien, den Anweisungen seines Freundes Folge zu leisten.

Juna zögerte nicht lange und lief los. Allerdings kam sie nicht sehr weit, da Holstermann mit dem Fuß einen Stuhl umstieß, über den sie stolperte und mit einem Aufschrei der Länge nach fiel. Sie blieb anschließend liegen und rührte sich nicht mehr. Kelsterbach blickte erschrocken drein und beugte sich über sie.

»Was ist mit ihr?«, fragte Holstermann ungeduldig und hielt mich mit eisenhartem Griff.

»Sie bewegt sich nicht«, erwiderte Kelsterbach mit ängstlicher Miene. »Verdammt! Glaubst du, sie ist …«

»Blödsinn! Die ist nur bewusstlos«, gab Holstermann zurück.

»Rufen Sie einen Arzt!«, presste ich hervor, doch keiner der beiden reagierte auf meine Äußerung. Stattdessen erteilte Holstermann das nächste Kommando.

»Ab in den Wagen mit den beiden.«

»Nein!«, protestierte ich und versuchte, mich zu befreien, indem ich um mich trat. Ich musste unbedingt verhindern, dass die beiden Männer uns wegbrachten. Ein Tritt erwischte Holstermann derart heftig an seinem Schienbein, dass er vor Schmerz laut aufjaulte. Diesen Augenblick nutzte ich, um mich loszureißen. Doch weit kam ich nicht, denn ein heftiger Schlag vernebelte mir die Sinne, und plötzlich war alles um mich herum in tiefes Schwarz gehüllt.

KAPITEL 30

Nick legte sein Besteck zur Seite und wischte sich den Mund mit der Papierserviette ab, während Uwe mit den verbleibenden Pommes auf seinem Teller die letzte Pfütze Tomatensoße aufnahm.

»Jetzt bin ich aber satt. Es geht doch nichts über eine ordentliche Currywurst mit Pommes«, sagte er abschließend und lehnte sich zurück. »Essen hält eben doch Leib und Seele zusammen.«

Nachdem sie gezahlt hatten, machten sie sich zu Fuß auf den Weg zum nahe gelegenen Polizeirevier. Kurz bevor sie ihr Ziel erreicht hatten, klingelte Nicks Handy.

»Oh hallo, Martin! Super, dass du dich meldest. Hattest du einen schönen Urlaub?«, begrüßte Nick den Hamburger Kollegen.

»Das kann man wohl sagen. Wir waren ganz in deiner Nähe, auf Föhr. War herrlich! Auf deinen Arbeitsplatz kann man wirklich neidisch sein«, erwiderte er mit einem Lachen. »Seit heute bin ich wieder im Dienst. Mein Schreibtisch ist zwar voll bis unter die Decke, aber ich habe mich gleich um deine Anfrage gekümmert, bevor sie womöglich irgendwo untergeht«, kam er sogleich zum eigentlichen Grund seines Anrufes. »Also Folgendes.«

Nick hörte den Ausführungen seines Kollegen aufmerksam zu.

»Das war Martin Wiessmann aus Hamburg«, erklärte Nick, als er aufgelegt hatte.

»Ach, das war der Kollege, den du in der Casinosache angefunkt hast?«, vergewisserte sich Uwe. »Konnte er uns weiterhelfen?«

»Allerdings. Anfang des Jahres ist es im dortigen Casino zu einem Handgemenge gekommen, bei dem mehrere Personen beteiligt waren. Die Polizei wurde gerufen und hat versucht, den Streit zu schlichten.«

»Was hat das mit unserem Fall zu tun?«, drängte Uwe.

»Eine Menge: Richard Münkel war einer der Beteiligten bei dem Streit.«

»Was du nicht sagst! Volltreffer! Aber das ist nicht alles, oder?«

»Nein. Münkel soll damals vollkommen ausgerastet und in der Folge sogar handgreiflich geworden sein. Dabei hat er jemanden geschlagen. Es kam zu einer Anzeige gegen ihn, die jedoch am nächsten Morgen zurückgezogen wurde. Martin schickt uns das vollständige Protokoll per E-Mail.«

»Von wem? Kennen wir ihn womöglich? Nick, bitte spann mich nicht länger auf die Folter!«

»Bei der Person handelt es sich um Gerrit Holstermann.« Als Uwe nicht gleich schaltete, fügte Nick hinzu: »Er lebt ebenfalls auf Sylt, ihm gehört die Firma ›Ocean Wave‹. Klingelt da was bei dir?«

»Ehrlich gesagt, stecke ich in einer geistigen Sackgasse! Das sagt mir gar nichts«, gab Uwe zerknirscht zu.

»Holstermann ist Schröders ärgster Konkurrent. Schröder hat ihm den Vertrag mit Kilian Börgholt vor der Nase weggeschnappt. Verdammt, wie konnten wir nur so blind sein! Ich befürchte, das war ein riesiger Fehler, dass wir den bislang nicht auf dem Schirm hatten.«

»Wir können unmöglich jede Person unter die Lupe nehmen, mit der Münkel oder die Schröder jemals in Kontakt gekommen ist«, verteidigte Uwe ihr bisheriges Vorgehen.

»Trotzdem hätte das nicht passieren dürfen. Das liegt doch auf der Hand, dass es eventuell zu Spannungen gekommen sein könnte.«

»Glaubst du, aus Rache über den geplatzten Deal mit Börgholt hat Holstermann Schröders Frau erschossen? Nein, für mich ergibt das überhaupt keinen Sinn. So etwas kommt doch im Geschäftsleben alle naselang vor, dass einer bei einem Geschäft leer ausgeht. Wenn man anschließend aus lauter Frust jedes Mal zu solchen Methoden greifen würde, dann wäre ja die gesamte Geschäftswelt mit Leichen gepflastert«, warf Uwe ein und schüttelte den Kopf.

»Tatsache ist, Gerrit Holstermann kannte sowohl Insa Schröder als auch Richard Münkel, wie wir eben erfahren haben. Beide wurden ermordet. Da muss eine Verbindung bestehen, davon bin ich überzeugt. Ich weiß bloß nicht, welche.« Nick verzog gequält das Gesicht und rieb sich den Nacken.

»Wir sollten Gunnar Schröder fragen«, schlug Uwe vor, zückte sein Handy und wählte Gunnar Schröders Nummer. »Mal sehen, was er zu sagen hat.«

Uwe hatte Glück, sein Gesprächspartner nahm nach wenigen Klingelzeichen ab. Nick wartete voller Ungeduld, bis das Gespräch beendet war.

»Du lagst richtig mit deiner Annahme«, bestätigte Uwe aufgeregt.

»Womit genau?« Nick runzelte die Stirn.

»Insa Schröder kannte Holstermann nicht bloß geschäftlich, sie war sogar eine ganze Weile mit ihm liiert. Das war in der Zeit, bevor sie Gunnar Schröder geheiratet hat.«

Nick stand die Überraschung buchstäblich ins Gesicht geschrieben. »Warum hat Schröder uns das nicht schon viel früher erzählt? Das lässt das Ganze in einem völlig anderen Licht erscheinen. Dann hätten wir ihn uns längst vorgeknöpft. Shit!«

»Fluchen hilft jetzt auch nicht.« Uwe ließ die Schultern hängen und fuhr sich mit der Hand nachdenklich über seinen Vollbart. »Höchstwahrscheinlich war es für ihn ohne Belang, da die Beziehung mehrere Jahre zurückliegt.«

»Wer weiß, was er uns noch alles verschwiegen hat«, brummte Nick missmutig vor sich hin.

»Wir sollten umgehend diesen Holstermann aufsuchen und ihm mal auf den Zahn fühlen«, beschloss Uwe. »Anschließend sind wir hoffentlich schlauer.«

Als ich die Augen aufschlug, wusste ich für einen Moment nicht, wo ich mich befand, bis mich die Erinnerung einholte. Ich lag auf der Seite, an Händen und Füßen gefesselt, mein Mund fühlte sich trocken und meine Kehle rau an, mein Nacken schmerzte, als ich den Versuch unternahm, den Kopf zu heben. Als ich halbwegs die Orientierung wiedererlangt hatte, stellte ich fest, dass ich mich offenbar im hinteren Teil eines Geländewagens befand. Neben mir lag eine schwarze Tasche mit Reißverschluss, die an eine Sporttasche erinnerte. Eine Kiste mit Leergut befand sich gleich dahinter, deren Inhalt einen schalen Biergeruch absonderte und mich an düstere Kneipen erinnerte. Das Fahrzeug war in Bewegung, was das stetig leichte Schwingen und der vorbeiziehende Himmel, den ich trotz getönter Scheiben erkennen konnte, eindeutig bestätigten. Aus dem vorderen Teil des Wagens drangen die Stimmen von Gerrit Holstermann und Arno Kelsterbach, die ich nur gedämpft wahrnahm. Wohin fuhren wir? Ich wagte jedoch nicht, auch nur einen Laut von mir zu geben. Wo war Juna, schoss es mir plötzlich durch den Kopf. Was hatten sie mit ihr gemacht? Sie war gestürzt und lag leblos auf dem Boden, das waren die letzten Bilder, die ich vor Augen hatte. Ein beklemmendes Gefühl durchflutete meinen Körper, und ich bekam eine Gänsehaut bei dem Gedanken, was ihr widerfahren sein könnte. Ich musste mich ungemein anstrengen, meiner aufschäumenden Fantasie Einhalt zu gebieten. Langsam schnürten mir die Kabelbinder um meine Handgelenke das Blut ab, meine Finger fühlten sich zunehmend taub an, Panik breitete sich in mir aus. So sehr ich mich anstrengte, es gelang mir nicht, mich in eine aufrechte Sitzposition zu bringen. Plötzlich drosselte der Wagen das Tempo und bremste ab, wobei ich leicht nach links gedrückt wurde. Vermutlich fuhren wir durch eine lang gezogene Kurve, denn anschließend beschleunigte er erneut. Noch immer hatte ich keine Vorstellung, was unser Ziel sein könnte. Außer dem Himmel mit einigen vorüberziehenden Wolkentupfern konnte ich nichts erblicken, was als Anhaltspunkt zu unserem momentanen Aufenthaltsort dienen könnte. Auf der Insel gab es weder hohe Bäume noch außerhalb der Stadt irgendwelche signifikanten Bauwerke, an denen man sich – liegend in einem Auto – orientieren konnte.

»Da vorne rechts«, konnte ich nun Holstermanns Anweisung deutlich hören. Es dauerte nicht lange und der Wagen kam zum Stehen.

»Die ist immer noch nicht bei sich«, erklang Holstermanns Stimme abermals.

»Ist sie …?«, ließ Arno Kelsterbach den Satz in der Luft hängen.

»Quatsch! Mach dir nicht schon wieder ins Hemd, Arno!«

Ich nahm an, dass es bei der Unterhaltung um Juna ging. Einerseits machte sich ein Anflug von Erleichterung in mir breit, da sie sich augenscheinlich ebenfalls im Auto befand, vermutlich auf der Rückbank. Andererseits schien sie nach ihrem Sturz das Bewusstsein nicht wiedererlangt zu haben, was mich beunruhigte. Einer der Männer war zwischenzeitlich ausgestiegen, während der andere bei laufendem Motor im Auto saß. Ich konnte ein Quietschen wahrnehmen, als öffne sich ein Tor, gleich darauf setzte sich das Fahrzeug abermals in Bewegung und tauchte ab ins Halbdunkel. Jetzt wurde der Motor ausgeschaltet und die Heckklappe aufgerissen. Wir befanden uns in einer Art Halle, in der vermutlich die Boote während der Wintermonate ihr Dasein fristeten und über das gesamte Jahr hin Reparaturarbeiten an ihnen vorgenommen wurden. In einer Ecke standen mehrere Böcke, auf denen die Boote gelagert wurden. Weiter hinten erkannte ich eine lange Werkbank, auf der sich die unterschiedlichsten Werkzeuge befanden. Gleich daneben in einem Regal lagerten unzählige Behälter und Dosen mit Farben und Lacken. Von der Decke baumelte ein überdimensionaler Flaschenzug. Das musste eine der Hallen sein, in denen auch Britta und Jan ihr Segelboot überwintern ließen.

»Aussteigen!«, befahl Holstermann und griff nach meinem Arm.

»Was haben Sie mit uns vor? Was ist mit Juna?«, fragte ich, während er mich von meinen Fußfesseln befreite, sodass ich in der Lage war zu gehen. Anschließend löste er die Kabelbinder von meinen Handgelenken.

»Das erfahren Sie früh genug. Bist du so weit, Arno? Und denk nicht mal dran abzuhauen!«, zischte er. Sein Gesicht war nur noch wenige Zentimeter von meinem entfernt, und ich konnte ihm direkt in die Augen sehen. Ich tat gut daran, seine Drohung ernst zu nehmen, denn sein Blick machte eindeutig klar, was passieren würde, sollte ich mich nicht an seine Anweisungen halten. Daran bestand nicht der geringste Zweifel.

Auf wackeligen Beinen machte ich ein paar Schritte vorwärts und spähte ins Wageninnere, wo Juna regungslos auf der Rückbank lag. An ihrer Schläfe prangte eine Wunde, deren Blut bereits angetrocknet war. Sie rührte mit Sicherheit von ihrem Sturz auf der Terrasse her.

»Sie braucht dringend ärztliche Hilfe!«, beschwor ich unsere Kidnapper und beugte mich zu ihr, um ihren Puls zu fühlen. Sie lebte.

Während Kelsterbach leicht zögerlich wirkte, ließ sich Holstermann von meiner Forderung in seinem Handeln nicht beirren.

»Sie wird gleich wach werden«, erwiderte er bloß, entfernte sich ein Stück und kam mit einem Eimer Wasser zurück, den er der bewusstlosen Juna über den Kopf goss, nachdem er sie mit Kelsterbachs Hilfe aus dem Auto gezerrt und auf den Boden gelegt hatte. Mein Protest gegen diese Vorgehensweise platzte wie eine Seifenblase. Juna erwachte augenblicklich aus ihrer Ohnmacht und prustete. Ich kniete mich neben sie und schenkte Holstermann einen wütenden Blick, der ebenso von ihm abperlte wie mein Einwand kurz zuvor.

»Wie geht es dir?«, erkundigte ich mich und begutachtete ihre Verletzung an der Schläfe.

»Mein Kopf tut so weh.« Sie fasste sich mit einer Hand an die Stirn. »Wo sind wir hier? Ich kann mich an nichts mehr erinnern.«

Bevor ich etwas erwidern konnte, packte mich Holstermann erneut am Arm, während sein Freund sich gleichzeitig Juna schnappte.

»Mitkommen. Und keinen Mucks!«, warnte er uns und zog zur Verdeutlichung, dass dies keine leere Drohung war, seinen Pullover ein Stück nach oben. In seinem Hosenbund steckte ein Revolver. Da unsere Entführer bewaffnet waren, schrumpfte unsere Chance zu entkommen auf ein Minimum.

Draußen im Freien erkannte ich, dass wir uns auf dem Hörnumer Hafengelände befanden. Ich konnte ein paar Hafenarbeiter sehen, die damit beschäftigt waren, farbige Seezeichen mit Hochdruckreinigern von Muscheln und sonstigem Getier zu befreien. Dazwischen hielten sich einige Urlauber auf, die das Geschehen neugierig verfolgten und Fotos schossen. Niemand schenkte uns Beachtung. Warum auch? Nach außen hin wirkten wir – von Junas Verletzung einmal abgesehen – wie zwei völlig normale Pärchen, die sich auf dem Hafengelände aufhielten. Unauffällig sah ich mich immer wieder nach einer Fluchtmöglichkeit um oder jemanden, der uns in unserer misslichen Lage helfen konnte, aber Fehlanzeige. Meine Verzweiflung wuchs mit jeder Minute, die Holstermann uns in seiner Gewalt hatte. Die meisten Urlauber hielten sich vorne am Parkplatz und der Fischbude auf, an der man Heringe für die Kegelrobbe Willy kaufen konnte, die sich seit geraumer Zeit das Hafenbecken als Heimatstandort auserkoren hatte. Wogegen sich hier außer dem Clubhaus des Segelvereins nichts befand, was Touristen in Scharen anlocken würde. Der Golfplatz »Budersand« sowie das gleichnamige Hotel lagen abgelegen ein Stück weiter nördlich. Dort endete auch die Straße. Holstermann steuerte auf den Bootsanleger zu, und mir erschloss sich augenblicklich sein Plan. Ich hatte bereits eine Vorahnung gehabt, doch nun stand fest, dass er mit einem der Boote und uns als Geiseln flüchten wollte. Sobald wir weit genug auf dem Meer sein würden, wäre es ein Kinderspiel, uns umzubringen und über Bord zu stoßen. Bei dieser Vorstellung wurde mir schlagartig eiskalt und speiübel. So weit durfte ich es unter keinen Umständen kommen lassen. Doch nach wie vor hatte ich keine Strategie parat. Welche Möglichkeiten blieben uns? Laut um Hilfe rufen? In diesem Augenblick nahm ich eine Bewegung auf einem der Boote war, und mein Herz machte einen regelrechten Freudensprung. Bastian! Mein Segellehrer war offensichtlich gerade im Begriff, eine junge Frau in die Grundlagen des Segelns einzuweihen, was er im Hinblick auf ihr kurzes Röckchen und das knappe Top vermutlich äußerst gerne tat.

»Hallo, Bastian!«, rief ich ihm zu und erntete dafür einen heftigen Stoß in den Rücken.

»Ruhe!«, raunte Holstermann mir zu.

Bastian blickte zu uns und erwiderte die Begrüßung. »Moin, Anna! Ich dachte, ich höre mal was von dir?« Ich zuckte entschuldigend mit den Schultern. In der jetzigen Situation stand mir weder der Sinn nach langen Erklärungen noch Small Talk. »Wollt ihr raus?«, erkundigte er sich. Ich fühlte, wie Holstermanns Finger sich durch meine dünne Bluse immer tiefer in meinen Oberarm gruben, und hätte vor Schmerz beinahe aufgeschrien.

»Ich fürchte, es zieht in Kürze ein heftiges Unwetter auf mit schweren Sturmböen«, gab ich zurück und hoffte inständig, er würde verstehen.

Doch er blickte zunächst zum Himmel, dann mich an und sagte: »Nee, die Wolken dahinten ziehen in Richtung Dänemark ab, kein Grund zur Besorgnis! Viel Spaß!« Dann drehte er sich um und widmete sich wieder ganz seiner Begleiterin. Na toll!

»Ich warne dich, versuch das nicht ein zweites Mal!«, knurrte Gerrit Holstermann wütend und schob mich weiter.

Dabei erhöhte er den Druck auf meinen Oberarm deutlich, dass mir die Tränen in die Augen schossen. »Sie tun mir weh!« Ich blickte zurück zu Bastian, doch er kümmerte sich ausschließlich um den blonden Minirock.

»So, einsteigen!«, forderte er uns auf, als wir vor einem der Segelboote stehen blieben.

»Gerrit, was hast du vor?«, meldete sich Arno Kelsterbach zu Wort.

»Wir machen einen kleinen Ausflug.«

»Ich steig da nicht ein! Ich werde seekrank«, lamentierte Juna vergeblich, denn Holstermann machte einen Schritt auf sie zu, packte sie am Handgelenk und zerrte sie mit Gewalt an Bord. »Schluss jetzt mit dem Gezicke! Ich habe langsam die Schnauze voll!«, schnaubte er. »Seekrankheit dürfte momentan dein kleinstes Problem sein!«

»Autsch, Sie tun mir weh!«, beschwerte sich Juna und rieb ihr schmerzendes Handgelenk.

»Nach unten mit den beiden! Los!«, kommandierte Holstermann ungeduldig.

Beide Männer schoben uns daraufhin vor sich die Stufen hinab unter Deck.

»Du bleibst hier und behältst die beiden Damen im Auge, Arno! Zur Not mit Hilfe von dem hier.« Er zog die Waffe aus dem Hosenbund und reichte sie dem verdutzten Kelsterbach. »Guck nicht so, das wirst du ja wohl hinbekommen. Oder warst du beim Bund fürs Kartoffelschälen zuständig?« Er lachte und verschwand nach oben, ohne eine Antwort abzuwarten.

Seine Schritte an Deck waren deutlich zu hören, er löste die Leinen und startete den Motor, worauf sich das Boot alsbald in Bewegung setzte.

KAPITEL 31

»Da vorne muss es sein, das letzte Haus auf der linken Seite«, dirigierte Uwe seinen Kollegen Nick durch Kampen.

»Er scheint zu Hause zu sein, da steht ein Wagen unterm Carport. Das Tor zur Einfahrt steht allerdings offen«, stellte Nick fest, als sie die Gartenpforte passierten.

»Umso besser.« Uwe betätigte beherzt den Klingelknopf.

Als sich nach dem zweiten Klingeln noch immer nichts tat, spähte Nick durch eines der Fenster neben der Haustür.

»Niemand zu sehen. Lass uns mal auf der Rückseite nachsehen, vielleicht ist er im Garten und hört uns nicht«, schlug er vor und machte sich auf den Weg um das Haus herum.

»Warte auf mich!« Uwe beeilte sich, seinem Kollegen zu folgen.

»Hier ist er auch nicht, aber es sieht aus, als ob Herr Holstermann es sehr eilig gehabt hat«, stellte Nick mit Blick auf die Gläser und eine dünne Mappe, aus der einige Papiere seitlich hervorlugten, auf dem Tisch fest.

»Wahrscheinlich gab es eine Art Notfall, und er musste dringend weg«, zog Uwe in Erwägung.

»Das kommt mir alles sehr seltsam vor. Lass uns zurück nach vorne gehen.«

»Schau mal, Nick! Die Terrassentür ist nicht fest verschlossen, sondern nur herangezogen. Wer geht denn weg und lässt das Haus unverschlossen?«, wunderte sich Uwe und drückte gegen die Terrassentür, die sofort nachgab.

»Ich sage ja, hier stimmt was nicht.« Nick betrat das Wohnzimmer mit gezogener Dienstwaffe. Uwe folgte ihm in geringem Abstand.

»Hallo! Herr Holstermann? Sind Sie da?«, rief er laut, erhielt jedoch keine Antwort. Im Haus herrschte absolute Ruhe, lediglich das Summen des Kühlschranks durchbrach die Stille. Er ließ die Waffe sinken und steckte sie ein.

»Das Vöglein ist ausgeflogen«, bestätigte Uwe. »Was ist das denn? Steht Holstermann auf rosé?« Sein Blick fiel auf einen Laptop auf dem Couchtisch.

»Der gehört wahrscheinlich seiner Freundin«, nahm Nick an.

»Möglich, das sehe ich mir trotzdem mal an.«

»Ich wollte nur sagen, wir haben keinen richterlichen Beschluss, um uns näher umzusehen. Mögliche Beweise könnten später unter Umständen wertlos sein«, gab Nick zu bedenken.

»Gefahr in Verzug, entspann dich, Nick! Achtermann wird das regeln«, erwiderte Uwe gelassen und klappte den Laptop auf. Sogleich erwachte das Gerät zum Leben, und auf dem Bildschirm erschien das Foto eines neuen Porsche 911. Uwe stieß einen leisen Pfiff aus. »Denkst du, was ich denke?«

»Ich befürchte ja«, gab Nick postwendend zurück. »Wir müssen umgehend die Kollegen der Spurensicherung verständigen und Holstermann zur Fahndung ausschreiben. Hoffentlich hat er nicht längst die Insel verlassen. Ich informiere gleich die Kollegen von der Streife, die sollen am Bahnhof und am Fähranleger in List nach ihm Ausschau halten, und anschließend die Spurensicherung.«

Während Nick die notwendigen Telefonate erledigte, sah sich Uwe in der Nähe des Carports um. »Hey, Nick! Komm bitte mal! Ich glaube, ich habe etwas Interessantes entdeckt.«

»Wo bringen die uns hin?«, jammerte Juna und fasste sich vorsichtig an die schmerzende Stelle am Kopf. Wir waren für einen Moment ungestört, da Arno Kelsterbach an Deck gegangen war und uns allein gelassen hatte. Der Agenturinhaber war das reinste Nervenbündel, auf seinem Poloshirt zeichneten sich unter den Achseln deutliche Schweißflecken ab.

»Ich weiß es nicht, aber ich vermute, Holstermann will nach Dänemark.«

»Warum hat er uns überhaupt mitgenommen, wir haben ihm nichts getan.«

»Er hat Angst, wir könnten gegen ihn aussagen, weil wir das Gespräch belauscht haben.«

»Ich habe solche Angst, Anna.«

»Uns muss dringend etwas einfallen, wie wir aus der Sache rauskommen«, sagte ich und sah mich nach etwas Geeignetem um, das uns bei einem Fluchtversuch behilflich sein konnte, aber ich fand nichts. Dann fiel mein Blick auf Kelsterbachs Sakko, das er ausgezogen und auf der schmalen Bank abgelegt hatte.

»Gib mir Rückendeckung«, flüsterte ich Juna zu und krabbelte von der schmalen Sitzbank.

»Was hast du vor? Sei bloß vorsichtig!«

Ich griff nach dem Sakko und begann, die Taschen zu durchsuchen. Tatsächlich stieß ich auf einen harten Gegenstand und hätte vor Freude jubeln mögen. Kelsterbachs Handy. Aufgeregt tippte ich auf eine der Tasten, das Display leuchtete auf, das Logo der Agentur erschien. Im selben Moment waren oben an Deck sich nähernde Schritte zu hören, und ich ließ das Telefon blitzschnell in meiner Gesäßtasche verschwinden und flüchtete zurück auf meinen Platz. Mit rasendem Puls behielt ich angestrengt die Treppe im Auge und rechnete jeden Augenblick mit dem Erscheinen von einem der beiden Männer. Doch die Schritte entfernten sich wieder, stellte ich mit Erleichterung fest. Trotz allem war ich weiterhin auf der Hut. Das Boot bewegte sich kaum, auch das Motorengeräusch war verstummt. Offenbar hatten wir den Hafen noch nicht hinter uns gelassen. Ich durfte keine Zeit verlieren. Mit zittrigen Fingern holte ich das Handy hervor und wischte abermals über das Display und erkannte, dass das Gerät nicht gesperrt war. Eine Nachlässigkeit, für die ich Kelsterbach äußerst dankbar war. Meine Euphorie wurde jedoch sogleich im Keim erstickt, da es unter Deck keine stabile Netzabdeckung gab. Die Anzeige schwankte ständig zwischen einem und drei Balken hin und her, bis sich auch der letzte Balken schließlich mit einem Zittern verabschiedete. Doch ich gab nicht auf und wanderte – die Treppe stets im Blick – mit dem Telefon in der Hand auf und ab. Ich musste mich beeilen, denn je weiter wir uns vom Hafen entfernen würden, je schlechter würde die Verbindung werden. Ich hielt das Handy dicht an das kleine Bullauge und hatte plötzlich wider Erwarten ausreichend Empfang. Ich jubilierte innerlich und wählte Nicks Nummer.

»Bitte geh ran«, beschwor ich ihn und schloss für einen kurzen Moment die Augen.

»Was gibt's, Uwe?«, erkundigte sich Nick und kam neugierig näher.

»Das habe ich auf dem Rasen gefunden. Es ist zerrissen.«

»Ein Lederarmband mit einem kleinen Anhänger. Irgendwo habe ich es schon einmal gesehen«, rätselte Nick und betrachtete das Schmuckstück in seiner Hand eingehend.

»Und schau hier! Da ist noch etwas.« Uwe führte Nick zum Carport und deutete auf eine dunkelblaue Ledertasche, die neben leeren Getränkekisten lag, als hätte man sie achtlos weggeworfen.

Bei diesem Anblick schnürte sich Nicks Kehle schlagartig zusammen. »Das ist Annas Tasche!«, presste er mit rauer Stimme hervor.

»Annas Tasche?«, wiederholte Uwe verdutzt. »Wie kommt Annas Tasche auf Holstermanns Grundstück?«

In diesem Augenblick erinnerte sich Nick und schlug sich mit der flachen Hand vor die Stirn. »Verdammt, ich Idiot! Anna wollte heute bei Holstermann vorbeischauen und eine Skizze abgeben. Er ist ein Kunde von ihr und will sich seinen Garten neu gestalten lassen.«

»Wo können sie sein? Holstermanns Wagen steht hier.« Uwe deutete auf den Sportwagen. Erst jetzt bemerkte er die Schramme an der Seite des Wagens. »Was ist das denn?«

»Ich glaube, ich weiß, was das bedeutet.« Nick rannte, ohne eine nähere Erklärung abzugeben, nach vorne zur Straße. Keine Minute später kam er zurückgelaufen.

»Anna hat ihren Wagen in einer Nebenstraße geparkt. Sie war hier! Holstermann muss sie mitgenommen haben.«

»Ich verstehe das alles nicht«, entgegnete Uwe mit ratloser Miene.

»Hoffentlich ist Anna nicht zufällig Zeuge von irgendetwas geworden.«

»Zeuge wovon?«, hakte Uwe nach.

»Vielleicht hat sie unbeabsichtigt ein Gespräch mitbekommen, das sie besser nicht hätte hören sollen. Ich bin überzeugt, Holstermann war nicht allein. Denk an die beiden Gläser. Außerdem wusste Anna von dem verschwundenen Laptop von Insa Schröder. Sie ist schlau und wird vermutlich eins und eins zusammengezählt haben. Wie ich sie einschätze, wird sie ihr Wissen Holstermann nicht auf die Nase gebunden haben. Sollte Gerrit Holstermann wirklich der Mörder von Insa Schröder und Richard Münkel sein und Anna in seiner Gewalt haben, schwebt sie in akuter Lebensgefahr.« Nicks Pulsschlag beschleunigte sich rapide. Er hatte die letzten Worte kaum ausgesprochen, als sein Handy klingelte. Zunächst stutzte er, da auf dem

Display eine ihm unbekannte Nummer angezeigt wurde. Ohne weiter nachzudenken, nahm er das Gespräch an.

»Hallo? Wer ist denn da? Anna!« Er winkte aufgeregt Uwe zu sich, der sein Ohr ganz dicht an das Telefon hielt, um mithören zu können. »Wo bist du?« Beide Polizisten lauschten angestrengt, da die Verbindung abgehackt klang. Ausgerechnet im selben Augenblick erklang auf dem Nachbargrundstück der ohrenbetäubende Lärm eines Benzinrasenmähers, sodass man kaum sein eigenes Wort verstand. Uwe rannte sofort los, während Nick sich eine Hand schützend vor das Ohr hielt.

»Sprich lauter, Anna! Ich kann dich nur schlecht verstehen! Wo bist du?«, versuchte er trotz des Lärms und der schlechten Verbindung, die Kommunikation aufrechtzuerhalten.

Uwe war es mittlerweile gelungen, den Krach abzustellen, doch als er zurückkam, war das Telefonat beendet.

»Was hat sie gesagt? Wo ist sie?«, fragte er völlig aus der Puste und japste nach Luft.

»Ich konnte sie kaum verstehen, die Verbindung war außerordentlich schlecht. Außerdem hat sie sehr leise gesprochen. Ich konnte nur ein paar Brocken wie Entführung, Hafen und Boot verstehen. Das war's.«

»Welcher Hafen? Wir haben mehrere auf Sylt.«

»Wenn ich sie richtig verstanden habe, hat sie vom Hörnumer Hafen geredet. Wie gesagt, ich habe sie lediglich bruchteilhaft verstanden«, bestätigte Nick. »Ich habe noch eine schlechte Nachricht.«

»Welche?«

»Sie ist nicht allein. Juna ist bei ihr. Jetzt weiß ich auch wieder, wo ich das zerrissene Armband schon einmal gesehen habe.«

»Das hat mit gerade noch gefehlt. Achtermann zerreißt mich in der Luft, wenn er davon erfährt«, seufzte Uwe und fuhr sich mit der Hand übers Gesicht. »Okay, dann gebe ich vorsichtshalber bei den anderen Häfen Bescheid, sicher ist sicher. Und wir machen uns umgehend auf den Weg nach Hörnum!«

KAPITEL 32

»Hallo? Herr Holstermann?«

»Was ist los da unten?«, erkundigte sich Holstermann mürrisch und spähte durch die Luke zu uns nach unten.

»Wir brauchen unbedingt einen Arzt. Juna hat das Bewusstsein verloren und bewegt sich nicht mehr«, erklärte ich mit gespielt besorgter Miene. »Sind wir schon sehr weit von der Küste entfernt?«

»Nein«, knurrte er und stieg die Stufen hinunter, während er mich misstrauisch beäugte. »Wir müssen erst noch ein größeres Schiff einfahren lassen. Kann aber nicht mehr lange dauern. Wenn ihr glaubt, ihr könnt mich reinlegen, dann …«

»Nein, nein. Bitte, es scheint ihr wirklich sehr schlecht zu gehen«, beteuerte ich.

Holstermann schien für einen Moment mit dem Gedanken zu spielen, selbst nachzusehen, doch dann durchkreuzte Kelsterbach unseren Plan, indem er nach seinem Freund rief.

»Gerrit! Die Bullen!«, hörte man ihn rufen, gleich darauf tauchte sein Kopf in der Öffnung auf.

Bei diesen Worten machte mein Herz einen kleinen Freudensprung. Hatte Nick im Anschluss an meinen Anruf derart schnell Verstärkung schicken können? Juna drückte unbemerkt meine Hand.

Holstermann teilte die aufkommende Panik seines Freundes nicht, stattdessen wirkte er zunehmend gereizter. »Quatsch, die kommen nicht unseretwegen. Jetzt mach dir nicht gleich wieder vor Angst in die Hose. Gott, was bist du für ein Weichei!«, stöhnte er genervt und begab sich an Deck.

»Aber wenn sie uns gefunden haben?«, stammelte Kelsterbach.

»Wieso sollten sie? Die haben uns noch nicht einmal gesucht. Für solch einen Waschlappen hätte ich dich ehrlich nicht gehalten. Du bist ja schlimmer als deine Sekretärin, die Heulsuse.« Er gab Kelsterbach einen ordentlichen Stoß gegen die Schulter, sodass er ins Wanken geriet und sich im letzten Moment abfangen konnte, ohne zu stürzen. »Wenn dieser Kahn gleich angelegt hat, haben wir freie Bahn, also entspann dich. Bier?«

»Was hast du mit den beiden vor?«, wollte Kelsterbach wissen.

»Wenn wir weit genug draußen sind, wird es leider zu einem bedauerlichen Unfall an Bord kommen«, legte Holstermann, ohne mit der Wimper zu zucken, seine Pläne offen.

Mir wurde auf der Stelle schlecht, und Junas angstgeweitete Augen füllten sich mit Tränen, als sie mich ansah. Ich bedeutete ihr mit einer Geste, nicht die Nerven zu verlieren, obwohl ich selbst alles andere als entspannt war. Nick würde alles in seiner Macht Stehende tun, um uns so schnell wie möglich aus den Fängen dieser Männer zu befreien. An diesen imaginären Strohhalm klammerte ich mich wie eine Ertrinkende.

»Du willst sie über Bord gehen lassen!«, entfuhr es Arno Kelsterbach, als würde er sich erst jetzt der gesamten Tragweite dieses Unterfangens bewusst werden.

»Hast du eine bessere Idee?«, blaffte Holstermann zurück.

Kelsterbach schnappte nach Luft, dann schüttelte er den Kopf. »Nein, Gerrit! Ohne mich! Da mache ich nicht mit. Ich habe mich schon tief genug von dir in die Sache reinziehen lassen. Aber bei Mord hört der Spaß auf!«

»Du wiederholst dich, Arno. Dafür ist es jetzt zu spät. Hör endlich auf mit dieser elenden Jammerei, sonst gehst du gleich mit!«

Das einfahrende Schiff hatte die Ausfahrt freigegeben, und Holstermann hatte endgültig freie Bahn, das Segelboot hinaus auf die Nordsee zu steuern. Doch seinen Schimpftiraden nach zu urteilen, hatte er offenbar Schwierigkeiten beim Anlassen des Motors.

»Was ist denn nun los?«, fluchte er und kam wie von der Tarantel gestochen unter Deck gestürmt. Sein zorniger Blick galt dabei in erster Linie Juna, die in diesem

Augenblick zurück auf ihren Platz flüchtete. Holstermann kam bedrohlich näher und musterte uns misstrauisch mit zusammengekniffenen Augen. Dann wanderte sein Blick zur Klappe, hinter der sich die Elektroverteilung für das Boot verbarg. Sie war nur angelehnt.

»Was zum Teufel hast du gemacht?«, fragte er wutschnaubend.

»Nichts. Ich weiß nicht, was Sie meinen«, behauptete Juna mit argloser Miene.

»Ich glaube dir kein Wort«, zischte er, und die Zornesröte stieg ihm ins Gesicht.

Ich sprang auf, um mich schützend vor Juna zu stellen. »Lassen Sie sie in Ruhe! Sie hat nichts getan.«

Er versuchte, mich zur Seite zu schieben wie ein lästiges Insekt. Als dies jedoch nicht gelang, holte er aus und schlug mir mit der Hand ins Gesicht, sodass mein Kopf regelrecht zur Seite flog und ich um Haaresbreite das Gleichgewicht verloren hätte. Junas Aufschrei veranlasste Kelsterbach, unverzüglich unter Deck zu kommen.

»Gerrit, was geht hier vor?«, erkundigte er sich.

»Dieses kleine Miststück wollte sich an der Elektrik zu schaffen machen. Du bleibst ab sofort hier unten und passt auf die beiden auf, verstanden?«, erteilte Holstermann den Befehl, den Kelsterbach mit einem Nicken quittierte. »Und ihr gebt keinen Mucks mehr von euch. Habe ich mich klar ausgedrückt?«

Neben Juna sitzend, hielt ich abwechselnd eine Hand an die Wange gepresst, die wie Feuer brannte. Vorsichtig bewegte ich den Kiefer, was mir eine schmerzhafte Welle durch den Körper jagte, aber anscheinend war nichts gebrochen, wie ich trotz allem mit Erleichterung zur Kenntnis nahm.

»Sorry, das wollte ich nicht«, flüsterte Juna und sah mich mitleidsvoll an.

»Es war nicht deine Schuld, ein Versuch war es immerhin wert.«

KAPITEL 33

Mit quietschenden Reifen brachte Nick den Wagen zum Stehen. Während er längst ausgestiegen war und sich auf dem Hafengelände umsah, schälte sich Uwe noch aus seinem Beifahrersitz. Sowohl sein Geist als auch sein Körper hatten die Grenze der Belastbarkeit in den letzten Tagen erreicht. Vielleicht waren seine Körperfülle und die damit verbundene Unsportlichkeit der ausschlaggebende Grund dafür, weshalb sich seine Tina offenkundig anderweitig orientiert hatte, kam ihm in den Sinn. Ein Streifenwagen kam in diesem Augenblick unmittelbar neben ihm zum Halten.

»Moin, Oliver!«, begrüßte Uwe den Kollegen. »Konntet ihr was erreichen?«

»Ja! Jemand aus dem Segelclub hat uns informiert, dass er beobachtet hat, wie zwei Männer in Begleitung zweier Frauen auf eines der Segelboote gegangen sind. Eine der Frauen hätte ihn angesprochen. Im Nachhinein kam ihm ihr Verhalten merkwürdig vor, deshalb hat er uns verständigt. Sie heißt Anna, eine Segelschülerin von ihm. Als ich den Namen hörte, war mir gleich klar, dass das kein Zufall sein kann. Wo ist Anna da bloß hineingeraten?«

»Da kommt Nick!«, entgegnete Uwe. »Und?«

»Sie sind mit einem Boot raus. Hallo, Oliver! Habt ihr nähere Informationen?«

»Wir sind gerade auf dem Weg zum Segelclub.«

»Fahrt vor, wir kommen hinterher!«, sagte Nick und setzte sich hinters Steuer und wollte losfahren, doch eine dichte Menschentraube blockierte die Durchfahrt. Soeben waren zwei Reisebusse mit Touristen angekommen, deren Insassen nunmehr dicht gedrängt dem Anleger entgegen strömten, wo bereits ein Ausflugsschiff auf seine Fahrgäste wartete, um sie in Empfang zu nehmen. Besonders beliebt waren Fahrten zu den Seehunden inklusive Seetierfang, aber auch Insel- und Halligfahrten gehörten zu den bevorzugten Highlights der meisten Sylturlauber.

»Müssen die ausgerechnet alle hier rumstehen«, schimpfte Nick.

Uwe fackelte nicht lange, kurbelte die Scheibe herunter und setzte das Blaulicht aufs Dach. »Die Leute sollen schließlich was geboten bekommen im Urlaub«, grinste er schief und schaltete es ein. In Sekundenschnelle hatten sie freie Fahrt.

Am Segelclub angekommen, lief Oliver ihnen bereits

entgegen. »Das Boot heißt ›Heartbreaker‹«, ließ er sie wissen.

»Wir brauchen ebenfalls ein Boot!«, betonte Nick.

»Wo sollen wir auf die Schnelle ein Boot herbekommen?«, stutzte Uwe.

»In einem Hafen sollte es kein Problem geben, ein Boot zu bekommen«, betonte Nick.

»Da kommt Steen Larsen«, bemerkte Uwe und zeigte auf einen jungen Mann, der direkt auf sie zugelaufen kam.

»Gut, dass ich Sie erwische!« Er wirkte aufgebracht und war vom Laufen vollkommen außer Atem. »Es geht um Juna. Wir waren in List verabredet, aber sie ist nicht gekommen. Ich habe mir Sorgen gemacht und dann diese seltsame Nachricht von ihr erhalten. Verstehen Sie, von wem sie da spricht?« Der junge Kitesurfer hielt den beiden Beamten sein Smartphone vor die Nase.

Nick starrte ungläubig auf die Zeilen. »Holstermann ist nicht allein, Arno Kelsterbach ist mit von der Partie!«

»Der Agenturchef? Dann haben Holstermann und Kelsterbach gemeinsame Sache gemacht? Und jetzt ...«, überlegte Uwe.

»... wollen die beiden unliebsame Zeugen loswerden«, beendete Nick den Satz. »Wir dürfen keine Zeit verlieren. Wo bekommen wir schnell ein Boot her?«, wandte er sich an Steen, der kein Wort von dem verstand, was die beiden sagten.

»Kommen Sie!« Steen rannte los, und die Beamten hefteten sich an seine Fersen, bis er vor einem größeren Kutter stehen blieb. »Lüüv«, stand in blauen Lettern am Bug geschrieben.

»Opa!«, rief Steen laut. Dann kletterte er auf das Schiff und forderte Nick auf, ihm an Bord zu folgen.

Uwe war mit einiger Verzögerung ebenfalls angekommen und bestieg mit Nicks Hilfe das Schiff. Er pumpte wie ein Maikäfer und war vorläufig aufgrund des Luftmangels nicht in der Lage, in vollständigen Sätzen zu sprechen. Nach einer gefühlten Ewigkeit tauchte ein Mann mit Mütze und dunkelblauem Pullover an Deck auf.

»Was machst du denn für ein Geschrei, mein Junge?« Als Onno Larsen die beiden Polizisten erblickte, verdüsterte sich seine Miene schlagartig und seine dichten grauen Augenbrauen zogen sich misstrauisch zusammen. »Was wollen die denn hier?«, fragte er bissig.

»Erklär ich dir später! Los, wir müssen rausfahren! Schnell!«, forderte Steen seinen Großvater auf.

»Ich muss gar nichts.« Er verschränkte trotzig die Arme vor der Brust.

»Helfen Sie uns bitte, wir müssen ein Boot stoppen, auf dem sich zwei Geiseln befinden«, fasste Uwe die Situation zusammen.

Onno Larsen verzog keine Miene.

»Opa! Bitte!«, bekniete Steen seinen Großvater. »Juna ist an Bord.«

Ohne ein Wort drehte sich der alte Mann um und ging in das Fahrerhaus. Steen löste unterdessen die Vertäuung. Unmittelbar darauf erklang ein Motorengeräusch, und der Kutter tuckerte gemächlich aus dem Hafen, mit Kurs auf die offene Nordsee.

»Geht das nicht ein bisschen schneller?«, erkundigte sich Uwe, der zwischenzeitlich zu seinem normalen Atem zurückgefunden hatte.

»Das ist ein Kutter und kein Rennboot. Genauso wenig, wie Sie Usain Bolt sind, wie wir gerade erlebt haben.«

In Anbetracht dieser Äußerung verschlug es Uwe glatt die Sprache.

Plötzlich verstummte das Motorengeräusch, das Boot glitt mit leichtem Schaukeln durch das Wasser. Juna und ich sahen einander fragend an. Kelsterbach, der auf der Treppe saß und uns keine Sekunde mehr aus den Augen gelassen hatte, ganz wie Holstermann ihm aufgetragen hatte, schien sich ebenfalls zu fragen, warum wir unsere Fahrt nicht fortsetzten. Er erhob sich und ging nach oben.

»Gerrit, was hast du vor?«, hörte ich ihn fragen.

»Hol die beiden hoch«, befahl Holstermann knapp.

Seine Worte glichen einem Schlag in den Magen. Was kam als Nächstes? Würden sie uns tatsächlich über Bord werfen? Um an Land zu schwimmen, waren wir zu weit von der Küste entfernt, ganz zu schweigen von den starken Strömungen, die an Sylts Südspitze herrschten. Nicht umsonst herrschte hier strenges Badeverbot. Selbst wenn wir eine Zeit lang gegen die Strömung anschwimmen würden, würden früher oder später die Kräfte nachlassen und wir jämmerlich ertrinken. Die andere Variante, sich unser zu entledigen, wollte ich mir besser nicht ausmalen. Wo blieb Nick? Hatte er mich womöglich nicht richtig verstanden? Angst und Verzweiflung vermischten sich zu einer übermächtigen Welle, die mich zu überrollen drohte, und ich konnte meine Tränen nicht länger zurückhalten.

»Du kannst sie nicht einfach über Bord werfen«, wandte Kelsterbach ein.

»Ach, und warum nicht?«, entgegnete Holstermann gereizt.

»Das überleben sie nicht.«

»Glaubst du im Ernst, ich schleppe sie auf ein Boot, fahre bis hier raus, damit sie anschließend bequem an Land schwimmen und alles ausplaudern können? Du bist ein solcher Idiot, Arno.«

»Da mache ich nicht mit, Gerrit.«

»Das wirst du wohl oder übel machen müssen, sonst wanderst du entweder in den Knast oder endest als Fischfutter. Such dir was aus«, stellte Holstermann seinen Freund vor die Wahl.

»Ich lasse mich nicht von dir einschüchtern und bin es leid, deinen Handlanger zu spielen«, rebellierte Kelsterbach.

Unbemerkt hatte ich mich bis zur Treppe herangepirscht und reckte meinen Kopf durch die Luke, um einen Blick ins Freie zu riskieren. Juna war mir gefolgt und stand dicht hinter mir.

»Ich wiederhole mich ungern, aber für Reue ist es leider zu spät. Und jetzt hol die Frauen nach oben.«

»Das kannst du selbst machen«, widersprach Kelsterbach und versuchte, Stärke zu demonstrieren.

»Soll ich Angst bekommen?« Dann brach Holstermann in schallendes Gelächter aus, was jedoch augenblicklich erstarb, als er das Handy in seiner Hand sah. In weiser Voraussicht hatte ich das Telefon nach meinem Gespräch mit Nick zurück in Kelsterbachs Sakko gesteckt, damit er keinesfalls in irgendeiner Art Verdacht schöpfte. Im Nachhinein konnte ich mir zu dieser Entscheidung nur gratulieren.

»Spinnst du? Was hast du vor? Leg auf der Stelle das Handy weg!« Holstermann trat einen Schritt vor, um nach dem Mobiltelefon zu greifen, aber Kelsterbach wich ihm geschickt aus. »Pah, hier draußen hast du ohnehin keinen Empfang«, entgegnete er unbeeindruckt. Nach außen gab er sich gelassen, doch man konnte förmlich spüren, dass er zusehends nervöser wurde. Man brauchte kein Polizeipsychologe sein, um zu wissen, dass Kidnapper in Stresssituationen noch unberechenbarer waren.

»Der Notruf ist rausgegangen«, erklärte Kelsterbach daraufhin zufrieden und ließ sich widerstandslos das Telefon abnehmen, das gleich darauf in hohem Bogen über Bord flog und von der Nordsee verschlungen wurde.

»Vollidiot!«, zischte Holstermann und schlug unvermittelt zu, worauf Kelsterbach stöhnend zu Boden ging und sich vor Schmerzen krümmte. Als er versuchte, sich aufzurichten, ging die Faust seines Freundes ein zweites Mal auf ihn nieder. Dieses Mal schlug er mit dem Kopf unmittelbar neben mir auf eine Kante auf und blieb reglos liegen. Helles Blut lief aus seiner Nase. Erschrocken wich ich zurück und hielt die Luft an.

»Ist er tot?«, wisperte Juna.

»Ich weiß nicht.«

Sofort tauchte Gerrit Holstermann in der offenen Luke auf. »Hochkommen! Und zwar zackig, wenn ich bitten darf.«

Wir taten wie uns geheißen und kamen langsam die Treppe nach oben.

»Umdrehen! Hände auf den Rücken und keine Tricks«, ordnete er barsch an.

Als ich mich umdrehen wollte, erkannte ich einen Kutter um die Südspitze auf uns zukommen. Schlagartig erwachten meine Lebensgeister, ich schöpfte neuen Mut. Unauffällig stieß ich Juna mit dem Fuß an und drehte den Kopf in die Richtung, aus der das Schiff kam. Sie erfasste augenblicklich die Situation.

»Herr Holstermann, können wir nicht noch einmal über alles reden? Mein Vater ist Generalstaatsanwalt, ich könnte ein gutes Wort für Sie einlegen, wenn Sie uns gehen lassen«, versuchte sie, unseren Entführer in ein Gespräch zu verwickeln und von dem Kutter abzulenken, dessen Auftauchen er offenbar bislang nicht wahrgenommen hatte.

»Spar dir das, Mädchen! Bis man euch findet, bin ich über alle Berge«, erwiderte er mit einem Lachen und hantierte mit einem Stück Seil.

»Mit der Nussschale?«

Zu meiner Überraschung war es Juna, die lauthals lachte. Hatte sie den Verstand verloren oder handelte sie aus eiskalter Berechnung? Ich war mir unsicher, ob sie sich im Klaren darüber war, dass sie sich mit dieser Provokation verdammt dicht am Abgrund bewegte. Holstermann derart zu reizen, erschien mir nicht der klügste Weg zu sein. Doch sie ließ nicht locker.

»Glauben Sie mir, ich kenne mich mit Segelbooten aus. Mit dem Ding kommen Sie nicht mal bis Dänemark. Die Elektrik ist vollkommener Schrott.«

Für den Bruchteil einer Sekunde schien sie Holstermann tatsächlich aus dem Konzept gebracht zu haben, doch dann fasste er sich relativ schnell wieder.

»Du hältst dich wohl für besonders clever, was?« Auf seinem Gesicht erschien ein breites Grinsen.

Plötzlich ließ ihn ein Geräusch aufhorchen, er drehte sich blitzartig um.

»Hände hoch!«, rief ich und richtete seine eigene Waffe auf ihn. Während Juna seine Aufmerksamkeit auf sich gelenkt hatte, hatte ich die Waffe an mich genommen, die Kelsterbach vorhin in eine Nische neben der Treppe deponiert hatte, während er uns observierte. Ich hatte schon einige Male eine Waffe in der Hand gehalten, aber niemals einen Schuss daraus abgefeuert. Auf meinen Wunsch hin hatte Nick mir eine kleine Einführung in die Waffenkunde gegeben – wenn auch nur zähneknirschend –, was sich nunmehr auszahlte.

Holstermann wirkte zunächst überrascht, dann setzte er ein selbstgefälliges Lächeln auf.

»Anna! Spielen Sie nicht die Heldin. Geben Sie mir den Revolver, bevor Sie sich selbst verletzen. Damit können Sie nicht umgehen.« Er hielt mir die ausgestreckte Hand hin.

»Da wäre ich mir an Ihrer Stelle nicht so sicher!«, bluffte ich. »Ich werde nicht zulassen, dass Sie weitere Morde begehen.«

»Welch unschöne Worte aus dem Mund einer so bezaubernden Frau«, säuselte er und war versucht, sich mir zu nähern.

»Bleiben Sie, wo Sie sind! Ich warne Sie, keinen Schritt näher, sonst drücke ich ab«, drohte ich und richtete den Revolver direkt auf ihn. Mit Mühe konnte ich ein Zittern meiner Hände unterdrücken. Wie lange sie mir jedoch noch gehorchen würden, konnte ich nicht absehen.

Er hob abwehrend die Hände und blieb stehen. Juna hatte sich derweil zu Kelsterbach gebeugt.

»Er lebt noch!«, bestätigte sie aufgeregt.

»Kümmere dich um ihn, aber binde ihm trotzdem vorsichtshalber die Hände auf den Rücken«, forderte ich sie auf.

Mit beiden Händen hielt ich die Waffe fest umschlossen nach wie vor auf Holstermann gerichtet, während mir der Schweiß in Bahnen über den Rücken lief. Ich sah ein weiteres Boot mit hoher Geschwindigkeit rasch auf uns zukommen, was Holstermann nicht sehen konnte, da er mit dem Rücken dazu stand.

»Das Leben lässt einem manchmal keine andere Wahl«, erklärte er urplötzlich. »Insa hat mich erpresst.«

»Das ist kein Grund, jemanden zu töten«, erwiderte ich. Wollte er mich in ein Gespräch verwickeln, um auf diese Weise an die Waffe zu gelangen?

»Sie haben nicht die geringste Ahnung, wovon Sie sprechen. Sie hätte alles zerstört, wofür ich jahrelang gearbeitet habe. Genauso wie dieser armselige Butler.« Er lachte verächtlich. »Der war kein bisschen besser mit seiner elenden Spielsucht. Er hatte seine Chance, doch am Ende hat er feige den Schwanz eingezogen. Genau wie er!« Er zeigte auf Kelsterbach, der schmerzhaft aufstöhnte, als Juna ihm ein zusammengewickeltes Handtuch unter den Kopf schob. Jetzt waren die Motorengeräusche der anderen Boote nicht mehr zu überhören, und unser Boot begann durch den Wellenschlag der anderen Schiffe zu schaukeln.

Holstermann drehte sich in dem Moment um, als sie neben der »Heartbreaker« auftauchten, auf der Backbordseite das Boot der Küstenwache und auf der Steuerbordseite ein Fischkutter.

»Steen!«, rief Juna, als sie ihn an Bord des Kutters erblickte.

Holstermann war derart überrumpelt, dass er keine Anstalten machte, sich zu wehren, als die Polizisten ihn festnahmen. Nick war ebenfalls an Bord gesprungen und nahm mir die Waffe aus den Händen, die ich immer noch umklammerte, als sei ich nicht gewillt, sie jemals loszulassen.

»Sweety! Bist du in Ordnung?« Er musterte mich besorgt. »Was ist mit deinem Gesicht passiert?« Er strich mir vorsichtig über die Wange.

»Das war Holstermann«, erwiderte ich und konnte die Tränen der Erleichterung nicht mehr zurückhalten, während ich mich an ihn presste. Mein gesamter Körper zitterte.

»Alles gut, es ist vorbei, Anna. Ihr seid in Sicherheit«, versuchte Nick mich zu beruhigen und streichelte über meinen Rücken, bis die Anspannung endlich nachließ.

Juna wurde fest von Steen in die Arme geschlossen. Während die Polizisten der Küstenwache sich um Holstermann und den verletzten Kelsterbach kümmerten, brachte uns Onno Larsen mit seiner alten Lüüv gemächlich, aber sicher zurück in den Hörnumer Hafen.

KAPITEL 34

Am nächsten Morgen servierte mir Nick ein reichhaltiges Frühstück ans Bett.

»Wie fühlst du dich?«, fragte er und stellte das Tablett auf den Nachttisch.

»Mach dir um mich keine Sorgen, mir geht es gut, so wie du mich verwöhnst«, erwiderte ich.

»Du warst ungeheuer mutig. Ohne dein beherztes Eingreifen wäre die Sache vermutlich nicht so glimpflich ausgegangen.« Er sah mich ernst an.

»Das war nicht allein mein Verdienst. Ohne Juna hätte ich es nicht geschafft. Gut, dass du mir ein bisschen etwas über den Umgang mit Waffen beigebracht hast. Da siehst du, wofür es manchmal gut sein kann.«

Nick schenkte mir ein Lächeln und strich mir eine Haarsträhne aus dem Gesicht. »Ich liebe dich«, sagte er und gab mir einen Kuss.

»Ich dich auch. Sehr.« Ich legte meine Arme um seinen Nacken und zog ihn zu mir. So verharrten wir einen Moment, ohne ein weiteres Wort zu wechseln, bis Pepper ins Schlafzimmer marschiert kam und Nick mit seiner Nase gegen den Oberschenkel stupste.

»Pepper!«, begrüßte ich unseren pelzigen Freund, der darauf fröhlich mit dem Schwanz wedelte. »Wenn es ihm gestern nicht schlecht gegangen wäre, hätte ich ihn mitgenommen. Dann wäre die Sache bestimmt anders ausgegangen«, überlegte ich.

»Das kann man nicht sagen. Wer weiß, was dann passiert wäre«, entgegnete Nick.

»Wie geht es Kelsterbach? Hast du etwas aus dem Krankenhaus gehört?«

»Dass du überhaupt einen Gedanken an ihn verschwenden kannst!« Nick verzog den Mund.

»Der Schlimmere der beiden ist eindeutig Holstermann«, bestätigte ich. »Ich hatte stets das Gefühl, dass Kelsterbach mit Holstermanns Vorgehen nicht einverstanden war, ihm missfiel die Sache, er schien bloß nicht den Mut zu besitzen, seinem Freund Paroli zu bieten. Hat Kelsterbach auch jemanden umgebracht?«

»Nein, aber er wird sich trotzdem für das, was er getan hat, verantworten müssen. Die momentane Beweislage deutet daraufhin, dass die Taten allein auf Gerrit Holstermanns Konto gehen. Ein paar Untersuchungen sind noch nicht vollständig abgeschlossen, wir rechnen jederzeit mit dem Ergebnis.«

»Ich verstehe nicht, warum er Insa Schröder und Richard Münkel umgebracht hat. Hat er sich zu den Beweggründen geäußert?«

»Bis gestern Abend hat er kein Wort zu alledem gesagt. Er wollte sich nur im Beisein seines Anwaltes äußern, und der kommt erst heute auf die Insel. Ich fahre gleich aufs Revier, Uwe wartet sicher schon auf mich.«

»Fahr nur, meinetwegen musst du nicht länger hierbleiben. Pepper passt auf mich auf.«

»Ich bin so froh, dass dir nicht mehr passiert ist, Sweety! Was hätte ich Christopher und deinen Eltern sagen sollen, wenn sie morgen kommen und du wärst nicht da?« Er zögerte, bevor er weitersprach. »Ich weiß, dass du das nicht hören willst, aber ihr hättet sofort von Holstermanns Grundstück verschwinden und mich oder die Kollegen informieren müssen.«

»Ich wollte …«, setzte ich an, doch Nick unterbrach mich.

»Anna, ich meine es ernst. Die beiden haben sich schwerer Verbrechen schuldig gemacht, die haben keine Skrupel damit, unliebsame Zeugen aus dem Weg zu schaffen. Das hast du am eigenen Leib zu spüren bekommen. Ihr seid gerade mit einem blauen Auge davongekommen.« Ich senkte den Kopf. »Hey, ich will dich nur schützen.« Nick hob sanft mein Kinn und sah mir tief in die Augen.

»Ja, du hast recht«, gab ich reumütig zu. »Außerdem hatte ich nie die Absicht, mich in etwas einzumischen, das war purer Zufall, und anschließend kam die Lawine erst richtig ins Rollen.« Als mich Nicks mahnender Blick traf, ergänzte ich: »Okay, ich werde mich zukünftig nicht mehr auf Verbrecherjagd begeben beziehungsweise umgehend die Polizei verständigen, falls ich ungewollt in irgendwas hineinschlittern sollte. Ich werde Miss Marple keine Konkurrenz mehr machen. Ich schwöre es!« Ich hob theatralisch die Hand.

»Gut, dann sind wir uns einig. Und nun muss ich mich sputen. Was machst du jetzt?«

»Ich mache mich fertig und fahre mit Pepper nach Westerland. Schließlich findet heute der letzte Wettbewerb des Kitesurf-Cups statt, und wir müssen Steen die Daumen drücken«, sagte ich und machte mich über mein Frühstück her.

Als Nick die Tür zu seinem Büro öffnete, wäre er um ein Haar mit seinem Kollegen Uwe zusammengeprallt.

»Hoppla! Gibt es irgendwo Kuchen oder warum hast du es so eilig?«, fragte er amüsiert.

»Das wäre mir in der Tat lieber! Du kannst gleich mitkommen, Holstermanns Anwalt ist eingetroffen, es kann losgehen.«

»Na, ich bin gespannt. Muss ich vorher noch etwas wissen? Einige Untersuchungen stehen noch aus.«

»Die Spuren, die wir in Insa Schröders Wagen gefunden haben, konnten mit der DNA von Holstermann abgeglichen werden: Volltreffer! Außerdem wurden an seinen Händen Rußpartikel gefunden. Der eindeutige Beweis dafür, dass er vor Kurzem einen Schuss abgegeben hat. Diese Spuren verbleiben über Tage in der Haut, da kann man sich noch so oft die Hände waschen – so wie Luhrmaier gesagt hat.«

»Was ist mit Münkel?«, hakte Nick nach.

»Ich erwarte jeden Augenblick einen Rückruf dazu. So, wir sind da. Dann wollen wir mal sehen, was Holstermann zu sagen hat.«

KAPITEL 35

Der Westwind ließ die Fahnen wehen und trug einen würzigen Geruch nach Meer an den Brandenburger Strand. Der Moderator in seinem Aussichtsturm verkündete eben über die Lautsprecher die Namen der nächsten Starter. Ich verließ den befestigten Weg der Promenade, zog meine Schuhe aus und ging barfuß mit Pepper ein Stück weiter unten im Sand entlang, während ich Ausschau nach Juna und Steen hielt. Es dauerte nicht lange, bis ich sie unter all den Surfern und Zuschauern entdeckte. Der Wind spielte in Junas blondem Pferdeschwanz und ließ die langen Strähnen durcheinanderwirbeln, während sie Steen nachblickte, wie er sich mit seinem Board und dem Kite zum Startpunkt begab.

»Moin, Juna! Hast du dich von dem Schrecken erholt?«, begrüßte ich sie.

»Hallo, Anna! Oh, da ist ja auch Pepper!« Sie streichelte den Hund. »Danke, es geht mir wesentlich besser. Die Beule schmerzt zwar noch etwas, aber sonst geht es. Das war wirklich knapp gestern. Für einen Moment habe ich wirklich geglaubt, wir würden das nicht überleben. Hätte ich mich nicht vor der Maus erschrocken, wären wir unentdeckt geblieben. Tut mir leid.«

»Dann wären sie vielleicht auf anderem Wege auf uns aufmerksam geworden«, wiegelte ich ab. »Dich trifft keine Schuld an der Sache. Das war eine unglückliche Verkettung verschiedener Umstände.«

»Ich hatte schreckliche Angst, dass sie uns etwas antun«, gestand sie nachträglich.

»Ich auch. Und wie!«

»Dafür warst du ziemlich cool, Anna!« Sie grinste.

»Wir haben beide unser Bestes gegeben«, erwiderte ich mit einem Lächeln. »Jetzt sollten wir unbedingt die Vergangenheit ablegen und uns auf Steens Wettkampf konzentrieren. Sieh! Es geht los!«

»Ja, heute geht es um den ›best trick‹. Da demonstrieren die Kiter ihre besten Tricks. Jeder hat drei Versuche, zwei davon fließen in die Wertung ein«, erklärte Juna aufgeregt, ohne den Blick vom Wasser zu nehmen.

»Na, dann!«

»Puh!«, stöhnte Uwe und strich sich über den Bart, wie er es immer tat, wenn er angespannt oder nachdenklich war. »Gerrit Holstermann ist echt ein harter Brocken, aber am Ende hat er sich doch von seinem Anwalt überzeugen lassen, dass er mit einem vollumfänglichen Geständnis besser bedient sei. Die Kollegen durchsuchen gerade sein Haus und seine Büroräume. Mit viel Glück finden wir vielleicht die Kleidung, die er getragen hat, als er Insa Schröder erschossen hat. Daran dürften sich genügend Spuren befinden.«

»Der ist schlau und hat sie längst entsorgt, da bin ich absolut sicher.«

»Wahrscheinlich hast du recht.« Uwe schnaufte. »Wie kann man nur so einen miesen Charakter haben und buchstäblich über Leichen gehen.«

»Und das alles aus purer Geld- und Machtgier«, fügte Nick nachdenklich hinzu. »Ich brauche dringend einen Kaffee. Kommst du mit?«

»Aber nur mit einem anständigen Stück Kuchen dazu, das haben wir uns redlich verdient. Außerdem muss ich unbedingt ein bisschen an die frische Luft. Lass uns zur Promenade gehen, ich lade dich ein!«

Uwe und Nick waren gerade im Begriff, das Polizeirevier zu verlassen, als ihnen zwei Männer durch die Eingangstür entgegenkamen.

»Oh, nein, der hat mir gerade noch gefehlt!«, raunte Uwe seinem Kollegen zu.

»Herr Wilmsen!« Staatsanwalt Achtermann hatte sie erkannt und kam auf sie zu, unmittelbar gefolgt von einem zweiten Mann. »Hallo, Herr Scarren! Schön, dass ich Sie beide antreffe. Ich würde Ihnen gerne Generalstaatsanwalt Anders Skjellberg vorstellen, den Vater von Juna.«

Anders Skjellberg reichte den beiden Beamten mit einem freundlichen Lächeln die Hand. »Schön, dass ich Sie persönlich kennenlerne. Ich habe bislang ausschließlich Positives von Ihnen und Ihrem Team gehört. Wie mir Herr Achtermann eben mitgeteilt hat, ist Ihnen die Aufklärung der beiden Mordfälle und des Anschlages auf den Kitesurfer gelungen?« Er sah Nick und Uwe abwartend an.

»Das stimmt«, bestätigte Uwe mit einem gewissen Stolz in der Stimme.

»Wie ich hörte, war meine Tochter in die Sache verwickelt?« Der Generalstaatsanwalt zog eine Augenbraue hoch.

»Herr Skjellberg, ich weiß, ich sollte mich um Juna kümmern, und es tut mir auch schrecklich leid, dass es zu dem Vorfall gekommen ist, aber …«, hielt Uwe, um Schadensbegrenzung bemüht, dagegen.

»Es steht nicht in meiner Absicht, Ihnen Vorwürfe zu machen, Herr Wilmsen. Ich habe gestern Abend mit meiner Tochter ausgiebig telefoniert, sie hat mir alles erzählt.

Juna ist eine neugierige, junge Frau, die eigene Entscheidungen trifft und ihre Erfahrungen sammelt, was nicht heißen soll, dass ich mit allem einverstanden bin und mir keine Sorgen um sie mache. In dem vorliegenden Fall trifft Sie keinerlei Schuld – im Gegenteil. Ich bin Ihnen beiden außerordentlich dankbar, dass Sie mir meine Tochter wohlbehalten aus dieser prekären Lage zurückgebracht haben. Der Täter wird seine gerechte Strafe bekommen, dafür werde ich höchstpersönlich sorgen.«

»Danke, Herr Skjellberg«, bedankte sich Uwe, dem seine Erleichterung deutlich anzumerken war.

»Der Täter hat eben ein vollumfängliches Geständnis abgelegt«, fügte Nick hinzu.

»Du hast wirklich sehr kompetente Mitarbeiter, Matthias«, erklärte Anders Skjellberg an Staatsanwalt Achtermann gewandt, der eifrig nickte.

»Da gebe ich dir recht. Sehr gute Arbeit, meine Herren! Ich bin auf den detaillierten Bericht gespannt. Ich schlage vor, für heute sollten Sie es dabei bewenden lassen. Sie sehen erschöpft aus. Den Papierkram können Sie auch morgen erledigen, der läuft nicht weg.« Er lachte.

»Das ist sehr freundlich. Wir wollten ohnehin gerade einen Kaffee trinken gehen«, warf Uwe ein.

»Das klingt nach einer hervorragenden Idee. Was meinst du, Anders, schließen wir uns an? Vorausgesetzt natürlich, Sie haben nichts dagegen einzuwenden?« Er sah Nick und Uwe eindringlich an.

»Gerne«, stimmte Uwe mit einem aufgesetzten Lächeln zu, während Nick amüsiert vor sich hin grinste.

KAPITEL 36

Nachdem die Siegerehrung vorbei war, trafen wir uns alle unten am Strand, um Steens Platzierung gebührend zu feiern, denn er war in der Gesamtwertung auf dem zweiten Platz gelandet und hochzufrieden mit seiner Leistung. Juna strahlte an seiner Seite, als hätte sie selbst gewonnen. Kilian Börgholt, der aus dem Krankenhaus auf eigenen Wunsch entlassen worden war, hatte den Wettkampf vom Moderatorenturm aus verfolgt und kam in Begleitung zweier anderer Surfer auf Steen zu. Seinen Arm trug er in einer Schlinge, und die Schulter wurde von einem dicken Verband bedeckt. Eine lange frische Narbe zog sich vom Haaransatz bis zum rechten Auge.

»Glückwunsch, Steen! Der letzte Sprung war grandios.«

»Danke. Wie geht's dir?« Steen deutete auf die Schulter.

»Wird langsam. Meine Eltern sind gekommen, ich fahre heute zurück nach Hamburg. Aber nächstes Jahr wirst du es nicht so leicht haben, da werde ich wieder dabei sein«, entgegnete er und lächelte ihm zu.

»Das will ich hoffen«, betonte Steen.

»Danke noch mal«, sagte Kilian und reichte ihm die Hand.

»Nicht die Punkte, die man am Ende erreicht, machen einen Kitesurfer aus, das hier drinnen muss stimmen«, erwiderte Steen und legte seine Hand an die Stelle seines Herzens.

Kilian nickte zustimmend und machte sich auf den Rückweg.

Für einen kurzen Moment standen wir schweigend da und sahen Kilian nach.

»Glaubst du, er kann wirklich nächstes Jahr wieder antreten?«, wollte Juna wissen, die ihren Arm um Steens Taille gelegt hatte.

»Ich bin kein Arzt, aber wie ich Kilian kenne, wird er alles daran setzen, so schnell wie möglich aufs Wasser zu kommen«, stellte Steen klar.

Plötzlich ruckte Pepper unvermittelt an der Leine. Als ich mich umdrehte, konnte ich Nick und Uwe sehen, die oben auf der Promenade standen. Sie waren in Begleitung zweier Männer.

»Nick!«, rief ich und winkte sie zu uns.

»Da kommt ja mein Vater! Papa!«, stellte Juna überrascht fest und lief ihm freudig entgegen. Es war nicht zu übersehen, dass Vater und Tochter ein herzliches Verhältnis pflegten, so wie der Generalstaatsanwalt seine Tochter in die Arme schloss.

»Hallo, ihr beiden! Habt ihr Verstärkung mitgebracht?«, zwinkerte ich Nick und Uwe zu.

»Ja, ja«, winkte Uwe ab und stieß einen Seufzer aus, der ihm tief aus der Seele kam.

»Hat Holstermann gestanden?«, erkundigte ich mich.

»Ja, Anna. Nach anfänglichem Zögern hat er alles zugegeben«, bestätigte Nick und wirkte erleichtert.

Nun gesellte sich Staatsanwalt Achtermann zu uns. »Frau Scarren, ich bin erfreut, Sie gesund und munter anzutreffen. Das war sicherlich ein furchtbares Erlebnis für Sie und Juna.« Er reichte mir zur Begrüßung die Hand.

»Sie sagen es, aber nun sitzt der Täter hinter Schloss und Riegel und wird seine gerechte Strafe bekommen«, erwiderte ich.

»Ja, dank dieser beiden hervorragenden Männer«, lobte Achtermann und sah zwischen Uwe und Nick hin und her, denen das Lob unangenehm war.

»Und weiteren Kollegen«, fügte Uwe daher hinzu.

»Selbstverständlich, das wollte ich unter keinen Umständen unterschlagen. Meine Anerkennung gebührt dem gesamten Team. Insgesamt haben Sie alle ausgezeichnete Arbeit geleistet«, setzte der Staatsanwalt einen drauf. »Darauf sollten wir anstoßen. Ich gebe eine Runde aus. Herr Wilmsen? Würden Sie bitte mitkommen und beim Tragen der Getränke behilflich sein?«

»Sicher«, erwiderte Uwe und stapfte durch den Sand hinter Achtermann her zum nahe gelegenen Getränkestand.

»Mich würde interessieren, was Holstermann überhaupt bewogen hat, die Morde zu begehen?«, fragte ich in die Runde.

»Holstermann hat sich in den letzten Jahren aus eigener Kraft immer weiter an die Spitze der Sportfirmen vorgekämpft, die sich dem Surfsport verschrieben haben«, begann Nick. »Sein größter Konkurrent auf dem Gebiet war neben zwei anderen Unternehmen die Firma ›Kitetex‹ von den Schröders. Vor knapp eineinhalb Jahren ist der Gewinn der Firma ›Kitetex‹ plötzlich rapide eingebrochen und den Schröders blieb nur ein Verkauf oder der Konkurs. Gunnar Schröder hatte alles Geld in eine Neuentwicklung gesteckt und sich die Patentrechte gesichert. Leider erzielte er damit nicht den erhofften Durchbruch auf dem Markt. Zunächst jedenfalls, heute sieht das anders aus.«

»Das wäre für Holstermann die Gelegenheit gewesen, ›Kitetex‹ zu übernehmen«, kombinierte Juna.

»Richtig. Und zwar zu einem Spottpreis«, setzte Nick seine Ausführungen fort. »Das kam für Gunnar Schröder nicht in Frage, er wollte um keinen Preis verkaufen, obwohl ihm das Wasser buchstäblich bis zum Hals stand.«

»Warum?«, wollte ich wissen. »Auf diese Weise wäre er alle finanziellen Sorgen losgeworden.«

»Welche Gründe ihn dazu bewogen haben, weiß ich im Einzelnen nicht, das ist auch unerheblich in diesem Fall. Er hat Gerrit Holstermanns Angebot mehrfach ausgeschlagen. Kurzum: Durch eine Erbschaft seitens Insa Schröders, die aus einer wohlhabenden Familie stammt, stand plötzlich wieder ausreichend Kapital zur Verfügung, um die Firma in letzter Minute zu retten. Die Aktien sind nach oben gegangen.«

»Das hat Holstermann bestimmt nicht gefallen«, überlegte ich.

»Genau. Daraufhin hat er versucht, auf anderem Wege das Unternehmen an sich zu bringen. Er hat zufällig erfahren, dass Richard Münkel, der Butler der Schröders, aufgrund seiner Spielleidenschaft in eine finanzielle Notlage geraten war, die er sich zunutze gemacht hat. Er hat ihm Geld gezahlt, im Gegenzug sollte Münkel im Hause Schröder spionieren und ihm wichtige Geschäftsunterlagen zukommen lassen. Einen Teil des Geldes haben wir bei Münkel in der Wohnung gefunden.«

»Was für ein mieser Plan«, entfuhr es Juna, die gebannt an Nicks Lippen hing.

»Als es Gunnar Schröder schließlich gelang, Kilian Börgholt, den vielversprechenden neuen Stern am Kite-

surf-Himmel, unter Vertrag zu nehmen, sah er endgültig
seine Felle davonschwimmen. Daraufhin hat er Münkel
gedroht, seinem Arbeitgeber und allen einflussreichen
Leuten von dessen Spielsucht zu erzählen, wenn er ihm
nicht weiterhin hilft. Das hätte für Münkel bedeutet, seine
berufliche Laufbahn wäre ein für alle Mal beendet gewesen.«

»Wobei sollte er ihm behilflich sein?«, hakte Steen
nach.

»Er sollte Börgholts Ausrüstung manipulieren, und
zwar gezielt die Neuentwicklung der Firma ›Kitetex‹.«

»Somit hätte er nicht nur Börgholt ausgeschaltet, den
er nicht für sich gewinnen konnte, sondern auch der
gesamten Firma ›Kitetex‹ Schaden zugefügt«, kombinierte ich.

»Richtig, Anna. Die Schröders haben viel in die Weiter-
entwicklung ihrer Produkte und in den neuen Superstar
investiert und sind dabei ein großes Risiko eingegangen.
Im Falle eines Unfalls, hervorgerufen durch ein fehler-
haftes Produkt, wäre der Aktienkurs rasant in den Kel-
ler gerutscht und Holstermann hätte die Firma zu einem
niedrigen Preis kaufen können.«

»Hat Münkel ihm bei der Manipulation geholfen?«,
fragte Juna.

»Nein, er wollte, hat aber offensichtlich in letzter
Minute kalte Füße bekommen und wollte nichts mehr
mit alledem zu tun haben. Es ist zum Streit gekommen,
wobei Holstermann Münkel das Genick gebrochen hat
und ihn anschließend ins Hafenbecken geworfen hat, das
ist die Kurzfassung.«

»Was für ein perfides Spiel«, bemerkte ich und spürte
einen kalten Schauer den Rücken hinablaufen.

»Mein Großvater hat Münkel dabei überrascht, wie er sich am Container zu schaffen gemacht hat. Stimmt's?«, schaltete sich Steen an dieser Stelle ein.

»Ja, das ist richtig. Die beiden sind sich dort zufällig begegnet. Richard Münkel ist in Panik geraten und auf seiner Flucht mit deinem Großvater zusammengestoßen, daher haben wir seine DNA unter Münkels Fingernägeln gefunden. Ich gebe zu, dass ich ihn lange für den Täter gehalten habe. Tut mir leid, aber die Sachlage ließ zu diesem Zeitpunkt wenig Spielraum zu«, erläuterte Uwe, der zwischenzeitlich mit dem Staatsanwalt und den Getränken zurückgekehrt war.

»Und Insa Schröder musste sterben, weil sie von der Sache Wind bekommen hat, die Holstermann plante, richtig?«, mutmaßte ich und erinnerte mich an die Unterhaltung im Garten zwischen Holstermann und Kelsterbach, die wir mitbekommen hatten.

»So ist es«, bestätigte Uwe. »Richard Münkel wollte offenbar sein schlechtes Gewissen erleichtern und hat sie in Holstermanns Pläne eingeweiht. Daraufhin wollte sie ihn zur Rede stellen. Sie haben sich auf dem Parkplatz getroffen, wo er sie mit ihrer eigenen Waffe erschossen hat. Sie waren vor vielen Jahren mal ein Paar.«

Für einen Augenblick herrschte betretenes Schweigen.

»Aber wer hat letztendlich die Sabotage vorgenommen und ist für den Unfall verantwortlich? Holstermann selbst?«, wollte Steen wissen.

»Momentan deutet alles darauf hin, dass er selbst Hand angelegt hat«, bestätigte Nick.

»Welche Rolle hat Arno Kelsterbach bei der Sache gespielt?«, hakte ich nach.

»Der Agenturchef war für ›Kitetex‹ tätig und stand

somit in unmittelbarem Kontakt mit den Schröders. Gerrit Holstermann als sein bester Freund bat ihn, mit Insa anzubändeln, um mehr über Gunnars Firmengeheimnisse in Erfahrung zu bringen.«

»Er sollte ein Verhältnis mit der Frau seines Kunden anfangen?«, wiederholte Juna, als könne sie nicht fassen, was sie gerade gehört hatte. »Das erklärt natürlich, warum sie so oft in der Agentur war und warum die Hähnel so komisch reagiert hat.«

»Wenn man sich Gerrit Holstermann ansieht, käme man nicht im Traum darauf, welche kriminelle Energie in ihm steckt. Nie im Leben hätte ich ihm zwei Morde aus reiner Profitgier zugetraut«, stellte ich erschüttert fest.

»Genau das ist der Knackpunkt bei unserer Arbeit: Du siehst es den Leuten nicht an, was in ihrem Kopf vorgeht«, betonte Uwe.

Mittlerweile war es Abend geworden, und nach und nach verabschiedeten wir uns voneinander. Juna wollte gemeinsam mit Steen und ein paar anderen Surfern ausgiebig feiern gehen, Anders Skjellberg und sein Freund Matthias Achtermann beabsichtigten, den Abend bei einem guten Glas Wein und einem üppigen Abendessen ausklingen zu lassen, Onno Larsen machte sich auf den Heimweg mit dem Versprechen seinem Enkel gegenüber, zukünftig einen weiten Bogen um Alkohol in jeglicher Form zu machen, und Uwe war ebenfalls im Begriff, sich zu verabschieden.

»Ich wünsche euch beiden einen schönen Abend«, sagte er, als wir auf der Promenade, gegen das weiße Holzgeländer gelehnt, aufs Meer blickten.

»Danke, dir auch. Hast du dich eigentlich mit Tina ausgesprochen? Sie kommt doch morgen zurück«, schnitt Nick das Thema an, das Uwe schwer auf der Seele lastete.

»Wir haben gestern spät telefoniert.« Er machte eine Pause. »Es gibt keinen anderen Mann.«

»Habe ich gleich gewusst«, triumphierte Nick. »Sondern?«

»Sie will, dass wir mehr Zeit miteinander verbringen und hin und wieder verreisen«, erklärte er. »Obwohl ich es hier sehr schön finde. Jedes Jahr kommen Scharen von Gästen auf die Insel.«

»Uwe!«, unterbrach ich ihn lachend. »Tina meint etwas anderes damit, das weißt du.«

»Ja, ich habe schon verstanden«, lenkte er ein, und sein typisches Grinsen schummelte sich durch seinen Bart. »Ich wünsche euch einen schönen Abend!«

»Dir auch!«, entgegneten wir gleichzeitig und sahen ihm nach, wie er in der Menschenmenge verschwand.

»Was machen wir jetzt?«, fragte mich Nick.

»Ich habe entsetzlichen Hunger«, gestand ich. Wie auf ein Kommando hob Pepper, der die ganze Zeit über neben uns gesessen hatte, den Kopf und sah uns aus seinen treuen Augen an. »Ja, Pepper, du kommst auch nicht zu kurz.«

»Das sollten wir unbedingt ändern. Ich schlage vor, wir gehen erst was essen und dann …« Nicks Augen leuchteten verheißungsvoll.

»Was dann?«, gab ich mich ahnungslos.

»… sehen wir weiter«, beendete er den Satz. »Das ist unser letzter gemeinsamer Abend allein. Morgen kommen deine Eltern mit Christopher aus dem Urlaub.«

»Die Zeit verging wie im Flug. Ich freue mich auf die drei. Aber jetzt freue ich mich auf unseren gemeinsamen Abend.«

Ich gab Nick einen Kuss, bevor er meine Hand nahm und ich ihm folgte. Nicht mehr lange, und die Sonne würde den Tag mit einem spektakulären Untergang im Meer beenden.

List

Kampen

Wenningstedt-Braderup

Sylt

WESTERLAND

TINNUM

KEITUM

MORSUM

RANTUM

Hörnum

DANKSAGUNG

Von der ersten Idee zum fertigen Buch ist es ein weiter Weg. Dazu gehört neben der Recherche vor allem die Unterstützung von vielen Menschen, die an der Entstehung eines Buches beteiligt sind. Daher möchte ich mich an dieser Stelle bei allen, die mich begleitet haben, von Herzen bedanken.

Besonders danken möchte ich meinem Mann Stefan, der mich die ganze Zeit über konstruktiv und motivierend unterstützt hat. Er hat mich nicht nur bekocht und mir den Rücken freigehalten, sondern musste einige einsame Abende verbringen, in denen ich mich zum Schreiben zurückgezogen habe. Danke für deine Unterstützung und Geduld.

Meiner Mutter Gisela Eller danke ich für das Korrigieren und Probelesen des fertigen Textes.

Da mich das Kitesurfen fasziniert, ich jedoch auf diesem Gebiet ein absoluter Laie bin, habe ich mir Rat bei jemandem gesucht, der sich bestens mit dem Thema auskennt. Nils Glenewinkel hat einige Zeit auf Sylt gelebt und kennt die Surfreviere vor Ort sehr gut. Danke, Nils, dass du mir all meine Fragen ausführlich und anschaulich beantwortest hast.

In Fragen rund um die Polizeiarbeit habe ich erneut Unterstützung von Polizeihauptkommissar Florian Arend erhalten. Danke, Flo, für das stets prompte Beantworten meiner manchmal sehr speziellen Fragen.

Ein dickes Dankeschön geht an das Team des Gmeiner-Verlags, allen voran meine Lektorin Claudia Senghaas für die hervorragende Zusammenarbeit.

Zu guter Letzt möchte ich es nicht missen, mich auch bei meinen Leserinnen und Lesern zu bedanken. Danke, dass Sie meine Bücher lesen und so zahlreich meine Lesungen besuchen.

Sibylle Narberhaus

Weitere Titel finden Sie auf den
folgenden Seiten und im Internet:

WWW.GMEINER-VERLAG.DE

Anna Bergmann ermittelt:

1. Fall: Syltleuchten
ISBN 978-3-8392-2039-9

2. Fall: Syltstille
ISBN 978-3-8392-2343-7

3. Fall: Syltfeuer
ISBN 978-3-8392-2507-3

4. Fall: Syltwind
ISBN 978-3-8392-2757-2

5. Fall: Syltmond
ISBN 978-3-8392-0081-0

6. Fall: Syltsterne
ISBN 978-3-8392-0305-7

GMEINER SPANNUNG

WWW.GMEINER-VERLAG.DE
Wir machen's spannend

DIE NEUEN Lieblings-plätze

ISBN 978-3-8392-0154-1 — AM INN

ISBN 978-3-8392-2730-5 — AUGSBURG UND BAYRISCH-SCHWABEN

ISBN 978-3-8392-0155-8 — FÜNFSEENLAND

ISBN 978-3-8392-0158-9 — HARZ

ISBN 978-3-8392-0160-2 — mit Hund NORDSEEKÜSTE NIEDERSACHSEN

ISBN 978-3-8392-0159-6 — LÜNEBURGER HEIDE

ISBN 978-3-8392-0161-9 — NIEDERRHEIN

ISBN 978-3-8392-0163-3 — OSTSEE MECKLENBURG-VORPOMMERN

ISBN 978-3-8392-0164-0 — OSTSEE SCHLESWIG-HOLSTEIN

ISBN 978-3-8392-2626-1 — SACHSEN

ISBN 978-3-8392-0156-5 — Für Senioren BODENSEE

ISBN 978-3-8392-0157-2 — Für Senioren NORDSEE SCHLESWIG-HOLSTEIN

ISBN 978-3-8392-0166-4 — SÜDLICHE WEINSTRASSE UND PFÄLZERWALD

ISBN 978-3-8392-0166-4 — SÜDTIROL

ISBN 978-3-8392-2838-8 — USEDOM

ISBN 978-3-8392-0168-8 — WIESBADEN RHEIN-TAUNUS RHEINGAU

GMEINER KULTUR

WWW.GMEINER-VERLAG.DE
Mensch, Kultur, Region